FENNA JANSSEN

Die kleine Inselschule

atb aufbau taschenbuch

Fenna Janssen wurde in Lübeck geboren und wuchs in Hamburg auf. Viele Jahre war sie als Journalistin für diverse Zeitungen tätig. Inzwischen arbeitet sie erfolgreich als Autorin und bleibt auch in ihren Büchern ihrer norddeutschen Heimat treu. Im Aufbau Taschenbuch sind bereits ihre Romane »Der kleine Inselladen«, »Das kleine Eiscafé«, »Die kleine Strandbar« sowie »Die kleine Inseltöpferei« erschienen. Bei Rütten und Loening ist »Ein Sommer in Rimini« lieferbar.

Raus aus der Großstadt und ab an die Nordsee heißt es für die Kölnerin Katharina und ihre zehnjährige Tochter Mila. Sechs Wochen werden sie gemeinsam in einer Mutter-Kind-Klinik auf Langeoog verbringen, in der Hoffnung, dass die Kleine an der Meeresluft zu Kräften kommt. Mila ist sogleich begeistert von der autofreien Insel, denn hier gibt es sogar einen Ponyhof, und auch Grundschullehrerin Katharina schließt unverhofft Freundschaft mit einigen Insulanerinnen. Als sie erfährt, dass die Grundschule im Ort vor der Schließung steht, träumt sie erstmals von einem Neuanfang. Denn nicht zuletzt ist da auch noch der geheimnisvolle Lehrer Barne – wenn sie bloß endlich Milas Vater Leo vergessen könnte …

FENNA JANSSEN

DIE KLEINE *Insel* SCHULE

ROMAN

atb aufbau taschenbuch

MIX
Papier | Fördert
gute Waldnutzung
FSC® C083411

ISBN 978-3-7466-4058-7

Aufbau Taschenbuch ist eine Marke der
Aufbau Verlage GmbH & Co. KG

1. Auflage 2024

www.aufbau-verlage.de
10969 Berlin, Prinzenstraße 85

Umschlaggestaltung Christin Wilhelm, www.grafic4u.de
unter Verwendung von Motiven von © Tatuasha, Ollyy, Sundari,
Oliver Hoffmann, Alis Photo, Roongzaa, Pawel Kazmierczak,
Sina Ettmer Photography, SmLyubov, prapann/shutterstock
Satz Greiner & Reichel, Köln
Druck und Binden CPI books GmbH, Leck, Germany

Printed in Germany

1. Kapitel

Mila streckte den Arm aus. »Guck, Mama! Da ist die Insel. Oh, ist das etwa ein Wäldchen? Hast du gewusst, dass es auf Langeoog einen Wald gibt?«

Die Fähre näherte sich dem Hafen, und Katharina entdeckte in einiger Entfernung tatsächlich ein paar Baumkronen.

»Nein«, gestand sie. »Das wusste ich nicht.«

Sie hatte sich vorher überhaupt nicht über Langeoog informiert. Sie war viel zu froh gewesen, dass ihre Mutter-Kind-Kur bewilligt worden war – auf irgendeiner kleinen Insel in der Nordsee. Perfekt für ihre Tochter, und für sie selbst sicherlich auch erholsam. Der Termin war ebenfalls günstig: In Nordrhein-Westfalen hatten vor einer Woche die großen Ferien begonnen.

Ein Wald war allerdings der falsche Ort für Mila. Katharina bedauerte es nun, dass sie sich nicht schlaugemacht hatte. Sie beschloss jedoch, vorerst nichts zu sagen, um ihrer Tochter die Vorfreude zu lassen. Mila hüpfte jetzt wie ein Flummi auf und ab.

»Bitte steh still«, bat Katharina. »Du fällst mir noch ins Wasser.«

In Wahrheit konnte ihre Tochter kaum über die Reling blicken. Sie war klein für ihre zehn Jahre und hatte wenig Kraft.

Als Katharina ihr eine Hand auf die schmale Schulter legte, gehorchte Mila. Katharina hoffte inständig, ihre Tochter würde auf Langeoog an Gewicht zulegen. Mila wünschte sich so sehr, wie andere Kinder zu sein, und sie war todunglücklich, wenn sie wieder einmal nicht auf den Spielplatz gehen durfte, eine Klassenfahrt verpasste oder ausgerechnet ihren Geburtstag im Bett verbringen musste. Es brach Katharina jedes Mal aufs Neue das Herz. Sie wusste, sie setzte womöglich zu große Hoffnungen in diese Kur. In Wahrheit betete sie um ein Wunder.

Leo hatte sie gewarnt. »Die sechs Wochen dort werden unserer Kleinen bestimmt guttun, aber sie wird nicht vollständig geheilt werden. Nach einer Weile zurück in Köln werden ihre Symptome wiederkommen.«

»Seit wann bist du Arzt?«, hatte Katharina gereizt zurückgefragt. Im Umgang mit Milas Vater verspürte sie stets einen schwelenden Zorn, den sie nur mit Mühe unterdrücken konnte. »Für eine Künstlerseele wie dich ist ein Medizinstudium doch sicherlich viel zu lang und anstrengend.«

Leo hatte ihr nur einen dieser Blicke zugeworfen, die sie regelmäßig auf die Palme brachten. Lang und durchdringend, dabei jedoch von einer Zärtlichkeit, die ihr Innerstes erbeben ließ. Wann würde das endlich aufhören? Wann würde dieser Mann seine Macht über sie verlieren?

Wenn im Wattenmeer Hochhäuser wachsen, gab sie sich selbst die Antwort.

Katharina war jetzt siebenunddreißig Jahre alt, und seit mehr als zwanzig Jahren übte Leo diese Wirkung auf sie aus.

Sie war ein Mädchen gewesen, als sie ihm verfallen war. Sie hatte sich weiterentwickelt, war eine selbstbewusste Studentin geworden, eine allseits beliebte Grundschullehrerin und eine liebende Mutter. Bei diesem einen Mann jedoch schrumpfte jeder ihrer Erfolge in sich zusammen, und sie wurde wieder zu dem jungen Ding, das über den Pflastermaler auf der Domplatte stolperte und nach einem Blick in seine kobaltblauen Augen wie ein hypnotisiertes Kaninchen am Rande seiner seltsam traurigen und menschenlosen Bilder hocken blieb und sich nicht mehr rührte, bis er sie spät am Abend heimbrachte.

Sie seufzte auf und blickte sich um. Auf einmal kamen ihr Zweifel. War diese Kur wirklich eine gute Idee? Konnte die Nordseeluft wirklich so heilsam für ihre Tochter sein, wie behauptet wurde? Und wie sollte sie selbst es hier draußen länger als ein paar Tage aushalten? Katharina war ein Großstadtkind durch und durch. Sie fühlte sich inmitten vieler Menschen wohl, sie war an stockenden Verkehr, an Hektik und sogar an den Gestank der Abgase gewöhnt. Leere machte ihr Angst. Wohin sie jetzt aber auch sah, gab es nur Wattenmeer und die schmale lange Insel vor ihnen. Der Himmel wölbte sich hoch und unendlich über ihnen. Geradezu bedrohlich. Nirgends gab es etwas, woran der Blick sich festhalten konnte. Keinen Kölner Dom, keine Häuser, nicht einmal Wolken.

»Ich habe gelesen, dass hier nur selten so schönes Wetter ist«, sagte Mila mit wichtiger Miene. Im Gegensatz zu ihrer Mutter hatte sie jede Information aufgesaugt, die sie über Langeoog gefunden hatte.

»An den allermeisten Tagen weht ein kräftiger Wind aus Nordwest. Dann kann es passieren, dass sich innerhalb von Minuten riesige Wolkentürme aufbauen, und im nächsten

Moment schüttet es wie aus Eimern, was den Insulanern aber nichts ausmacht. Für die ist das bloß feuchte Luft. Die sind starke Stürme gewöhnt. Einer, der ganz schlimm sein soll, heißt Blanker Hans, aber das verstehe ich nicht.« Sie wippte nun auf den Fußsohlen auf und ab. Stillstehen war einfach nicht möglich. »Was hat das Wetter denn mit einem Mann zu tun, der Hans heißt?«

»Ich weiß es nicht«, gab Katharina zu.

»Aber du weißt doch sonst alles. Du bist Lehrerin!«

Katharina lächelte und wuschelte ihrer Tochter durch die Locken. Sie waren hellblond wie Leos Haar. Auch seine intensive blaue Augenfarbe hatte er ihr vererbt. Ihre feinen Gesichtszüge, den vollen Mund und die zarte Statur hatte Mila hingegen von Katharina.

»Glück gehabt«, hatte Leo an Milas dritten Geburtstag schmunzelnd gesagt. »Stell dir vor, sie hätte meine breiten Schultern und die großen Hände und Füße abgekriegt. Dann würde sie womöglich auch über eins neunzig groß werden.«

Katharina selbst hatte dickes kastanienbraunes Haar und fast schwarze Augen. Ein Erbe ihres italienischen Vaters. Sie hatte mal irgendwo gelesen, dass sich dunkle Gene immer durchsetzen, aber in ihrem und Leos Fall stimmte die Theorie definitiv nicht. Sogar auf diesem Gebiet war Leo stärker gewesen.

Milas Stimme holte sie aus ihren Erinnerungen. »Hast du Angst vor einen Sturm, Mama?«

Katharina schaute ihre Tochter überrascht an. »Nein, ich glaube nicht.«

Ihre italienischen Vorfahren hatten am Fuße des Ätna

auf Sizilien gelebt. Katharina war mit Geschichten über die Furcht vor Vulkanausbrüchen groß geworden. Nordische Stürme waren ihr kein Begriff.

»Außerdem ist doch Juli«, fügte sie hinzu und fragte sich, wen sie damit beruhigen wollte. Ihre Tochter oder sich selbst?

»Das will nichts heißen. Es soll auch im Sommer schon schlimm zugegangen sein. Sogar Sturmfluten hat es gegeben. Aber auf den Ostfriesischen Inseln werden die Dünen und Deiche gut gepflegt. Die halten riesige Wellen aus.«

Mila schaute angestrengt auf das platte Wattenmeer. Offenbar war sie selbst nicht ganz sicher, ob sie Grund zur Sorge hatte. Katharina folgte ihrem Blick. Aus einem Schwarm löste sich eine Möwe, stieß im Sturzflug auf die Wasseroberfläche und kam mit einem kleinen silbernen Fisch im Schnabel wieder hervor.

Nun ging Katharina in die Hocke und nahm ihre Tochter in die Arme. »Es wird uns hier ganz wunderbar gehen, und du wirst zu Kräften kommen.«

»Dann kann ich wie die anderen Kinder sein?«, fragte Mila zaghaft. Auch sie hoffte anscheinend auf ein Wunder. »Werde ich wachsen und stärker werden?«

»Mit der Zeit bestimmt«, erwiderte Katharina vorsichtig.

»Aber ich habe nur sechs Wochen!« Tränen sammelten sich auf einmal in Milas Augen.

Sie ist so verzweifelt, dachte Katharina und musste hart schlucken. *Mein armes Kind.*

»Sechs Wochen sind eine ziemlich lange Zeit.«

»Papa hat gesagt, die vergehen wie im Flug.«

Im Stillen verfluchte Katharina Leo, wie sie es oft tat.

Mila stemmte die kleinen Fäuste in die Hüften. »Er meinte,

ich würde schnell wieder da sein, und dann würden wir zusammen die neue Lok ausprobieren.« Sie seufzte theatralisch und vergaß für einen Moment ihren Kummer. »Wann wird er endlich begreifen, dass ich kein Baby mehr bin? Seine Spielzeugeisenbahn ist langweilig.«

»Modelleisenbahn«, korrigierte Katharina kichernd. »Und lass ihn das bloß nicht hören. Du weißt, wie wichtig ihm die ist.«

Tatsächlich hatte sie es immer rührend gefunden, wenn Vater und Tochter für Stunden im Keller von Leos Haus verschwunden waren, wo er eine Miniaturlandschaft mit weit vernetzten Gleisen, kurvenreichen Straßen, kleinen Dörfern und winzigen Figuren aufgebaut hatte. Diese Seite an Leo liebte sie sehr.

Ein zweiter Möwenschwarm flog kreischend über sie hinweg. Unwillkürlich duckte sich Katharina.

Mila grinste. »Hast du etwa Angst vor ein paar unschuldigen Vögeln?«

»Besonders unschuldig hören die sich nicht an. Eher angriffslustig.«

Sie lachten beide, und für einen Augenblick war die Welt von Mutter und Tochter in Ordnung.

Dann erklang das Schiffshorn, und die Fähre lief in den Inselhafen ein. Kaum an Land, musste Katharina ihre Tochter erneut bändigen. Sie hatte erwartet, Mila würde von der Zugreise erschöpft sein, aber die neue Umgebung schien bereits Wunder zu wirken. Schon wieder hüpfte sie auf und ab. Diesmal bestand wenigstens keine Gefahr, dass sie ins Wasser fallen könnte.

»Oh, sind sie nicht absolut entzückend?«, rief sie und deutete auf zwei kleine fuchsfarbene Ponys, die geduldig vor einem gummibereiften Wagen standen.

Schon lief sie auf die Ponys zu und kümmerte sich nicht um die Rufe ihrer Mutter. Ein rothaariges Mädchen saß auf dem Kutschbock und hob warnend eine lange Peitsche.

»Stopp!«

Wie vom Donner gerührt, blieb Mila stehen.

Das Mädchen steckte die Peitsche zurück in die Halterung. Es mochte fünfzehn oder sechzehn Jahre alt sein. Sein Gesicht war von Sommersprossen gesprenkelt, und die hellroten Haare trug es zu einem Pferdeschwanz gebunden.

»Beißen sie?«, fragte Mila respektvoll, während Katharina sich beeilte, an ihre Seite zu kommen.

»Nee, aber wenn du sie erschreckst, könnten sie ausschlagen und durchgehen«, kam es ziemlich herablassend zurück.

Katharina hatte keine Ahnung von Ponys, aber diese zwei hier wirkten nicht sonderlich temperamentvoll.

Mila zupfte sie am Ärmel ihres Sommerpullis. »Können wir mit der Kutsche fahren?«

»Nein, Spatz. Wir nehmen die Inselbahn. Die ist in unserem Fahrpreis enthalten.«

Ihre Tochter ließ den Kopf hängen. Sie wirkte auf einmal wie ein Häufchen Elend, und das Mädchen auf dem Kutschbock gab seine überhebliche Haltung auf. Es kletterte zu ihnen herunter, hielt dabei die Fahrleine aber gut fest.

»Sei nicht traurig«, sagte sie freundlich zu Mila. »Wenn du willst, kannst du uns auf dem Ponyhof besuchen. Er heißt ›Kallis Peerstall‹ und liegt gleich am Inselwäldchen. Vielleicht gebe ich dir auch Reitunterricht.«

Prompt leuchteten Milas Augen auf, und obwohl Katharina dem Mädchen für die freundliche Geste dankbar war, so wünschte sie doch, es hätte Mila kein solches Versprechen gemacht.

Wahrscheinlich ist das hier die einzige Insel mit einem verflixten Wald, überlegte sie. *Warum mussten wir ausgerechnet hier landen?*

»Hallo«, sagte sie schnell, bevor ihrer Tochter noch ein Ausritt durch den Wald angeboten werden konnte. »Wir sind Katharina und Mila Corvara aus Köln.«

»Hi. Ich bin Francesca.« Das Mädchen reicht erst Katharina und dann Mila die Hand. Der Händedruck war fest, und Katharina ahnte, dass Mila einen Schmerzenslaut unterdrückte. Ihre Tochter hatte bereits eine Heldin auf der Insel gefunden und wollte auf keinen Fall schwächlich wirken.

Aus den Augenwinkeln bemerkte sie, dass eine junge Frau in Begleitung eines älteren Paares auf sie zukam. Ihr rotes Haar war einen Tick dunkler als Francescas, aber sie war eindeutig ihre Mutter und übertraf sie sogar in der Anzahl von Sommersprossen.

»Hallo«, grüßte sie fröhlich. »Ich bin Annabel Michaelis. Interessieren Sie sich für eine Kutschfahrt? Heute sind wir leider reserviert, aber an einem anderen Tag jederzeit.«

Sie half dem älteren Paar in die Kutsche und wandte sich dann wieder um. »Hast du Ricky und Matty getränkt?«

»Klar«, erwiderte Francesca eingeschnappt. »Ich bin ja nicht blöd.«

Sie kletterte wieder auf den Kutschbock und schmollte vor sich hin.

»Pubertät«, raunte Annabel Katharina zu. »Francesca ist dreizehn und mittendrin. Sie haben mit ihrer Lütten ja noch

Zeit, aber machen Sie sich schon mal auf harte Jahre gefasst.«

Dreizehn, wiederholte Katharina in Gedanken. *Ich hatte sie viel älter geschätzt.*

Sie rang sich ein Lächeln ab und fragte sich, wie es sich anfühlen mochte, wenn die eigene Tochter groß und kräftig für ihr Alter war, wenn andere Leute staunten, weil das Kind auch noch überaus klug war. Francesca wirkte auf sie ausgesprochen aufgeweckt. Nicht, dass Mila dumm gewesen wäre. Aber sie hatte schon so oft in der Schule gefehlt, dass es ihr schwerfiel, den Lernstoff aufzuholen.

Annabel schien ihre Stimmung aufzufangen. »Habe ich was Falsches gesagt?«

»Nein, nein, alles in Ordnung. Komm, Mila, wir müssen jetzt los.«

Mila achtete nicht auf sie. »Das sind aber ziemlich komische Namen für Ponys«, sagte sie zu ihrem neuen Idol oben auf dem Bock.

Francesca zuckte mit den Achseln, ließ sich aber zu einer Erklärung herab. »Ricky wurde nach Riccardo benannt, das ist Mamas Freund. Und Matty nach Matteo, seinem Bruder. Und ich habe zwar einen italienischen Vornamen, aber mein Vater ist ein deutscher Kapitän aus Emden.«

»Okay«, meinte Mila, wirkte aber ziemlich verwirrt.

Annabels Gesicht verfinsterte sich, als ihre Tochter den Kapitän erwähnte. Katharina ahnte, dass diese Familiengeschichte ähnlich kompliziert war wie ihre eigene.

»Seid ihr denn auch Italiener?«, wollte Francesca nun wissen.

»Nur mein Opa«, gab Mila fröhlich Auskunft. »Meine

Oma ist Kölnerin, und meine Mama auch. Und mein Papa stammt aus dem Saarland.«

Annabel lachte über die beiden Mädchen. Dann fragte sie Katharina: »Sind Sie für eine Mutter-Kind-Kur hier, oder ist Ihr Mann auch dabei?«

Zu ihrer eigenen Überraschung antwortete Katharina: »Zur Kur. Und Milas Vater ist nicht mein Mann.«

Normalerweise breitete sie vor Fremden nicht ihr Privatleben aus, aber diese Annabel mit den roten Locken wirkte gar nicht so fremd auf sie. Außerdem reagierte sie auf die Neuigkeit bloß mit einem Schulterzucken.

»Dafür ist Riccardo nicht Francescas leiblicher Vater. Auf Langeoog geht es manchmal ganz schön drunter und drüber. Riccardo war mal der Inselcasanova, aber dann habe ich ihn mir geschnappt. Gerade noch rechtzeitig, denn Sophie hatte sich voll in ihn verknallt.«

»Sophie?«, fragte Katharina, die nun mindestens ebenso verwirrt wie ihre Tochter war.

»Ist eine liebe Freundin von mir. Sie betreibt ein Eiscafé am Oststrand, der korrekterweise eigentlich Nordstrand heißen müsste, aber so unterscheidet man ihn besser vom Weststrand. Na, egal. Das Eiscafé befindet sich ganz in der Nähe von Saras Strandbar. Und Paulines Strandkorbvermietung ist auch nicht weit. Wenn du magst, stelle ich dir bald mal alle vor. Auch Nella, die letztes Jahr eine Töpferei eröffnet hat.«

Katharina versuchte, all die Informationen in ihren Kopf zu ordnen und fragte schließlich: »Sophie und Sie sind Freundinnen, obwohl Sie ihr den Mann weggenommen haben?« Insgeheim wunderte sie sich auch, dass Annabel sie plötzlich duzte.

Annabel grinste. »War nicht so schlimm. Sie hat zum Glück noch rechtzeitig erkannt, dass Riccardos Bruder Matteo ihre große Liebe ist. Inzwischen sind sie verheiratet und haben eine entzückende kleine Tochter.«

»Ich glaube, ich komme da nicht mehr mit«, erwiderte Katharina mit gerunzelter Stirn.

»Keine Sorge, mit der Zeit wirst du alle kennenlernen und die Geschichten auseinanderhalten.«

Katharina hatte da so ihre Zweifel, nickte aber freundlich.

Irgendwo hinter ihnen ertönte das Signal zum Einsteigen in die Inselbahn. Sie war erleichtert. Ihre neue Bekanntschaft war zwar nett, aber auch recht anstrengend.

»Beeilt euch lieber«, mahnte Annabel. »Ich muss auch fahren. Meine Gäste werden ungeduldig. Hoffentlich sehen wir uns bald wieder.«

»Das wäre schön«, gab Katharina halbherzig zurück. Sie wollte Milas Hand nehmen, aber ihre Tochter marschierte schnell vorneweg. Wahrscheinlich war es ihr peinlich, vor ihrer großen neuen Freundin wie ein Kleinkind behandelt zu werden.

»Nun komm schon, Mama. Sonst müssen wir noch zu Fuß ins Dorf laufen«, sagte sie in einem ernsten Tonfall, den sie sich von Leo abgeguckt hatte.

Schmunzelnd folgte Katharina ihr.

2. Kapitel

Die Inselbahn wartete bereits auf ihre Gäste. Schmunzelnd bemerkte Katharina, dass jeder Waggon in einer anderen Farbe gestrichen war. Von knalligem Gelb bis zu tiefdunklem Violett. Offenbar sollte die Bahn bei Langeoogs Feriengäste von Anfang an gute Laune verbreiten.

»Papa würde sie lieben«, erklärte Mila, als sie sich zusammen mit den anderen Passagieren zum Einsteigen bereit machten. »Aber vielleicht würde er schimpfen, weil die Bahn nicht von einer zünftigen alten Dampflokomotive gezogen wird. Das wäre viel stimmungsvoller.« Sie legte nachdenklich den Kopf schief. »Wahrscheinlich lohnt es sich nicht. Die Strecke ist nur zweieinhalb Kilometer lang, und wir brauchen bloß sieben Minuten bis ins Dorf.«

»Was du alles weißt«, sagte Katharina staunend.

Ihre Tochter winkte bescheiden ab. »Ich habe nur ein bisschen was gelesen. Papa hat mir dabei geholfen. Kann ich Fotos machen?«

»Klar.«

Sie drückte Mila ihr Smartphone in die Hand. Bisher besaß ihre Tochter nur ein einfaches Handy, mit dem sie im Notfall ihre Eltern anrufen konnte. Das war ein neuer Streitpunkt zwischen Katharina und Leo. Er wollte Mila ein Smartphone schenken, sie war dagegen, weil sie meinte, das Kind sei dafür noch zu jung.

Katharina betrachtete den orangefarbenen Triebwagen und fragte sich, warum sie ausgerechnet am Tag ihrer Ankunft auf Langeoog ständig an Leo denken musste. Sie hatte gehofft, der räumliche Abstand würde ihr helfen, sich auch innerlich von ihm frei zu machen. So, wie es zwischen ihnen lief, konnte es nicht mehr weitergehen, und Katharina war klar, dass sie bald eine Entscheidung treffen musste. Es würde hart werden, und womöglich würde sie ihre Familie zerstören, doch sie sah keinen anderen Ausweg.

Ihr Herz krampfte sich zusammen, aber sie ließ sich nichts anmerken. Mila war ein sensibles Kind, das schnell ihre Stimmungen aufnahm. Zum Glück war die Zehnjährige damit beschäftigt, die bunte Inselbahn aus allen Ecken abzulichten. Dann kam sie zurückgelaufen, die ersten Passagiere waren bereits einstiegen.

»Schicken wir die Fotos gleich Papa?«

Katharina zögerte, tat ihrer Tochter dann aber den Gefallen.

»Und schreib ihm, dass wir ihn vermissen.«

Sie blickte auf. »Du hast ihn doch erst gestern zuletzt gesehen.«

»Ja, aber ich stelle mir vor, wie es sechs Wochen ohne ihn sein wird. Ich war noch nie so lange von ihm getrennt.«

Es schien, als hätte sich plötzlich eine schwarze Wolke vor die Sonne geschoben. Sogar das Möwengeschrei klang dunkler – ganz so, als würden sich die Tiere jetzt wirklich zu einem Angriff formieren. In Milas Augen glitzerten Tränen.

Katharina musste schlucken. Ihre Tochter hing so sehr an ihrem Vater, und ihr größter Wunsch war es, dass sie eine richtige Familie wurden. Doch dieser Wunsch würde für immer unerfüllt bleiben.

Rasch sandte Katharina ihm auch das letzte Foto und schrieb, er fehle bereits seiner Tochter.

Innerhalb von Sekunden kam die Rückfrage: *Dir etwa nicht?*

Als hätte er seit Stunden auf sein Smartphone gestarrt und darauf gewartet, dass sie sich meldeten.

Noch bevor sie reagieren konnte, rief er schon an. Per Videoanruf, was typisch für ihn war. Wie sie das hasste!

Normale Telefonate gab es für Leo nicht mehr. Er behauptete, er könne sich besser auf den Gesprächspartner konzentrieren, wenn er ihn auch sähe. Katharina zog es meistens vor, solche Anrufe zu ignorieren. Sie mochte derlei Überraschungen nicht, vor allem dann nicht, wenn sie gerade mit nassen Haaren aus der Dusche kam, mit hochrotem Gesicht vor dem Backofen hockte, oder im Schlabber-T-Shirt schnell den Müll rausgebracht hatte. Und selbst wenn sie frisch gestylt war, fühlte sie sich gezwungen, zu lächeln und den Rücken durchzudrücken.

Aber nun kam sie nicht drumherum. Mila hatte das Display nicht aus den Augen gelassen, und hüpfte schon wieder auf und ab. »Geh ran, geh ran! Dann sieht Papa, wie schön wir es hier haben!«

Katharina fragte sich, woher ihr Tochter diese ganze Energie nahm. Was sie selbst betraf, so war sie inzwischen hundemüde.

Um zwei Uhr nachts waren sie aufgestanden und hatten um vier Uhr den Zug ab Kölner Hauptbahnhof genommen. Während der siebeneinhalb Stunden Fahrt hatte keine von ihnen viel geschlafen. Mila war viel zu aufgeregt gewesen, und Katharina hatte zwischen Sorge und Hoffnung geschwankt und war höchstens mal für ein paar Minuten zur Ruhe gekommen. Die anschließende Überfahrt mit dem Schiff war für sie beide etwas Neues gewesen, und sie hatten lieber oben an der Reling gestanden, während andere Passagiere unter Deck ein Nickerchen hielten.

Inzwischen war es ein Uhr mittags, und die Müdigkeit griff mit bleierner Schwere nach ihr.

»Wir haben keine Zeit«, sagte sie zu Leo, nachdem sie den Anruf angenommen hatte.

»Das ist ja eine reizende Begrüßung.« Sein durchdringender Blick traf sie, hatte aber durchs Telefon nicht die übliche Wirkung auf sie. Zum Glück. Katharina widerstand der Versuchung, sich die Haare glatt zu streichen. Auf der Fähre waren sie ordentlich durchgeweht worden, und nun standen sie ihr wild vom Kopf ab.

Sie reichte Mila ihr Smartphone. »Nur kurz, Spatz. Sonst fährt der Zug ohne uns ab.«

Mila ließ einen Wortschwall auf ihren Vater niederprasseln. Katharina hörte nicht richtig zu und sah sich um. Sie gehörten nun wirklich zu den letzten Gästen, die noch einsteigen sollten. Hinter ihnen war nur noch eine weißhaarige kleine Frau, die vom Hafen herbeigelaufen kam und zwei große Plastiktüten mit sich schleppte.

Ganz schön sportlich für ihr Alter, dachte Katharina und nahm ihrer Tochter das Smartphone aus der Hand. »Tschüss, Leo. Du kannst Mila heute Abend noch mal sprechen. Wenn wir angekommen sind und uns ausgeruht haben.«

»Ciao, Amore mio!«, rief er.

Auch das hasste sie. Nur weil sie sizilianische Verwandte hatte, musste er noch lange nicht so reden. Früher einmal hatte sie es geliebt, wenn er sie auf Italienisch Liebling oder Schatz nannte. »Amore« oder »Tesoro« klangen ja auch viel romantischer. Er hatte sich von ihrem Vater die Koseworte extra beibringen lassen. Aber früher war sehr lange her.

Sie drückte ohne eine Erwiderung das Gespräch weg. Mila schaute sie fragend an, hob aber auf ihr Schweigen hin nur kurz die Schultern. Erwachsene waren in ihren Augen vermutlich allzu merkwürdige Wesen.

In ihrem Waggon ergatterten sie Fensterplätze auf zwei gegenüberliegenden Holzbänken. Es war Hochsaison, aber der Zug war trotzdem halb leer. Wahrscheinlich zogen es viele Gäste vor, zu Fuß in den Ort zu laufen, um sich nach einer langen Anreise die Beine zu vertreten.

Sekunden vor der Abfahrt stolperte noch die alte Frau mit den Plastiktüten herein. Sie ließ sich neben Mila auf die Bank plumpsen, obwohl ein Stück weiter durchaus noch reichlich Platz gewesen wäre.

»Keinen Meter weiter schleppe ich diese verdammten Krabben«, schimpfte sie und stellte die Tüten auf dem Boden ab. »Wenn Sara mich noch mal um einen Gefallen bittet, sage ich einfach Nein. ’ne alte Frau ist doch kein Packesel.«

Katharina fragte sich, ob sie es hier mit einer Verrückten zu hatte. Einer, die ziemlich streng nach Fisch und noch nach etwas anderem roch, das sie nicht einordnen konnte.

Sara?, überlegte sie. *Hat Annabel vorhin nicht etwas von einer Sara und ihrer Strandbar erzählt?*

»Als hätte ich mit meinen Strandkörben nicht genug zu tun!«, murrte die alte Frau weiter.

Aha! Dann war dies hier Pauline.

Mila starrte die Frau halb begeistert, halb ängstlich von der Seite an.

»Sperr den Mund zu, Lütte, sonst fliegt dir gleich 'ne Schwalbe rein.«

»Das geht nicht, die Fenster sind geschlossen, und es ist keine Schwalbe mit reingekommen, als wir eingestiegen sind.«

»Kiek mol einer an. Bist wohl 'ne kleine Klugschnackerin, wat?«

»Eine was?«

»Egal.« Pauline richtete ihre Aufmerksamkeit nun auf Katharina. »Frisch vom Festland?«

»Ähm, ja.« Sie machte sich möglichst klein. Diese Frau war ihr nicht geheuer.

»Warum lässt du die Schultern so hängen? Und wo ist dein Mann?«

Herrgott! Waren auf Langeoog alle Leute so neugierig?

Sie stotterte herum, bis Pauline abwinkte. »Egal. Kriege ich sowieso noch raus. Kur oder Ferien?«

»Kur«, erwiderte Katharina matt.

Die Frau nickte. »Wegen der Lütten hier. Die ist zu lütt für ihr Alter.«

»Woher wissen Sie das?«

»Kannst mich duzen, ich bin die Pauline. Fischer mit Nachnamen, interessiert aber keinen. Und ich habe einen guten Blick für Menschen. Auch für kleine Menschen.«

»Ich bin überhaupt nicht klein!«, protestierte Mila.

»Ist schon gut. Bald wirste groß und stark wie mein Neffe Keno. Der misst locker zwei Meter und hat Hände wie 'n Hai Flossen.«

»Ein Hai?«, flüsterte Mila und vergaß glatt, dass sie eigentlich beleidigt war.

Katharina fand, es war Zeit, dazwischenzugehen. »Guten Tag. Ich bin Katharina Corvara und das ist meine Tochter Mila.«

»Nun mal nicht so steif. Wir sind hier nicht beim Käpt'nsdinner. Kleines Schlückchen zur Begrüßung gefällig?«

Damit holte sie einen Flachmann aus ihrer Jackentasche und schraubte ihn auf. Ein stechender Geruch stieg Katharina in die Nase. Besorgt schaute sie zu Mila. Ihre Tochter bekam leicht einen Niesanfall, wenn sie strengen Gerüchen ausgesetzt war. Das konnte bis zur Atemnot gehen. Aber Mila war viel zu fasziniert von ihrer Banknachbarin, um etwas zu bemerken. Oder die gesunde Nordseeluft zeigte in der kurzen Zeit schon ihre Wirkung.

»Bester Aquavit«, erklärte die alte Frau. »Lasse ich mir extra aus Dänemark liefern. Schmeckt gut, macht die Leute redselig und hilft auch bei Arthrose. Bin ich letzten Winter drauf gekommen. Meinen armen alten Gelenken geht es viel besser, seit ich mich damit auch einreibe.«

»Igitt«, entfuhr es Katharina.

»Wat biste denn so etepetete? Wohl aus der Großstadt, wat?«

»Aus Köln.«

»Das sind die Schlimmsten. Trinken eine Plörre, die sie Kölsch nennen. Soll angeblich Bier sein.«

Katharina verzichtete auf eine Antwort, dafür zupfte Mila die alte Frau am Ärmel. »Ich habe noch nie Krabben gegessen. Wie schmecken die?«

»Ganz lecker, meine Lütte. Sara serviert sie in einer süß-pikanten rosaroten Soße, aber sie will mir auf Dübel komm raus nicht verraten, woraus die zusammengerührt ist.«

»Mein Papa ist ein guter Handwerker«, gab Mila altklug zurück.«

»Hä?«

»Na, der kann gut mit der Bohrmaschine, mit Dübeln und Schrauben umgehen. Solche Sachen halt.«

Die alte Frau prustete los. »Der Dübel ist bei uns der Teufel«, erklärte sie dann.

»Ach so«, meinte Mila kleinlaut.

»Wirst schon noch plattdütsch lernen. Wo war ich? Ach ja, bei den Krabben in der leckeren Soße. Allerdings müssen die Viecher erst gepult werden. Wenn du mich nachher mit deiner Mama besuchen kommst, zeige ich dir, wie das geht. Ihr müsst nur über die Dünen zum Oststrand laufen. Dann findet ihr mich schon. Jeder auf Langeoog kennt Paulines Strandkorbverleih.«

»Oh, danke.«

Katharina unterdrückte ein Stöhnen. Ihr Plan für diesen Nachmittag beinhaltete keinerlei Ausflug. Sie wollte einfach nur schlafen.

Milas bittender Blick jedoch ließ sie halbwegs nachgeben. »Wenn wir nicht zu müde sind, können wir ja vielleicht einen Spaziergang machen.«

Pauline brummte etwas, das Katharina nicht verstand, doch es klang recht abfällig. Den Menschen aus der Großstadt brachte sie offenbar nicht sonderlich viel Respekt entgegen.

Während die Inselbahn nun langsam anrollte, war Mila bereits beim nächsten Thema. »Können Sie mir erklären, warum der Blanke Hans so heißt? Und ist der wirklich gefährlich? Und kann der auch im Sommer passieren?«

Pauline rollte mit den Augen und nahm schnell einen weiteren Schluck aus ihrem Flachmann. Sie bereute es wohl, nicht doch noch ein paar Meter weitergegangen zu sein. Nun war es zu spät. Kein Mensch konnte diesen großen kobaltblauen Kinderaugen widerstehen.

»Tja, so ganz genau weiß niemand, woher der Name kommt«, sagte sie auf einmal in bestem Hochdeutsch. »Könnte sein, dass sich blank auf die weiße Gischt bezieht, die bei hohen Wellen entsteht. Aber es heißt auch, ein Deichgraf hätte vor vielen Jahrhunderten Hans mit Vornamen geheißen. Der hatte einen großen Deich entlang der Küste bauen lassen, der jedoch schon wenig später bei einer großen Sturmflut brach.«

»Sind ... viele Leute gestorben?«, fragte Mila mit zitternder Stimme.

Katharina schaute Pauline bittend an. Die verstand und strich dem Kind übers Haar. »Das ist alles schon sehr, sehr lange her. Heute haben wir sehr hohe und gut gepflegte Deiche und Dünen. Da passiert nichts. Schon gar nicht im Sommer. Der Blanke Hans besucht uns höchstens mal im Winter.«

Mila nickte vorsichtig, war allerdings noch nicht ganz überzeugt.

»Außerdem musst du wissen, dass Langeoog genau in der Mitte der Ostfriesischen Inseln liegt. Wir sind hier also am sichersten von allen.«

Sie verließen nun den Hafen und fuhren an Salzwiesen, Schafweiden und dem Inselwäldchen vorbei.

Mila hatte genug vom Blanken Hans und erklärte Pauline aufgeregt, sie habe schon Francesca kennengelernt und werde bald auf Ponys reiten.

»Soso«, murmelte die alte Frau nur. Diesmal war sie es, die Katharina einen Blick zuwarf. Sie schien zu wissen, dass mit der Gesundheit der Kleinen einiges im Argen lag.

Als Mila entzückt beim Anblick eines Schwarms großer schwarz-weißer und brauner Vögel juchzte, nutzte Pauline die Gelegenheit, um Katharina zu fragen: »Wie alt ist sie?«

»Zehn«, sagte sie leise.

Die alte Frau nahm schnell noch einen Schluck von ihrem Aquavit. Fast hätte Katharina sie gebeten, ihr auch den Flachmann zu reichen. Sie konnte sich gerade noch bremsen.

»Und in welche Klasse geht sie?«

»Sie hat die Grundschule abgeschlossen. Obwohl sie oft gefehlt hat, ist sie nie sitzengeblieben.«

»Plietsches kleines Ding.«

Katharina nahm an, das hieße klug.

»Und was machst du beruflich? Oder kannst du wegen ihr nicht arbeiten gehen?«

»Doch, doch. Ich bin Grundschullehrerin.«

»Plietsche Mama«, sagte Pauline und wirkte auf einmal sehr nachdenklich. Bevor sich Katharina darauf einen Reim machen konnte, fuhren sie in den Langeooger Bahnhof ein.

»Das ging ja wirklich schnell«, sagte sie.

Pauline erklärte Mila gerade, die Vögel eben seien Eiderenten gewesen, aber da sprang das Kind schon auf und hüpfte in den Gang.

»Vorsicht!«, rief Pauline. »Oder willst du Matschkrabben essen?«

»Matschkrabben!«, wiederholte Mila und brach in vergnügtes Gelächter aus. »Matschkrabben, Matschkrabben, Matschkrabben!«

Katharina und Pauline sahen sich an. Beide mussten grinsen, und auf einmal freute sich Katharina wie verrückt auf ihre Zeit auf Langeoog. Sie spürte, es ging nicht nur um Mila, sondern auch um sie selbst.

Hatte sie bislang stets geleugnet, ihr chronisch krankes Kind könne eine Belastung für sie sein, so merkte sie nun, dass ein schweres Gewicht auf ihren Schultern ein wenig leichter wurde. Die Begegnungen erst mit Annabel und dann mit dieser seltsamen alten Frau hatten sie aufgeheitert. Zu sehen, wie fröhlich und abenteuerlustig Mila war, ließ sie frische Hoffnung schöpfen.

Alles wird gut, sagte sie sich und stand ebenfalls auf. *Mila und ich werden uns wunderbar erholen, und wenn wir wieder heimfahren, werden sich die Probleme mit Leo wie von selbst lösen.*

Letzteres war naturlich ein dummer Wunschtraum, aber im Moment wollte sie einfach optimistisch sein.

Sie hob die Krabbentüten hoch, die tatsächlich sehr schwer waren.

»Dass du dir bloß keinen Bruch hebst«, meinte Pauline schmunzelnd.

»Entschuldigung, aber warum duzen Sie mich eigentlich die ganze Zeit? Das hat Annabel Michaelis vorhin auch schon gemacht.«

»Ist hier so üblich. Und nu' komm in die Pötte. Euer Gepäck wird mit einem Elektrokarren direkt in die Klinik geliefert, also kannst du mir ruhig helfen.«

Eine Dankeschön hätte vollauf genügt, dachte Katharina, aber dieser Pauline konnte man einfach nicht böse sein.

Mila sprang auf den Bahnsteig, streckte die Arme aus und drehte sich im Kreis. »Oh, ist das wunderschön hier!«

Pauline stieß ein meckerndes Lachen aus. »Und das ist bloß der Bahnhof.«

Sie wandte sich an Katharina. »So, her mit den Tüten, bevor du noch zusammenbrichst.«

Weg war sie, und zwar in einer Geschwindigkeit, die Katharina wieder nur bewundern konnte.

Sie schaute sich um, ob jemand sie abholte, aber dann fiel ihr ein, dass die Klinik knapp zehn Minuten zu Fuß vom Bahnhof entfernt war. Sie nahm ihr Handy zur Orientierung und rief nach Mila. Ihre Tochter hatte auf einmal genug von ihren Kreiselbewegung und kam folgsam mit.

»Warum gehen wir wieder zurück, Mama?«, fragte sie nach einer kurzen Weile.

Tatsächlich liefen sie die Hafenstraße in Richtung Süden. Aber nach ein paar weiteren hundert Metern, bogen sie nach Westen ab und erreichten im Norden des Inselwäldchens die Klinik. Es war ein gemütlich wirkender roter Backsteinbau, aber Mila interessierte sich nicht für die Architektur.

»Das ist ja toll!«, rief sie aus. »Dann bin ich ganz in der Nähe von Francesca und den Ponys.«

Und den vielen Bäumen, fügte Katharina im Geist mit einem flauen Gefühl in der Magengegend hinzu.

Wenig später bezogen sie ein großes Doppelzimmer, in dem bereits ihr Gepäck auf sie wartete. Mila redete in einem fort, bis sie sich auf ihr Bett setzte, im nächsten Moment zur Seite kippte und fest einschlief. Liebevoll zog Katharina ihr die Schuhe aus und deckte sie zu. Das war alles ein bisschen viel gewesen für ein schwächliches Kind. Dann trat sie auf ihren Balkon, der nach Norden wies, blickte in den strahlenden wolkenlosen Nachmittagshimmel und gähnte herzhaft.

3. Kapitel

Das Abendessen war vorüber. Während Mila die letzten Reste aus ihrem Eisbecher kratzte, nippte Katharina an ihrem Espresso. Zwar war sie nur zur Hälfte Italienerin, aber ihr Vater Fabio hatte sie auf den Geschmack gebracht. Ein Kaffee nach einer Mahlzeit rundete das Essen ab. Katharina war überrascht gewesen, dass es in dieser Klinik auch Espresso gab, und sie hatte ihn dankbar angenommen.

»Was meinst du?«, fragte sie ihre Tochter. »Wollen wir gleich noch einen Spaziergang machen? Vielleicht nur durchs Dorf?«

Mila leckte den Löffel ab, bevor sie antwortete: »Eigentlich habe ich ja Pauline versprochen, dass ich ihr beim Krabbenpulen helfe, aber ich habe jetzt ein großes Problem.«

»Welches?«, fragte Katharina und unterdrückte ein Schmunzeln. Kurz vor dem Essen war Mila von einer Betreuerin in ein Spielzimmer gebracht worden, um die anderen Kinder kennenzulernen.

»Heute ist Samstag«, erwiderte Mila, als würde das alles erklären.

»Ja, und?«

»Discoabend.«

Sekundenlang hatte Katharina eine Vision von ihrer Tochter als Teenager. Sie sah eine Mila, die dreimal ihr Outfit wechselte, sich schminkte und hohe Schuhe trug.

Katharina rieb sich über die Schläfen und verbot sich jeden weiteren Blick in die Zukunft. Diese Zeiten würden noch früh genug kommen.

»Im Spielzimmer?«, fragte sie vorsichtig.

Mila legte den Löffel ab, drückte den Rücken durch und machte sich auf ihrem Stuhl so groß wie irgend möglich. Was nicht wirklich viel war.

»Niemand nennt das mehr Spielzimmer. Und heute Abend ist es sowieso der Club«, erklärte sie. »Ich darf doch mitmachen, Mama?«

Katharina zögerte. »Wolltest du nicht noch mit deinem Vater sprechen?«

»Habe ich schon. Vorhin, als wir uns alle vorgestellt haben. Ich hatte nicht viel Zeit, aber das hat er bestimmt verstanden.«

Sieh an, dachte Katharina. *Vor ein paar Stunden hielt sie den Gedanken kaum aus, sechs Wochen lang ohne ihn zu sein. Nun hat sie ein Telefongespräch mit ihm abgewürgt, weil die anderen Kinder interessanter waren.*

Die Betreuerin, die Mila vorhin mitgenommen hatte, kam an ihren Tisch. Sie war jung, höchstens Anfang zwanzig und stellte sich als Johanne vor.

»Wird so ein Discoabend nicht zu anstrengend für meine Tochter?«, fragte Katharina besorgt. »Wir sind gerade erst angekommen, und sie ist müde von der Reise.«

»Bin ich gar nicht!«, rief Mila aus. »Ich habe den ganz Nachmittag geschlafen.«

Johanne lächelte. »Keine Sorge. Wir passen auf, dass die Kinder es nicht übertreiben. Die Musik läuft auch nicht die ganze Zeit. Außerdem ist um neun Uhr Schluss.«

»Also gut«, gab Katharina schließlich nach. »Wenn Sie mir versprechen, gut auf Mila aufzupassen, bin ich einverstanden.«

»Das ist unser Job«, gab Johanne geduldig zurück. »Wenn Sie möchten, können Sie sich gern den anderen Müttern anschließen. Für die Erwachsenen gibt es heute einen Filmabend.«

»Danke, nein«, entschied Katharina spontan. »Ich möchte lieber einen Spaziergang machen.«

Eine halbe Stunde später war sie unterwegs. Es hatte einen kleinen Machtkampf mit Mila gegeben, die unbedingt ein wenig von ihrem rosafarbenen Lippenstift auflegen wollte, aber schließlich hatte sich Katharina durchgesetzt, und ihre Tochter war leicht murrend abgezogen.

Als sie den Ortskern erreichte, ließ Katharina sich mit den anderen Gästen treiben, die ähnlich wie sie einen Bummel unternahmen. In den hübschen Backsteinhäusern waren kleine Geschäfte aller Art untergebracht, und die breiten Gehwege wurden von keinerlei motorisierten Fahrzeugen belagert. Langeoog war eine autofreie Insel, und Katharina genoss die gute, saubere Luft, das gemütliche Tempo und die Ruhe, die hier herrschte.

Dennoch verspürte sie eine gewisse Beklommenheit. Wie klein dieser Ort war! Und das ganze Eiland maß nur knapp zwanzig Quadratkilometer. Mochten die Insulaner damit werben, dass ihr Sandstrand vierzehn Kilometer lang war –

für Katharina war das hier alles viel zu beengt. Und gleichzeitig viel zu weit. Wie der Himmel zum Beispiel, der ihr mit seiner Unendlichkeit Furcht einflößte.

Ein Stadtkind bleibt ein Stadtkind, ging es ihr durch den Kopf. *Ich könnte mich nie daran gewöhnen, irgendwo zu leben, wo ich mich so eingeengt und verloren zugleich fühle.*

Sie ging weiter nach Norden, bekam auf einmal Lust, einen Blick aufs Meer zu werfen und näherte sich den Dünen. Als sie am Dünenfriedhof vorbeikam, dachte sie, dass ein Besuch bestimmt interessant sein würde, verschob den aber auf ein anderes Mal.

Kurz darauf entdeckte sie einen Holzbohlenweg. Katharina wusste, dass sie nur einen solchen Weg nehmen durfte. Es war streng verboten, die Dünen zu betreten. Sie standen wie die ganze Insel unter Naturschutz, denn Langeoog befand sich mitten im Nationalpark Niedersächsisches Wattenmeer. Bepflanzt waren sie mit Strandhafer, Sanddorn und Strandflieder – allesamt Gewächse, die mit ihren Wurzelgeflechten dafür sorgten, dass die Dünen von Wind und Wasser nicht abgetragen wurden.

Insgeheim staunte Katharina über sich selbst. In ihrem Zimmer in der Klinik hatte ein Infoheft über die Insel gelegen, und als sie am späten Nachmittag darauf gewartet hatte, dass Mila wieder wach wurde, hatte sie darin geblättert. Es überraschte sie, wie gut sie sich die Fakten eingeprägt hatte. Sie hatte auch gelesen, dass Einheimische wie Touristen Langeoog gern »Insel fürs Leben« nannten. Die einen, weil sie sich nicht vorstellen konnten, jemals von hier fortzugehen, die anderen, weil sie in jedem Urlaub immer wiederkamen.

Na, mir wird das bestimmt nicht passieren, überlegte sie.

Selbst die vor ihr liegenden sechs Wochen erschienen ihr unendlich lang.

Weil mir Leo fehlen wird.

Nein! So durfte sie nicht denken.

Leicht außer Atem kam sie auf dem Dünenkamm an und ließ ihren Blick schweifen.

Noch schickte die Sonne ihre rot glühenden Strahlen über die Nordsee, und am Strand herrschte fröhlicher Betrieb. Väter bauten mit ihren Kindern hohe Sandburgen, während die Mütter sich in den Strandkörben entspannten. Allerdings wurden die großen, schweren Körbe für die Nacht bereits nach und nach abgeschlossen. Paare gingen am Ufer entlang und hielten Ausschau nach kleinen Schätzen. Sie hofften wohl auf schön geformte Muscheln, mit viel Glück auf einen kleinen Bernstein, vielleicht sogar – und das wäre eine Geschichte, die man noch den Enkeln erzählen könnte – einen Holzsplitter, eine Glasscherbe oder ein Stückchen Keramik von einem alten Schiffswrack. Einer hanseatischen Kogge zum Beispiel, die den tückischen Strömungen der Nordsee nicht gewachsen gewesen war.

Auch über die Vergangenheit der Insel hatte Katharina sich schon einiges angelesen. Geschichte war ihre Leidenschaft, und sie hatte erfahren, dass die Einwohner sämtlicher Nordseeinseln früher ein räuberisches Herz besessen hatten. Man nahm sich nicht nur, was an Strandgut angespült wurde, man ging weiter. Wer das Pech hatte, vor Langeoog oder einer der Nachbarinseln Schiffbruch zu erleiden, konnte froh sein, wenn er mit dem Leben davonkam. Einige Historiker verurteilten diese Sitten stark, andere stritten sie ab, wieder andere verteidigten die Insulaner, die nach diversen schlimmen

Sturmfluten dem Hungertod nahe waren und an sich rafften, was ihr Überleben versprach.

Ein Schauder überlief Katharina, und sie musste sich daran erinnern, dass solche Gepflogenheiten längst vorbei waren. Seit Langem schon waren aus Strandräubern tapfere Seenotretter geworden, und die Langeooger fuhren unter Lebensgefahr auch bei schlimmsten Stürmen hinaus aufs Meer, um ein Schiff in Not zu bergen und die Besatzung zu retten.

Langsam stieg Katharina die Dünen hinunter und betrat kurz darauf den feinen Sandstrand. Sie schlüpfte aus ihren Sandalen und stapfte weiter über den ungewohnt nachgiebigen Untergrund. Eine leichte Brise strich ihr durchs Haar, die salzige Luft strömte in ihre Lungen, die untergehende Sonne blendete sie und ließ sie vorsichtig einen Fuß vor den anderen setzen. Sie ging direkt aufs Ufer zu und kam dabei an einer Strandkorbvermietung vorbei. Dort entdeckte sie Pauline, die ihr den Rücken zukehrte, während sie einem jungen Mann lautstark Anweisungen erteilte und dabei wild mit den Armen in der Luft herumfuchtelte. Der junge Mann hörte gelassen zu. Offenbar war er an das Temperament seiner Chefin gewöhnt.

Kurz überlegte Katharina, zu ihr zu gehen, aber dann stapfte sie doch lieber weiter. Die alte Frau war ihr nicht ganz geheuer, und sie wollte auch nicht riskieren, von ihr noch einmal hochprozentigen Schnaps aufgedrängt zu bekommen.

Sie erreichte den feuchten Ufersand, auf dem sie besser vorankam. Es herrschte Ebbe, und der wellige Untergrund vor ihr sah aus, als könnte sie darauf bis in die Unendlichkeit laufen.

Katharina war zwar eine Landratte, aber nicht dumm. Sie wusste, dass auf Ebbe regelmäßig Flut folgte, und sie lief nur am Ufer entlang in Richtung Westen.

Nicht weit von Paulines Strandkorbverleih entdeckte sie ein hölzernes Gebäude. Es sah aus wie ein Kiosk, verfügte aber über eine große Terrasse, auf der sich einige Leute versammelt hatten. Sie standen am Geländer oder saßen in Korbsesseln, genossen ihre Getränke, unterhielten sich und schienen Spaß zu haben.

Das musste die Strandbar sein, von der Annabel erzählt hatte. Schon sah sie auch ein Eiscafé. Auch davon hatte Annabel berichtet. Wie hieß die Besitzerin noch? Katharina kam nicht darauf.

Auf einmal verspürte sie eine gewisse Sehnsucht. Sie fragte sich, wie es wohl sein würde, Teil dieser Gruppe von jungen Frauen zu sein.

Katharina hatte keine wirklich engen Freundinnen. Nicht mehr. Der anstrengende Alltag mit einem chronisch kranken Kind und die schwierige Beziehung mit Leo hatten ihr weder Kraft noch Zeit für lustige Mädelsabende gelassen. Und die zwei echten Freundinnen, die ihr anfangs noch zur Hand gegangen waren oder ihr gut gemeinte Ratschläge zu Leo gegeben hatten, waren im Laufe der Jahre aus Köln fortgezogen. Sie standen zwar noch in Kontakt, aber es war nicht mehr dasselbe.

Katharina stieß einen Seufzer aus. Erst jetzt fiel ihr auf, wie sehr ihr diese beiden Frauen fehlten.

Und weil sie sich auf einmal einsam und verlassen fühlte, schickte sie noch einen zweiten Seufzer hinterher.

»Das macht die Weite«, sagte hinter ihr eine männliche

Stimme leise, fast im Flüsterton. »Da kann man sich schon ein bisschen verloren fühlen.«

Erschrocken fuhr sie herum.

»Verzeihen Sie«, setzte der Mann kaum lauter hinzu. »Ich wollte Sie nicht erschrecken.«

Alles Blut war aus ihrem Kopf gewichen, und sie verspürte einen leichten Schwindel. Wenn man als Frau allein in Köln gegen Abend angesprochen wurde, musste man auf der Hut sein. Aber dieser Typ hier sah eigentlich nicht sonderlich gefährlich aus. Er war mittelgroß, dünn, hatte hellbraunes Haar und angenehme, jedoch nicht auffallend schöne Gesichtszüge. Alles an ihm wirkte durchschnittlich, fand Katharina. Einzig die Augen, die einen Ton heller als das Haar waren, blitzten intelligent hinter einer randlosen Brille hervor.

Trotzdem herrschte sie ihn an: »Warum schleichen Sie dann hier so rum?«

»Tut mir leid«, erwiderte er und verzog zerknirscht das Gesicht. »Das ist eine ziemlich dumme Angewohnheit von mir.«

»Sich lautlos fremden Frauen nähern?«

Sie machte einen halben Schritt zurück. Er mochte harmlos aussehen, aber sicher war sicher. Außerdem gingen ihr noch die alten Geschichten über die Strandräuber durch den Kopf.

»Nein, natürlich nicht. Normalerweise pirsche ich mich so nur an die Robben ran. Aber natürlich niemals so nah. Ich will sie ja nicht verschrecken.«

»Die Robben?« Verdattert sah sie ihn an.

»Ganz recht. Im Osten der Insel befindet sich eine Seehundplattform. Dort lassen sich die Tiere wunderbar beobachten. Aber man muss sich vorsichtig und leise bewegen.«

»Was denn nun, Robben oder Seehunde?«, fragte Katharina.

Der Mann nahm seine Brille ab und putzte sie mit einem Papiertaschentuch.

»Nun, Robben unterteilen sich in Seelöwen und Seehunde. Das kann man an den Ohren erkennen. Wenn Sie sich wirklich dafür interessieren, kann ich Ihnen gern eine kleine Einführungsstunde geben. Gestatten, Barne Wilkens.«

Katharina antwortete nicht sofort. Sie schaute ihn verwirrt an. Ohne die Brille wirkte er auf einmal wie ein anderer Mann. Definitiv attraktiver und geradezu warmherzig. Sie hatte sich die Männer im Norden eher groß, blond und blass vorgestellt. Aber dieser hier war mehr der mediterrane Typ, genau wie sie selbst, und seine Haut wies ebenfalls einen leichten bronzefarbenen Ton auf.

Wenn sie es recht bedachte, besaß Leo das Aussehen eines Nordmannes. Sie wunderte sich, warum ihr diese Tatsache ausgerechnet jetzt einfiel, und sie ärgerte sich, weil Leo sich schon wieder in ihren Gedanken breitmachte.

Um ihn zu verscheuchen, fragte sie das Erste, das ihr einfiel: »Haben Sie eine italienische Mutter?«

Falls er verwirrt war, so war er höflich genug, es nicht zu zeigen.

Was auch das Mindeste ist, nachdem er mich erst fast zu Tode erschreckt hat und mir dann mit den Robben gekommen ist, dachte sie.

»Nein, bedauere. Aber die Mutter meiner Mutter war Griechin, falls Ihnen das irgendwie weiterhilft.«

»Ähm, danke.«

»Darf ich auch Ihren Namen erfahren?« Er setzte die Brille wieder auf und wurde wieder zum unscheinbaren Mann.

»Katharina Corvara.«

»Ach, wie interessant. Dann sind Sie die Lehrerin, von der Pauline erzählt hat?«

Katharina hob die Brauen. »Ich bin erst einen halben Tag auf Langeoog und schon Inselgespräch?«

Barne Wilkens lachte, was ihn ihr außerordentlich sympathisch machte. Es war ein ehrliches Lachen, aus dem Bauch heraus. Sie konnte sich ein Lächeln nicht verkneifen.

»Ganz so schlimm ist es nicht«, beruhigte er sie. »Aber Pauline hat mir aus einem ganz bestimmt Grund von Ihnen erzählt.«

»Und der wäre?«

»Wollen wir dies vielleicht bei einem von Saras sagenhaften Cocktails bereden? Ich möchte Sie gern einladen. Dann lernen Sie auch ein paar von den anderen Leuten kennen.«

»Ich mache mir nicht viel aus Alkohol«, gestand Katharina, obwohl die Versuchung, sich zu der lustigen Truppe zu gesellen, groß war.

»Kein Problem«, gab Barne zurück. »Sara mixt auch außergewöhnlich gute Mocktails. Ohne auch nur einen Hauch von Alkohol drin, ich schwöre. Sie müssen nur aufpassen, dass Pauline Ihnen nicht heimlich was von ihrem Aquavit reinkippt.«

»Pauline wollte mich schon in der Inselbahn abfüllen«, erzählte Katharina.

Nun lachten sie beide, und als Barne ihr seinen Arm bot, nahm sie ihn wie selbstverständlich.

Wie zwei alte Freunde schlenderten sie zur Strandbar, und Katharina konnte geradezu spüren, wie sie aufrechter ging. Ihre alte dumme Angewohnheit, die Schultern hängen zu lassen, war für einen Moment wie weggeblasen. Und auch Barne schien vergessen zu haben, dass er sich mit Fremden am liebsten im Flüsterton unterhielt.

Erst, als die Gespräche der Gäste schon zu ihnen herüberdrangen, fragte Barne: »Aber Sie scheinen italienische Eltern zu haben. Ihr Nachname ist doch italienisch, oder?«

»Mein Vater ist Sizilianer, meine Mutter Kölnerin.«

»Verstehe. Und mit dem Namen haben Sie noch Glück gehabt. Der ist ja durchaus verständlich. Hätte ich statt der griechischen Großmutter einen Großvater gehabt, so würde ich mit Nachnamen Papatheorodopoulus heißen.«

Katharina brach in lautes Gelächter aus. Barne zögerte erst, dann stimmte er mit ein.

»Na, da haben sich ja zwei gefunden.«

Pauline war so plötzlich neben ihnen aufgetaucht, als wäre sie im Sand verbuddelt gewesen und hätte nur auf den richtigen Moment gewartet, um aufzutauchen. Sie wirkte außerordentlich zufrieden.

»Wie meinen Sie das?«, fragte Katharina und ließ Barnes Arm los.

Die alte Frau schwieg, drehte sich um und stapfte vorneweg auf die Strandbar zu. Sie trug eine große, schwere Flasche mit einer klaren Flüssigkeit bei sich.

»Nehmen Sie sie nicht so ernst«, raunte Barne Katharina zu. »Wir alle lieben Pauline, aber manchmal übertreibt sie es mit ihrer Kuppelei.«

»Kuppelei?«

Katharina spürte, wie sie rot wurde und war froh, dass es schon dämmrig geworden war. Dann stutzte sie, kramte ihr Handy hervor und schaute schnell auf das Display.

»Herrgott!«, stieß sie aus. »Es ist schon halb zehn. Ich muss sofort zurück!«

Barne fragte nicht nach, und dafür war sie ihm dankbar. Aber wahrscheinlich wusste er sowieso von Pauline, dass sie eine Tochter hatte.

Schnell rief sie Mila an.

»Mir geht es gut, Mama. Die Party ist zu Ende, aber ich schaue mit Johanne noch *Die Eiskönigin.*«

»Den Film hast du doch schon mindestens ein dutzendmal gesehen.«

»Das macht nichts. Ich kann alle Lieder mitsingen.«

Erleichtert beendete Katharina das Gespräch. Sie warf einen sehnsüchtigen Blick zur Strandbar, verabschiedete sich dann aber von Barne und ging los, über die Dünen zurück ins Dorf und dann in die Klinik. Während des gesamten Rückwegs dachte sie darüber nach, warum Pauline sie wohl ausgerechnet mit diesem Mann verkuppeln wollte.

4. Kapitel

Annabel stand auf und streckte sich. »Für mich ist der Kaffeeklatsch vorbei. Gleich kommen fünf Damen eines Kegelvereins aus Berlin für eine Kutschfahrt durch das Pirolatal. Ich muss Ricky und Matty anspannen. Ihr zwei Hübschen dürft noch sitzen bleiben. Aber lasst mir ein Stück vom Butterkuchen übrig.«

»Versprochen«, sagte Nella und zwinkerte Katharina zu. »Und wir behalten die Kinder im Auge.«

»Danke euch.«

Annabel verschwand im Stall, und Katharina schaute schnell zum Reitplatz. Dort saßen Mila und zwei andere Mädchen auf drei Ponys und drehten im Schritt ihre Runden. In der Mitte des Platzes stand Francesca und rief Befehle wie: »Hacken runter!«, »Schultern zurück!«, »Fäuste aufrecht!«.

Katharina fand, das klang ausgesprochen kriegerisch. Sie stellte sich vor, sie würde im Klassenzimmer ihre Schüler so anschreien. Die Kinder würden wahrscheinlich allesamt in Tränen ausbrechen – vielleicht mit Ausnahme des einen Jungen, der die zweite Klasse wiederholte und ein ziemlicher Raufbold war.

Jetzt hob Francesca sogar eine lange Peitsche und schrie: »Wollt ihr wohl gefälligst in der Reihe bleiben? Birthe! Wenn dein Pony dem Vordermann noch näher kommt, kannst du über den Hals rüberrutschen und bei Merle mitreiten!«

Das angesprochene Mädchen zog an den Zügeln, bis Francesca zufrieden war, und lächelte dann stolz. Reitschüler waren offenbar aus härterem Holz geschnitzt als andere Kinder. Alle gaben sich Mühe, den Anweisungen zu folgen.

Einen solchen Eifer wiederum hätte sich Katharina auch im Klassenzimmer gewünscht, aber dieser Kasernenhofton gehörte trotzdem nicht dorthin. Das wäre nur eine Stufe vor der Prügelstrafe gewesen.

»Ganz schön streng«, murmelte sie.

Nella verstand sie trotz des Geschreis auf dem Platz. »Stimmt. Aber Francesca tut nur so. Sie hat sich das von dem früheren Besitzer abgeschaut. Der Kalli soll auch so rumgebrüllt haben, aber er hat aus den Kindern ausgezeichnete Reiter gemacht.«

»Lassen sich ältere Leute das auch gefallen?«

»Du würdest staunen. Annabel ermahnt ihre Tochter ständig, höflicher zu sein, aber die Reitschüler lieben das. Jeder Gast will lieber bei Francesca Unterricht haben, und behauptet dann, er würde sich viel sicherer fühlen.«

Katharina erschrak. »Ist es denn gefährlich? Daran habe ich noch gar nicht gedacht.«

»Es kommt schon vor, dass mal jemand vom Pferd fällt.«

»O Gott!«

»Keine Sorge«, sagte Nella schnell. »Deine Tochter ist in Francescas Obhut sicher. Außerdem trägt sie einen Helm und eine Schildkröte.«

»Eine Schildkröte?«

Nella lachte. »So nennen sie hier diese Rückenprotektoren. Wenn man damit vom Pferd fällt, bricht man sich nicht gleich einen Wirbel.«

Anscheinend war Katharina blass geworden, denn Nella klopfte sich gegen die Stirn. »Entschuldige. Das habe ich blöd ausgedrückt. Deiner Süßen wird ganz bestimmt nichts passieren. Ihr Pony ist so klein, dass ihre Füße fast den Boden berühren, und der besteht aus weichem Sand.«

Einigermaßen beruhigt nickte Katharina. Sie ließ sich Kaffee nachschenken und lehnte sich zurück.

Seit zwei Wochen war sie mit Mila jetzt auf Langeoog, und es grenzte an ein Wunder, wie gut es ihrer Tochter ging.

Die Stunden in der jodhaltigen Luft am Strand, die ausgedehnten Spaziergänge über die Insel, die Anwendungen in der Klinik hatten das kränkliche Kind schon nach kurzer Zeit in ein wahres Energiebündel verwandelt. Wenn sie inhalieren sollte, ein medizinisches Bad nahm oder an der Wassergymnastik für Kinder teilnahm, war sie folgsam und ruhig. Aber sobald es um Spiel und Spaß ging, erkannte Katharina ihre Tochter kaum wieder. Und so schön es auch am Strand und im flachen Wasser war, meistens bettelte Mila, dass sie zum Ponyhof durfte.

Heute war nun der große Tag gekommen. Ihre erste Reitstunde. Vorher hatte es geheißen: Mit den Ponys anfreunden, sie putzen, Hufe auskratzen und im Kreis herumführen.

Klaglos hatte Mila alles getan, was ihre Heldin Francesca ihr aufgetragen hatte, und sie hatte auch nicht mit der Wimper gezuckt, als es ans Ausmisten der Ställe ging. Zwar konnte sie kaum eine Schaufel halten, doch sie gab ihr Bestes und rümpfte bei dem strengen Geruch nicht einmal das Näschen. Der Umgang mit Heu, Stroh und Pferdehaaren sowie die unmittelbare Nähe zum Inselwäldchen schienen ihr zu Katharinas großer Überraschung nichts auszumachen. Ein paarmal war ihr Gesicht ein wenig angeschwollen, aber dann hatte sie einfach kräftig geniest und weitergemacht.

Vielleicht stimmte es ja, was Leo immer behauptete: Allergien waren auch Ausdruck einer seelischen Störung. Katharina hatte nie so recht daran geglaubt, aber nun kamen ihr Zweifel. Was, wenn Mila in Köln nicht glücklich war, weil ihre Eltern sich so komisch verhielten? Sie verdrängte schnell den Gedanken an Leo, beobachtete weiterhin ihre Tochter und lächelte.

Sie selbst genoss ebenfalls die Anwendungen, die auf ihre Bedürfnisse zugeschnitten waren. Sie durfte sich bei Massagen entspannen, machte beim Nordic Walking mit und nahm an einem Kurs über gesunde Ernährung teil. Einzig eine psychotherapeutische Betreuung hatte sie abgelehnt. Sie war der Meinung, dass sie am besten mit ihren neuen Freundinnen reden konnte.

Dazu gehörte neben Annabel seit Anfang dieser Woche auch Nella. Sie war im Jahr zuvor nach Langeoog gezogen und hatte eine kleine Töpferei eröffnet. So viel hatte Katharina schon zuvor von Annabel erfahren. Auch, dass sie mit dem schönen Jack glücklich war. Diesen sagenhaften Mann hatte Katharina allerdings noch nicht zu Gesicht bekommen.

Nella war genauso klein und zierlich wie sie selbst, was sie ihr noch sympathischer machte. Außerdem war sie bildschön mit ihren schwarzen Haaren und hellblauen Augen, aber kein bisschen eingebildet.

»Was genau fehlt ihr eigentlich?«, fragte Nella nun und zeigte mit der freien Hand auf Mila, die stolz die nächste Runde drehte. »Wenn ich zu neugierig bin, sag's mir ruhig.«

»Überhaupt nicht. Mila hat Heuschnupfen und Asthma. Außerdem neigt sie zu Infekten. Wo immer ein Virus rumschwirrt, findet es mit Sicherheit meine Tochter.«

»Das muss schwer für dich sein. Besonders in diesen Zeiten.«

Beide wussten, wovon sie sprach. Es war nicht nötig, näher darauf einzugehen.

»Aber hier lebt sie förmlich auf«, entgegnete Katharina. »Ich hätte nie gedacht, dass es so schnell so viel besser gehen würde.«

»Vielleicht bekommt ihr einfach das Leben in der Großstadt nicht.«

»Schon möglich. Bloß, was soll ich machen? In Köln habe ich meine Arbeitsstelle, und Milas Vater wohnt nur ein paar Straßen weiter.«

»Trotzdem wäre die Nordseeluft auf Dauer gut für deine Tochter.«

»Ich weiß.«

»Aber du traust dem Frieden nicht, richtig?«

»Richtig.«

Katharina staunte über das Einfühlungsvermögen ihrer neuen Freundin. »Ich habe ständig Angst, dass sie wieder Atemnot bekommt.«

»Glaub an Langeoog«, riet Nella ihr schlicht. »Die Insel wirkt wahre Wunder. Manche Leute behaupten, sie sei magisch.«

»Mhm.«

»In vielerlei Beziehungen«, ergänzte Nella und zwinkerte ihr zu. Gedankenverloren schaute sie auf ihren nackten Ringfinger. Katharina wusste, dass sich sowohl Annabel als auch Sara von der Strandbar im vergangenen Jahr verlobt hatten. Sophie vom Eiscafé war sogar verheiratet und hatte mit ihrem Mann Matteo ein entzückendes Baby namens Paula. Vor zwei Tagen war Katharina mit Mila in dem schönen Café eingekehrt, hatte köstlichen Apfelstrudel mit Vanilleeis gegessen und sich mit der großen, blonden und fröhlichen Sophie genauso schnell angefreundet wie mit Annabel und Nella.

Einzig Sara fehlte noch in ihrem neuen Bekanntenkreis. Bisher war Katharina immer zu müde gewesen, um noch bis zur Strandbar zu laufen. Nach dem Abend ihrer Ankunft hatte sie keinen langen Spaziergang mehr unternommen. Sie war ja schon tagsüber ständig unterwegs mit ihrer Nordic-Walking-Gruppe, da war sie heilfroh, wenn sie irgendwann die Beine hochlegen konnte.

Allerdings hatte Annabel ihr vorhin schon das Versprechen abgenommen, an diesem Abend zur Strandbar zu kommen. Alle Freunde würden sich samstags dort treffen, und Katharina habe schon vergangene Woche gefehlt. Noch einmal gäbe es keine Entschuldigung.

Zu hören, dass sie wie selbstverständlich zu der Gruppe dazugezählt wurde, hatte ihr Herz erwärmt, und sie hatte Johanne in der Klinik gefragt, ob es eine Möglichkeit für eine Kinderbetreuung auch nach neun Uhr gäbe. Klar, hatte Johanne erwidert. Katharina müsse ihre Tochter nur in die entsprechende Liste eintragen.

Nella betrachtete immer noch ihren Ringfinger, und Katharina fragte sich, ob sich da wohl jemand ebenfalls nach einem Heiratsantrag sehnte. Aber dann hob Nella den Blick und fragte: »Magst du mir erzählen, was es mit dir und Milas Vater auf sich hat? Bisher klingt das Wenige, das ich weiß, ziemlich mysteriös.«

»Ach, ist es gar nicht. Er ist einfach nur ein Mann, der sich nicht ernsthaft binden will.«

Nella sah sie groß an. »Das kommt mir bekannt vor.«

»Wieso?«, fragte Katharina überrascht. »Geht es dir mit deinem Jack genauso?«

»Nein, mit ihm zum Glück nicht. Aber mein Ex-Freund in Meißen, übrigens Jacks Cousin, hat mich jahrelang hingehalten. Ich habe immer auf einen Heiratsantrag gehofft, aber da kam nichts.«

Ganz ehrlich ist sie nicht, dachte Katharina. *Vielleicht gibt sie es nicht einmal vor sich selbst zu, aber sie hofft, dass Jack ihr bald einen Verlobungsring an den Finger steckt.*

»Und wie bist du dann auf Langeoog gelandet?«, fragte Katharina gespannt.

»Ganz einfach. Jack hatte meinen Freund um Hilfe gebeten, als sein Souvenirladen den Bach runterging. Übrigens, weil er heftigen Liebeskummer hatte. Nicht mein Freund, sondern Jack. Und ich sollte auch mitkommen. Na ja, lange Geschichte. Jedenfalls war es mit Jack Liebe auf den ersten Blick. Wie geht es eigentlich Barne?«

Katharina legte das Stück Kuchen auf den Teller zurück, von dem sie gerade hatte abbeißen wollen. »Wie kommst du jetzt auf den?«

»Ach, nur so.« Nella machte ein unschuldiges Gesicht, aber Katharina ließ sich keine Sekunde täuschen.

»Barne kann ein guter Freund werden, mehr nicht.«

»So, so.«

»Da kribbelt nichts«, setzte Katharina hinzu.

Nella legte den Kopf schief. »Zu schade. Dabei würdet ihr wunderbar zusammenpassen. So als Kollegen.«

Katharina wusste inzwischen, dass Barne genau wie sie Grundschullehrer war. Er unterrichtete an einer Zwergschule, die neben der großen Schule von Langeoog ein Dasein als Aschenputtel führte. Katharina hatte bereits alles darüber von Annabel, Nella und Pauline erfahren. Für das kommende Schuljahr war zu befürchten, dass die kleine Inselschule schließen musste, weil die zweite Lehrerin ihre Elternzeit angetreten hatte und auch nicht vorhatte, noch einmal zurückzukehren.

»Ganz allein schafft der arme Barne es nicht«, hatte Pauline gesagt und Katharina dabei bedeutungsvoll angeschaut.

»Was hat das mit mir zu tun?«, hatte sie verwirrt zurückgefragt.

»Na, Deern, bist wohl doch nicht so plietsch, wie ich dachte.«

Sogar Sophie hatte davon geschwärmt, dass ihre Paula, die noch nicht einmal laufen konnte, eines Tages die kleine Inselschule besuchen würde. »Die ist so hübsch und gemütlich. Da würde sie nicht so schnell untergehen wie in der großen Schule mit den vielen Kindern.«

Katharina hatte gelächelt und dabei gedacht, dass Sophie offenbar sehr weit im Voraus plante.

Nella gab so schnell nicht auf. »Ist dir schon aufgefallen, wie toll Barne aussieht, wenn er die Brille abnimmt?«

»Ach, lass gut sein.« Weil das ein wenig zu barsch klang, fügte Katharina hinzu: »Entschuldigung. Aber du weißt genauso gut wie ich, dass man Liebe nicht erzwingen kann.«

»Stimmt leider. Dabei wäre alles perfekt. Du könntest unsere Freundin bleiben, Mila würde groß und stark werden, und unsere kleine Inselschule bliebe uns erhalten.« Sie machte eine kurze Pause und sagte dann vorsichtig: »Aber das hat alles keinen Sinn, wenn dein Herz in Köln festhängt.«

Katharina staunte über Nellas Hellsichtigkeit, ging aber nicht sofort darauf ein.

Sie blickte zum Reitplatz. Die Ponys waren angetrabt, und sie hatte den Eindruck, dass Mila ein wenig schief in ihrem Sattel hing. Aber sie beruhigte sich mit dem Gedanken, dass sie keine Fachfrau war.

Erst dann sagte sie zu Nella: »Ja, so ist es wohl. Mal davon abgesehen, glaube ich auch nicht, dass ich mich in einen Robbenflüsterer verlieben kann.«

»Robbenflüsterer! Das passt.« Nella prustete los, und auch Katharina musste lachen.

»Ruhe da drüben!«, rief Francesca mit der ganzen Strenge eines Teenagers. »Ihr macht mir noch die Ponys verrückt.«

»Die haben nicht mal mit den langen Ohren gezuckt«, flüsterte Nella, gehorchte aber.

Dann schaute sie Katharina an. »Erzählst du mir jetzt von dem Kerl, oder nicht?«

»Klar. Er ist groß, breitschultrig und hellblond.«

»Klingt nach einem Nordmann«, meinte Nella augenzwinkernd.

»Ja. Er würde gut hierher passen.«

Nellas Blick wurde forschend. »Höre ich da Sehnsucht in deiner Stimme?«

»Ich weiß auch nicht. Ich dachte, ein wenig Abstand würde mir guttun, aber ich muss ständig an ihn denken.«

»Mhm. Also, an meinen Ex-Freund musste ich, ehrlich gesagt, gar nicht mehr denken, als ich nach Langeoog kam. So ähnlich sind sich unsere Geschichten also wohl doch nicht.«

»Und er hat kobaltblaue Augen.«

»Wow! Darin kommt deine Tochter also nach ihm. Tja, bedenklich.«

»Was?«

»Ich fürchte, du liebst ihn.«

Katharina senkte den Kopf. »Aber es ist eine unmögliche Geschichte. Als wir uns kennengelernt haben, war ich knapp siebzehn. Das ist mehr als zwanzig Jahre her. Seitdem komme ich einfach nicht von ihm los. Damals war er Student an der Kunstschule und verdiente ein bisschen Geld als Pflastermaler auf der Domplatte. Inzwischen hat er sich als Maler einen Namen gemacht.«

»Oh, also ist er fast ein Kollege von mir.«

»Inwiefern?«

»Ich bin ausgebildete Porzellanmalerin«, erklärte Nella. »Das Töpferhandwerk war lange Zeit nur ein Hobby. Aber inzwischen verbinde ich beides miteinander und dekoriere meine Werke. Langeoog ist übrigens sehr inspirierend.«

Katharina schüttelte den Kopf. »Für Leo wahrscheinlich nicht. Er malt Bilder der Großstadt, am liebsten ganz ohne Menschen darin, oder nur mit ein, zwei einsamen Figuren.«

»Also ist Edward Hopper sein Vorbild.«

»Definitiv.« Katharina konnte Leos Schwärmereien für den großen amerikanischen Maler des zwanzigsten Jahrhunderts kaum noch hören. »Aber er hat seinen eigenen Stil.«

»Trotzdem wäre die Insel gut für ihn. Hier gibt es viel Landschaft ohne Menschen.«

»Sehr viel. Ich fühle mich oft wie verloren.«

»Daran gewöhnst du dich noch. Also? Wie ging es weiter?«

Katharina seufzte verhalten. »Wir wurden schnell ein Paar, aber Leo wollte sich von Anfang an nicht wirklich binden. Er ist fünf Jahre älter als ich, und damals war das ein großer Altersunterschied. Er hat mich wohl nicht ganz ernst genommen.«

Nella runzelte die Stirn. »Aber du bist erwachsen geworden, hast studiert, eine Stelle als Lehrerin gefunden und ein Kind bekommen. Wie kann es sein, dass er dich immer noch nicht ernst nimmt?«

Katharina hob die Achseln. »So genau weiß ich das nicht. Ich denke, inzwischen respektiert er mich, aber wahrscheinlich liebt er mich nicht genug.«

Als sie Nellas fragenden Blick bemerkte, fügte sie hinzu: »Er besteht darauf, dass wir in zwei Wohnungen leben, weil er behauptet, er brauche als Künstler seine Freiheit.«

»Aha«, murmelte Nella nur.

Katharina hatte auf einmal das Gefühl, Leo verteidigen zu müssen. »Aber er ist ein ganz wunderbarer Vater. Er verbringt viel Zeit mit Mila, und wenn sie krank ist, kommt er mir immer zu Hilfe. Und außerdem ist er …«

»Was?«, fragte Nella.

»Na ja, er ist ein wundervoller Liebhaber.«

»Verstehe.«

Katharina wusste nicht recht, was sie noch hinzufügen sollte, also schwieg sie. Nella sagte auch keinen Ton.

Als die Stille zwischen ihnen drückend wurde, fragte Katharina: »Findest du das nicht gut?«

Nella stieß einen Seufzer aus. »Darf ich ehrlich sein?«

»Ja bitte«, erwiderte Katharina mit einem flauen Gefühl im Magen.

»Dein Leo erinnert mich in gewisser Weise doch wieder an meinen Ex. Nicht, was die erotische Seite betrifft, die war nie besonders aufregend. Aber wir haben auch nicht zusammengewohnt, und für ihn war es sehr bequem, dass ich im Porzellangeschäft seiner Familie gearbeitet habe. Und genauso gemütlich hat es sich dein Leo gemacht. Er hat eine Familie, wann immer es ihm passt, und er kann jederzeit unverbindlichen Sex haben.«

»Aber das stimmt so nicht. Ich sage doch, er kümmert sich viel um Mila.«

»Das ist nur meine Meinung, Katharina.«

»Ich weiß«, gab sie kleinlaut zurück. »Wenn ich ehrlich bin, habe ich das auch schon gedacht. Deswegen muss ich auch eine Entscheidung treffen. So kann ich nicht weitermachen. Ich habe nur Angst vor Milas Reaktion, wenn ich mich von Leo trenne.«

»Das verstehe ich. Aber er bliebe trotzdem ihr Vater.«

»Sicher.«

Insgeheim befürchtete Katharina jedoch, Leo könnte sich von ihnen beiden zurückziehen, wenn sie mit ihm Schluss machte. Und das würde ihrer Tochter das Herz brechen.

Wieder blickte sie zum Reitplatz.

Dann schrie sie auf.

5. Kapitel

Katharina sprang auf. »Mila!«

Das Pony ihrer Tochter trippelte mit kleinen Schritten um eine Ecke. Mila hing nicht mehr schief, sie rutschte aus dem Sattel! Ihr linker Fuß geriet den Hufen gefährlich nahe.

Katharina rannte los, Nella kam ihr nach. Doch als sie den Reitplatz erreichten, war es schon zu spät. Mila lag bereits im Sand, und das Pony trabte ohne sie weiter.

Katharina ließ sich neben sie auf die Knie fallen. »Geht es dir gut, Spatz? Hast du dir wehgetan?«

Zu ihrer Überraschung weinte Mila nicht, sondern grinste stolz. »Francesca hat gesagt, wer noch nie gestürzt ist, ist kein richtiger Reiter.«

»Sie ist nicht gestürzt, sie ist in Zeitlupe runtergerutscht«, sagte eins der anderen Mädchen. Es hatte wie auch die dritte Schülerin ihr Pony angehalten. »Das zählt nicht.«

Sie erntete von Mila einen bösen Blick. »Runterfallen ist runterfallen!« Nun schimmerten doch Tränen in ihren Augen.

Katharina wartete darauf, dass sie plötzlich rot anlaufen und nach Luft ringen würde. Nichts dergleichen geschah. Mila stand auf, stemmte die Fäuste in die schmalen Hüften und starrte das Mädchen an. Falls sie jemals ein schwächliches von Allergien und Asthma geplagtes Kind gewesen war – im Augenblick war davon nichts zu spüren. Trotz ihrer Angst empfand Katharina auch Stolz auf ihre Tochter.

»Ruhe jetzt!« Francescas strenge Stimme beendete den Streit.

Sie führte Milas Pony am Zügel heran und brachte es vor ihr zum Stehen. »Aufsteigen!«

»Bist du verrückt?«, fragte Katharina und stellte sich zwischen Pony und Tochter. Was ein bisschen lächerlich aussah, denn das Pferdchen reichte ihr kaum bis zum Brustkorb. »Meiner Tochter hätte sonst was passieren können!«

»Quatsch.«

Francesca zog ein Gesicht, als müsse sie schon ihr Leben lang überbesorgte Eltern beruhigen.

»Aber ihr Fuß hätte im Steigbügel hängen bleiben können. Dann wäre sie mitgeschleift worden.«

Katharina hatte eine solche Szene mal in einem Western gesehen. Allein bei der Vorstellung lief ihr ein kalter Schauer über den Rücken.

»Nee.« Francesca deutete auf einen Steigbügel am Bauch des Ponys. Er sah irgendwie aufgeklappt aus. »Da ist ein Sicherheitsmechanismus, sehen Sie? Sobald zu viel Druck draufkommt, geht er auf, und der Reiter fällt einfach nur zu Boden.«

»Aber …«

»Außerdem muss man sofort wieder aufsteigen, wenn man gestürzt ist. Sonst wird die Angst zu groß.«

»Aber …«

Nella drückte ihre Schulter. »Ich denke, sie weiß, was sie tut. Vertrau ihr.«

Bevor Katharina reagieren konnte, hatte Francesca ihre Tochter schon gepackt und mit Schwung zurück in den Sattel gesetzt. Mit so viel Schwung, das Mila um ein Haar auf der anderen Seite wieder hinuntergerutscht wäre.

Katharina zuckte erschrocken zusammen, aber dann saß Mila aufrecht im Sattel, strahlte und tat, als wäre nichts Besonderes vorgefallen.

Francesca wies alle drei Mädchen an, die Steigbügel gekreuzt über den Pferdehals zu legen.

»Wir machen jetzt ein paar Runden im Schritt, und ihr lernt den festen Schenkeldruck. Dann passiert nächstes Mal nichts.«

»Herrgott!«, stieß Katharina aus.

Nellas Druck auf ihrer Schulter verstärkte sich. »Komm, lassen wir sie mal machen.«

Als Katharina wieder am Tisch saß, merkte sie, dass ihre Hände zitterten.

»Jetzt würde dir ein Schlückchen von Paulines Teufelszeug guttun«, meinte Nella.

»Bloß nicht!«

Nella lachte. »Guck nur, wie stolz deine Tochter ist. Sie ist gefallen und wieder aufgestanden. Ist es nicht das, worauf es im Leben ankommt?«

»Schöne Philosophie, Nella. Aber das geht auch ein bisschen weniger gefährlich.«

Trotzdem musste Katharina ihrer Freundin recht geben. Mila schien in den letzten paar Minuten regelrecht gewachsen zu sein. Sie sah aus wie eine Amazone, die siegreich aus einer Schlacht zurückkehrte. *Na gut,* korrigierte sich Katharina im Stillen, *wie eine Amazone im Miniaturformat.*

Trotzdem nahm sie sich vor, später ein Wörtchen mit Annabel zu reden. Und sie würde Mila bei keiner Reitstunde auch nur eine Minute aus den Augen lassen.

Nella knüpfte an das Gespräch an, als hätte es keine halsbrecherische Unterbrechung gegeben. »Du denkst also an Scheidung?«

Katharina, deren Blick fest auf ihre Tochter gerichtet war, hörte nur mit halben Ohr zu. »Warum sollte ich?«

»Na, du hast doch gesagt, du willst dich von Leo trennen.«

»Stimmt, aber eine Scheidung ist nicht nötig. Wir haben nie geheiratet.«

»Oh. Und ich dachte, er hätte deinen Namen angenommen und Mila heißt deshalb auch Corvara.«

»Nein. Leo heißt Jenckel mit Nachnamen.« Katharina schaute kurz zu Nella. Deren Gesichtsausdruck war nicht schwer zu deuten.

»Ich weiß schon, was du sagen willst«, kam sie ihr daher zuvor. »Ich hab's dem Mann zu leicht gemacht.«

»Kommt hin.« Nella lächelte ihr zu. »Aber ich bin wirklich die Letzte, die sich ein Urteil erlauben darf. Ich habe mir schließlich jahrelang mit meinem Ex selbst was vorgelogen.«

Katharina schaute wieder zu ihre Tochter und bemerkte, dass die Ponys nun in der Mitte des Reitplatzes standen. Eines nach dem anderen glitten die Mädchen aus dem Sattel. Dann führten sie ihre Pferdchen am Zügel in Richtung Stall.

»Ich sollte nach ihr schauen«, sagte Katharina.

»Brauchst du nicht. Jetzt wird abgesattelt, und dann werden die Ponys noch einmal gestriegelt und gefüttert. Anschließend mache ich Kakao für alle. Annabel hat mich darum gebeten.«

»Aber Mila braucht mich vielleicht.«

»Dann würde sie doch nach dir rufen, meinst du nicht? Lass sie mal machen. Bestimmt wäre es ihr vor den anderen Mädchen peinlich, wenn du sie jetzt bemuttern würdest.«

Im Stillen musste Katharina ihrer neuen Freundin recht geben. Sie saß eine Weile schweigend und wartete auf einen Ruf Milas. Da kam aber nichts.

Nella stand auf. »Ich gehe dann mal in die Küche. Magst du mitkommen?«

Katharina wollte schon zustimmen, als ihr Blick auf das Inselwäldchen fiel, das direkt hinter dem Reitplatz begann.

»Ich glaube, ich würde lieber einen Spaziergang machen. Es gibt so einiges, worüber ich nachdenken muss. Glaubst du, du kommst allein zurecht?«

Nella zwinkerte ihr zu. »Mit drei Zehnjährigen, die nur über Pferde reden? Ich denke, das schaffe ich.«

»Tausend Dank. Und wenn etwas ist, ruf mich sofort an, ja?«

»Versprochen. Nun verschwinde schon. Aber denk daran, dass wir uns heute Abend in der Strandbar treffen.«

Katharina fragte sich, ob sie überhaupt noch in der Stimmung für eine fröhliche Party sein würde, nickte jedoch und fügte hinzu: »Mila hat meine Nummer.«

»Geht klar.«

Trotzdem ging sie kurz in den Stall. Mila rollte zwar mit den Augen, aber Katharina musste sich einfach vergewissern, dass sie wirklich nicht gebraucht wurde.

Erst danach folgte sie einem Pfad um den Reitplatz herum in den Wald.

Kaum war Katharina zwischen Birken, Erlen, Pappeln und Ebereschen in diese völlig andere Welt eingetaucht, wusste sie, es war die richtige Entscheidung gewesen. Tiefe Ruhe lag über dem ungewöhnlichen Wäldchen. Ungewöhnlich deshalb, so wusste sie, weil Langeoog ein weitgehend sandiges Eiland war. Und die Entstehungsgeschichte war eher traurig. Das Wäldchen war nach dem Krieg auf dem Areal des von Nationalsozialisten gebauten Militärflughafens entstanden. Und dennoch war es eine Wohltat, auf den Wanderpfaden zu gehen und tief die Luft einzuatmen, die hier würziger und erdiger roch.

Katharina schob jede Sorge um Mila beiseite, freute sich an dem Frieden um sie herum und setzte ohne Hast einen Schritt vor den anderen.

Das Gedankenkarussell, das sie seit Jahren heimsuchte, drehte sich langsamer, kam fast zur Ruhe, ließ sie freier atmen. Ob es an der Insel lag, an diesem Wald, oder einfach an ihr selbst und ihrer persönlichen Entwicklung: Katharina wusste auf einmal, dass sie stark genug für die richtige Entscheidung sein würde. Sie konnte nicht länger ein Leben im Niemandsland führen, halb Ehefrau und Mutter, halb Alleinerziehende; halb liebende Partnerin, halb Single.

Ich habe etwas Besseres verdient, sagte sie sich und staunte, dass sie das früher nie so klar formuliert hatte.

Sie dachte an Nella, Annabel und Sophie. Und sogar an Sara, obwohl sie die Betreiberin der Strandbar noch gar nicht kannte. Diese jungen Frauen waren ein leuchtendes Beispiel dafür, wie man sein Leben selbst in die Hand nahm und das große Glück für sich erkämpfte. Vielleicht war es ja ihr Verdienst, dass Katharina auf einmal klar sehen konnte.

Als ihr Smartphone vibrierte, wusste sie ohne hinzuschauen, dass es Leo war. Seit Tagen lehnte sie seine Anrufe ab und antwortete nur knapp auf seine vielen WhatsApp-Nachrichten. Weil sie Zeit für sich brauchte, hatte sie sich eingeredet.

Weil ich feige war, gestand sie sich jetzt ein.

Sie entdeckte einen Holzklotz am Wegesrand, setzte sich und nahm den Videoanruf entgegen.

»Hallo«, sagte sie freundlich und verschloss ihr Herz. *Warum nicht jetzt?*, fragte sie sich. *Warum entscheide ich nicht sofort und sage ihm, dass es aus ist?*

Es mochte feige sein, das persönliche Gespräch zu vermeiden, aber sie musste endlich mal das tun, was für sie selbst am besten war.

»Hallo, meine Schöne«, sagte Leo, schenkte ihr einen seiner tiefen Blicke und lächelte.

Katharina musste schlucken. Sie hatte erwartet, er würde sauer sein, weil sie ihn so lange ignoriert hatte. Stattdessen zeigte er sich von seiner angenehmsten Seite. Sie schaute genauer hin. Offenbar hatte er sogar sein T-Shirt gebügelt und …

»Warst du beim Friseur?«, fragte sie überrascht.

Leo pflegte sein Künstlerimage auch damit, dass er seine blonden Haare schulterlang trug. Nun jedoch fehlte da ein ganzes Stück.

»Ja, gefällt es dir?«

»Du siehst anders aus.«

»Meinst du, spießig?«

Die Panik in seinen Augen ließ sie auflachen.

»Ganz so schlimm ist es nicht, keine Sorge. Dafür müsstest du ein vernünftiges Hemd, Hosen ohne Löcher und vielleicht eine Brille tragen.«

Leo schlug sich mit der freien Hand leicht gegen die Stirn. »Gott bewahre!«

Katharina musste an Barne denken. Dieser freundliche, gebildete Mann war auf höchst angenehme Art ein Spießer.

Aber auch ein Robbenflüsterer, fügte sie im Stillen hinzu.

So gut wie jeder auf der Insel zerriss sich das Maul über den Lehrer, der seine Freizeit damit verbrachte, den Robben Geschichten zu erzählen. Einzig die alte Pauline verteidigte ihn. Ein Mann müsse das Recht haben, seinen Kummer so zu verarbeiten, wie es ihm richtig schien. Andere würden sich besaufen und Prügeleien anfangen, dagegen sei Barne noch harmlos. Welche Art von Kummer er mit sich herumtrug, verriet sie allerdings nicht. Das müsse Katharina schon selbst herausfinden.

»Tok, Tok!«, rief Leo. »Wo bist du mit deinen Gedanken?«

»Ganz bei dir«, erwiderte sie und ärgerte sich augenblicklich, weil sie wie die alte Katharina klang, die ihm stets alles recht machen wollte.

»Okay. Aber wieso bist du in einem Wald? Das sind doch Bäume hinter dir, oder? Ich dachte, ihr seid auf einer sandigen Nordseeinsel.«

»Stimmt. Das Inselwäldchen ist eine Besonderheit von Langeoog.« Sie überlegte, ob sie ihm die Geschichte dazu erzählen sollte, doch er wirkte bereits gelangweilt.

»Ihr fehlt mir«, sagte Leo.

»Mila oder ich?«

»Ihr beide, aber du ganz besonders.«

Der Sex oder ich?, hätte sie am liebsten weitergefragt, konnte es sich aber gerade noch verkneifen. Das wäre gemein gewesen, und Leo verdiente keine Gemeinheit. Er hatte eine

Menge Fehler, aber er war immer aufrichtig zu ihr, und wenn sie zusammen waren, gab er ihr das Gefühl, die einzige Frau auf der Welt zu sein. Leider hielt dieses Gefühl selten bis zum nächsten Morgen an, weil Leo entweder noch in der Nacht oder vor dem Frühstück wieder verschwand.

»Wie geht es dir?«, fragte er nun.

Er wirkte aufrichtig interessiert, dennoch fasste sie sich kurz. »Ganz prima. Die ersten zwei Wochen sind wie im Flug vergangen.«

»Für mich nicht. Hier ziehen sich die Tage ins Unendliche. Ich habe noch nicht einmal die Energie, zu malen.«

Das kam überraschend. Leo war ein Künstler, der von seiner Inspiration geradezu verfolgt wurde. Es konnte vorkommen, dass er eine Party oder ein Abendessen mit Freunden verließ, weil er ganz dringend an seine Staffelei musste.

Katharina verstummte. Das passte so gar nicht zu ihm. Leo wirkte verwirrt, aber dann fragte er nach Mila.

Sie überlegte, ob sie ihm von dem Sturz auf dem Reitplatz erzählen sollte, entschied sich jedoch dagegen. Leo war ein überbesorgter Vater, obwohl er diese Eigenschaft stets zu verbergen suchte, um seinen Ruf nicht zu schädigen. Außerdem war ja gar nichts passiert. Mila war nur von ihrem Pony *runtergerutscht* und gleich wieder aufgestiegen.

»Es ist unglaublich, wie gut es ihr geht«, sagte sie. »Seit wir hier sind, hat sie weder einen Allergieschub noch einen Asthmaanfall gehabt.«

»Klingt zu schön, um wahr zu sein.«

»Stimmt aber. Die schadstoffarme und jodhaltige Nordseeluft wirkt wahre Wunder.«

»Obwohl es einen Wald gibt.«

»Genau. Und Mila ist vorhin sogar am Waldrand geritten.«

»Sie ist *was?*«

Katharina biss sich auf die Zunge und fügte dann schnell hinzu: »Auf einem winzig kleinen Pony.«

Leo schwieg und starrte sie nur an. Seine Tochter, die Sport machte, konnte er sich einfach nicht vorstellen.

Für einen Künstler hat er aber nicht sehr viel Phantasie, dachte Katharina mit einem leisen Anflug von Schadenfreude.

Endlich fand Leo seine Sprache wieder. »Anscheinend war diese Mutter-Kind-Kur wirklich eine gute Idee. Ich freue mich für euch.«

»Tue nicht so, als hättest du mich dabei unterstützt«, gab sie erbost zurück. »Du hast sogar versucht, mich davon abzuhalten, die Anträge zu stellen.«

Leo senkte den Blick. »Weil ich ein Idiot bin, und weil ich Angst hatte.«

»Wovor?«

»Vor dem Alleinsein«, gab er zu.

Ihr Herz wurde weich, und in diesem Augenblick liebte sie ihn sehr. »Du bist doch nur allein, wenn du arbeitest. Sonst hast du immer eine Menge Freunde um dich.«

Sein Gesicht verdüsterte sich. »Das sind alles Schmarotzer, die von meinem Erfolg was abhaben wollen.«

Katharina verkniff sich ein Lachen. So wahnsinnig erfolgreich war Leo gar nicht. Es hatte eine Zeit gegeben, so vor sieben, acht Jahren, da hatten sich namhafte Kunstsammler für seine Arbeiten interessiert, und ein paar bekannte Galerien hatten seine Werke ausgestellt. Doch bald kamen neue junge Maler in Mode, und Leo geriet fast in Vergessenheit. Dass er sich noch immer als Künstler über Wasser halten konnte, verdankte er zwei treuen Kunden und der Tatsache, dass er sich nicht zu schade war, auch kommerzielle Aufträge anzunehmen. So hatte er im Frühjahr für eine Bankfiliale in der Innenstadt ein beeindruckendes Wandbild erschaffen. Seitdem waren mehrere Anfrage eingegangen. Katharina ahnte, dass seine Künstlerseele insgeheim aufschrie, aber Leo war wenigstens in diesem Punkt vernünftig. Er zahlte regelmäßig Milas Alimente und unterstützte Katharina finanziell auch sonst, wo er konnte. Sie hatte ihm mal vorgerechnet, wie viel sie einsparen könnten, wenn sie nur eine Miete zahlen müssten, aber wie gewöhnlich hatte er nur mit einem vagen Lächeln geantwortet.

»Wann kommt ihr zurück?«

»In einem Monat, das weißt du doch.«

»Das ist noch viel zu lange hin. Wenn es Mila so viel besser geht, könntet ihr auch früher heimkehren.«

»Und die Kur abbrechen? Das wäre keine gute Idee. Vielleicht behältst du nämlich ausnahmsweise mal nicht recht.«

»Was meinst du?«

Katharina räusperte sich. »Du hast behauptet, nach der Kur würden Milas Symptome bald zurückkehren. Inzwischen halte ich es für möglich, dass es ihr auch langfristig besser gehen wird.«

»Okay«, sagte er schlicht, wirkte dabei aber alles andere als glücklich.

Katharina wusste auf einmal, dass sie sich hier und jetzt nicht von ihm trennen konnte. Sie musste noch etwas mehr Kraft sammeln und mutiger werden. Also sagte sie nur: »Ich habe nur noch zehn Prozent auf dem Akku. Außerdem muss ich los.«

»Wohin so eilig?«

»Mila abholen und dann umziehen. Ich bin in einer Strandbar verabredet.«

»Mit wem?« Er hörte sich alarmiert an.

Katharina grinste in sich hinein. »Tschüs, Leo.«

Sie dachte gar nicht daran, ihn zu beruhigen. Mochte sie sich auch nur mit ihren Freundinnen treffen – das ging ihn gar nichts an. Außerdem war es ja gut möglich, dass Barne auch dort sein würde. Auf einmal freute sie sich darauf, ihn zu sehen.

6. Kapitel

Es wurde spät, bis Katharina sich endlich zur Strandbar aufmachte. Nella hatte ihr bereits zwei Nachrichten geschickt und ihr gedroht, die Freundschaft zu kündigen, wenn sie nicht bald auftauchen würde. Aber Katharina hatte ungewöhnlich lange gebraucht, um sich für ein Outfit zu entscheiden. Warum, wusste sie selbst nicht so genau. Schließlich fiel ihre Wahl auf ein sonnengelbes Sommerkleid mit tiefem Ausschnitt und weit schwingendem Rock. Leo hatte anerkennend durch die Zähne gepfiffen, als sie es zu Hause in Köln das erste Mal getragen hatte.

Weil sie sich an der Nordsee und nicht am Mittelmeer befand, legte sie sich noch eine leichte Wollstola um die Schultern. Auch mit ihrem Make-up gab sie sich Mühe. Ihr volles dunkles Haar, das sich ohnehin nur schwer bändigen ließ, trug sie offen.

Sie vergewisserte sich noch, dass mit Mila alles in Ordnung war, dann ging sie los. Als sie die Dünen überquert hatte, hörte sie schon fröhliches Partygelächter und sah das einladende Licht am Strand. Auf einmal hatte sie es eilig und lief so schnell, wie es in dem tiefen Sand möglich war.

Ihr fiel auf, dass bei Paulines Strandkorbverleih alles dunkel war, dachte sich jedoch nichts dabei. Von Nella wusste sie, dass die alte Frau gern mal Partys in der Strandbar aufmischte, indem sie heimlich Aquavit in die Drinks der Gäste kippte. Sara habe aber ein Auge darauf, dass sie es nicht übertrieb, und wenn es zu besonderen Anlässen eine Bowle gab, sparte Sara einfach selbst am Alkohol, weil sie wusste, da kam noch was hinzu.

Nella hatte auch erzählt, dass Pauline am liebsten in ihrer kleinen Bretterbude schlief, die sie sich gemütlich eingerichtet hatte. Offiziell war das verboten, aber die Inselpolizei drückte bei Pauline grundsätzlich ein Auge zu. Auch sollte man die Beamten schon dabei beobachtet haben, wie sie nach Dienstschluss ihre Fahrräder am Fuß der Dünen ließen, zu Pauline eilten und sich ein Schlückchen genehmigten. So eine langweilige Schicht auf einer gewaltarmen Insel musste runtergespült werden.

Eine Gruppe Männer stand auf den Stufen zur Terrasse, machte Katharina aber bereitwillig Platz. Sie lächelten ihr freundlich zu, und sie lächelte zurück. Zwei von ihnen schienen Italiener zu sein. *Das sind wohl die Brüder Riccardo und Matteo,* dachte sie.

Der größere und unverschämt gut aussehende musste Riccardo sein, Annabels Verlobter. Sie hatte ihn bisher noch nicht kennengelernt. Der andere war dann Matteo, Sophies Mann. Er war eher ein Typ für den zweiten Blick und wirkte ausgesprochen warmherzig. Auch ihm war Katharina noch nicht begegnet. Ein dritter Mann war hoch aufgeschossen und schlaksig, der vierte in der Gruppe verschlug Katharina regelrecht den Atem. Sie wusste auf Anhieb, dass dies der schöne

Jack sein musste. Sein blondes Haar schimmerte im Schein der untergehenden Sonne, seine Gesichtszüge waren markant und erinnerten Katharina ein wenig an den jungen Robert Redford. Zu allem Überfluss besaß er auch noch ein paar strahlend hellblaue Augen und die Figur eines Sportlers.

Kein Wunder, dass Nella ihm sofort verfallen ist, überlegte sie.

Für ihr eigenes Herz bestand zum Glück keine Gefahr. Es war ja nach wie vor von Leo besetzt.

Katharina seufzte verhalten, ging an der Gruppe vorbei und suchte nach bekannten Gesichtern.

Auf der Terrasse standen mit vielen Kissen bestückte Korbmöbel, Windlichter schufen eine gemütliche Atmosphäre, und eine sanfte Abendbrise kühlte den einen oder anderen Sonnenbrand.

»Hierher!« Nella war aufgesprungen und winkte wie wild.

Katharina fühlte sich ein wenig wie eine Marathonläuferin, die wider Erwarten das Ziel erreicht hatte, so überschwänglich wurde sie von ihrer neuen Freundin begrüßt.

Neben Nella saßen Sophie und Annabel. Beide grinsten ihr entgegen. Sophie hielt etwas auf dem Arm, das Katharina im ersten verwirrten Moment für ihr Baby hielt. Ein ziemlich hässliches Baby mit abgeknickten Ohren und Glubschaugen. Zu ihrer Erleichterung erkannte sie, dass es ein kleiner Hund war.

»Das ist Bella«, stellte Sophie vor. »Sie gehört Sara, aber wir lieben sie alle.«

»Sie dachte, das wäre deine kleine Paula«, sagte Annabel, und alle drei Frauen lachten los. Katharina konnte gar nicht anders, als mitzulachen.

Als sie sich ein wenig beruhigt hatten, erklärte Sophie: »Meine Mutter ist zu Besuch und kümmert sich um Paula. Sie ist ganz vernarrt in ihre Enkelin.«

»Dafür, dass sie die arme Sophie verlassen hat, als sie noch ein Kind war, macht sie sich als Oma ganz gut«, kommentierte Annabel schonungslos.

Katharina tat, als würde sie die Getränkekarte studieren. Es war ihr ein peinlich, die privaten Angelegenheiten von Menschen zu erfahren, die sie im Grunde kaum kannte.

»Mach dir nichts draus«, meinte Nella. »Familiengeheimnisse werden auf Langeoog schneller gelüftet, als ein Windstoß einen Sonnenhut wegwehen kann. Wenn unsere Generation es nicht schafft, dann garantiert Paulines.«

»Wo ist Pauline eigentlich?«, fragte Katharina. »Ich habe gesehen, dass bei ihr alles dunkel war.«

Sophie bettete Bella auf ihren anderen Arm, bevor sie antwortete: »Das ist ein bisschen komisch. Aber lenk nicht ab. Welche düsteren Geheimnisse verbirgst du?«

»Gar keine. Ich habe Nella schon alles erzählt.«

Ein Blick in Sophies und Annabels Augen verriet ihr, dass sie über ihre sonderbare Beziehung bereits Bescheid wussten.

Sara rettete sie. Die junge Wirtin trat neben Katharina und reichte ihr die Hand. »Schön, dass du da bist. Was darf ich dir bringen?«

»Hallo«, erwiderte Katharina. Sara war genauso klein wie sie selbst und Nella, und hatte schönes, braunes Haar mit einem Goldschimmer darin.

»Ich mache mir nicht viel aus Alkohol«, erklärte sie entschuldigend.

»Okay, dann bereite ich dir einen schönen Mocktail zu. Mit Ananassaft, Tonic und Crodino. Das ist ein …«

»… italienischer alkoholfreier Aperitif, ich weiß. Mein Vater ist Sizilianer.«

»Na, wunderbar. Dann hast du als Halbitalienerin mit der kleinen Paula was gemeinsam.«

Schon wieder lachten alle, und Katharina fühlte sich unglaublich wohl in der Runde. Sie nahm neben Nella auf einem kleinen Sofa Platz, wartete auf ihr Getränk und hörte den anderen beim Plaudern zu.

Es ging natürlich um die kleine Paula, dann um Sophies neueste Kreationen aus Eis und Kuchen, schließlich auch um den Ponyhof, der offenbar aus den roten Zahlen raus war, und um Nellas Töpferei.

»Wann kommt Jack eigentlich mal zu Potte?«, wollte Sophie wissen.

Katharina spürte, wie Nella sich versteifte.

»Nicht jede Frau will unbedingt gleich heiraten«, erwiderte die Töpferin säuerlich.

»Du aber schon«, meinte Annabel. »Und ich übrigens auch. Manchmal fürchte ich, Riccardo will sein Leben lang bloß verlobt sein. Da ist Saras Benedikt anders. Sie hat mir verraten, dass sie im Herbst heiraten werden. Sobald der größte Ansturm auf Langeoog vorbei sein wird.«

Für die anderen Frauen schien das keine Neuigkeit zu sein, und Katharina freute sich insgeheim für die sympathische Wirtin, obwohl sie sie kaum kannte.

Sophie lehnte sich zurück. Als einzige verheiratete Frau in der Runde bedauerte sie es offensichtlich, das Thema angeschnitten zu haben.

»Tut mir leid«, sagte sie dann auch prompt. »Ich fürchte, Pauline hat mit ihrer direkten Art schon auf mich abgefärbt.«

»Schon gut«, murmelten Nella und Annabel wie aus einem Mund.

»Ich kenne Pauline nicht besonders gut«, warf Katharina ein, »aber ich finde es seltsam, dass es kein Lebenszeichen von ihr gibt.«

Sara, die gerade ein hohes Cocktailglas vor sie auf einen niedrigen Tisch stellte, wunderte sich. »Was ist denn los?«

»Bei ihrem Strandkorbverleih ist alles dunkel, und hier ist sie auch nicht«, sagte Katharina. Sie nippte an ihrem Drink. Er schmeckte fruchtig und frisch.

»Köstlich«, fügte sie hinzu, aber Sara war im Augenblick nicht für Komplimente empfänglich.

Sie warf Sophie, Nella und Annabel einen strengen Blick zu. »Macht ihr euch gar keine Sorgen? Mir ist nichts aufgefallen, ich bin ja auch voll beschäftigt. Aber Pauline ist über siebzig und arbeitet jeden Tag von früh bis spät. Außerdem hilft sie ihren Mitmenschen, wo sie kann. Habt ihr vergessen, dass sie jede einzelne von uns dabei unterstützt hat, auf der Insel Fuß zu fassen?«

»Tatsächlich?«, fragte Katharina gespannt und erinnerte sich daran, wie Pauline sie schon am Tag ihrer Ankunft nach ihrem Beruf gefragt hatte.

»Und ob!«, erwiderte Sara mit Nachdruck. »Mit Sophie ging es los. Anfangs war Pauline sogar eine Konkurrenz für sie, aber dann hat sie ihr mit dem Eiscafé geholfen.«

»So war es«, bekräftigte Sophie.

Sara sprach schon weiter. »Mich hat sie überredet, die Strandbar zu eröffnen, obwohl ich eigentlich viel zu schüchtern dafür war. Und sie hat mir und einer Freundin ihr Hexenhäuschen vermietet …«

»Das habe letztes Jahr ich dann bekommen«, unterbrach sie Nella. »Und ich wohne immer noch dort, bis …« Sie warf einen schnellen Blick zu Jack und verstummte dann.

»Hexenhäuschen?«, fragte Katharina.

»So nennen wir es bloß«, informierte sie Annabel. »Weil es so klein und verwunschen ist. Du bist wahrscheinlich daran vorbeigekommen. Es liegt kurz vor den Dünen direkt am Pirolatal.«

Sie strich sich die roten Haare zurück und schaut in die Runde. »Mir schickt Pauline immer mal wieder Reitschüler, damit ich bloß nicht pleitegehe und zurück aufs Festland ziehe. Und sie hat mir mal verraten, worum es ihr bei alldem geht: Sie will so viele junge Leute wie möglich auf die Insel locken, weil sie Angst hat, dass Langeoog sonst irgendwann nur noch von Alten bevölkert wird.«

»Jetzt mal zurück zum Punkt«, forderte Sara. »Warum hat sich keine gewundert, wo sie bleibt?«

Die drei jungen Frauen machten betretene Gesichter. Dann sprang Annabel auf und rief Riccardo zu sich. Die anderen Männer nahmen die Gelegenheit wahr, ebenfalls heranzukommen. Matteo legte Sophie liebevoll einen Arm um die Schultern, der große schlaksige Mann erhaschte von Sara einen Kuss, bevor sie weitereilte. Demnach musste das ihr Verlobter Benedikt sein. Der schöne Jack zog Nella hoch und schloss sie fest in seine Arme.

»He!«, rief sie lachend. »Du tust ja gerade so, als hätten wir uns vor einem Monat zuletzt gesehen.«

»So kommt es mir auch vor«, knurrte er.

Katharina schaute angestrengt in ihr Glas. So viel Liebe um sie herum war ziemlich schwer zu ertragen.

»Ruhe!«, befahl Annabel, und Katharina wurde schlagartig klar, von wem sich Francesca diesen Befehlston abgeschaut hatte.

»Etwas stimmt nicht mit Pauline. Wer geht nachschauen?« Dabei starrte sie die Männer einen nach dem anderen an, so dass sich schließlich alle vier auf den Weg machten.

Fünf Minuten später kam Matteo zurück.

»Sie ist gestürzt!«, rief er, kaum dass er die Stufen erreicht hatten.

Ein paar Gäste, die nicht zur Gruppe der Freunde gehörten, wandten sich zu ihm um, und er senkte schnell die Stimme, als er an den Tisch trat. »Wahrscheinlich hat sie sich den Oberschenkelhals gebrochen. Sagt wenigstens Benedikt. Er ist zwar Kinderarzt, aber so was kann er ganz gut erkennen, meint er. Wir haben schon Keno angerufen.«

»Das ist Paulines Neffe«, erklärte Nella Katharina. »Der ist Fährkapitän, Wattführer und in seiner Freizeit auch Krabbenfischer, Seenotretter und Feuerwehrmann.«

»Verstehe«, meinte sie, verstand aber rein gar nichts.

»Zum Glück herrscht Flut«, sagte wieder Matteo. »Keno kann Pauline mit seinem Kutter zum Festland bringen. Von dort kommt sie dann ins Krankenhaus nach Wittmund.«

Alle Frauen wirkten bestürzt, deshalb fügte Matteo hinzu: »Benedikt sagt, sie wird sich schon wieder erholen. Sie ist zwar alt, aber zäh.«

Das half auch nicht viel, und so blieb die Stimmung gedrückt, bis schließlich Pauline fortgebracht worden war, und die Männer zur Terrasse zurückkehrten.

»Wir müssen uns versprechen, besser auf Pauline aufzupassen«, verlangte Sophie.

»Und aufeinander«, fügte Nella hinzu.

»Ganz genau«, bekräftige Annabel.

Riccardo brachte eine kleine Flasche Aquavit zum Vorschein. »Hat sie mir geschenkt«, beteuerte er. »Dafür, dass wir sie gerettet haben.«

Sara holte Schnapsgläser, und sogar Katharina trank ein Schlückchen von dem Hochprozentigen – Pauline zu Ehren. Allerdings musste sie husten, und die allgemeine Trübseligkeit löste sich in gutmütiges Gelächter auf.

Sara schickte die übrigen Gäste nach und nach fort. Das war geschäftsschädigend, aber sie schien zu merken, dass die Freunde an einem solchen Abend unter sich sein wollten.

Als der letzte Fremde gegangen war, setzte sie sich auf Benedikts Schoß und trank ebenfalls einen Schluck von dem Schnaps. »Auf Pauline!«

»Auf Pauline!«, kam es im Chor zurück.

Katharina ließ diese Runde lieber aus. Nur mit halbem Ohr hörte sie zu, wie sich die Freunde nun Geschichten über Pauline erzählten. Aber sie bekam immerhin mit, dass die kleine Paula es übermäßig eilig gehabt hatte und mit Benedikts Hilfe in Paulines Büdchen zur Welt gekommen war. Sie bemerkte, dass Matteo bei der Erinnerung blass wurde und fest die Hand seiner Frau drückte. Dann teilte ein anderer eine weitere Erinnerung, und Katharinas Gedanken schweiften ab. Nach der ganzen Aufregung wurde ihr jetzt erst bewusst, dass noch jemand fehlte. Oder sie hatte es vorher schon bemerkt, aber nicht weiter ernst genommen.

»Wo ist eigentlich Barne?«, fragte sie.

Alle acht Augenpaare richteten sich auf sie. Benedikt schaute sie nur höflich an, Riccardo und Matteo wirkten eher teilnahmslos, in Jacks Augen blitzte ein Funken Interesse auf, die Frauen blickten ausnahmslos neugierig.

Hätte ich doch bloß meinen Mund gehalten!, dachte Katharina. So viel Aufmerksamkeit war ihr unangenehm.

»Mach dir um den keine Sorgen«, sagte Sophie. »Er verbringt gern mal ganze Abende bei seinen Robben. Dann vergisst er, sich hier blicken zu lassen. Im Sommer ist es besonders schlimm mit ihm.«

»Weil dann Schulferien sind?«, hakte Katharina nach. Alle nickten, und es war Sara, die hinzufügte: »Wenn die kleine Schule im Herbst nicht wieder aufmacht, sehe ich schwarz für ihn.«

»Vielleicht bist du zu pessimistisch«, meinte Benedikt vorsichtig zu seiner Verlobten.

Die aber ließ sich nicht beirren. »Liebling, du bist mein Ein und Alles, das weißt du. Du kurierst Kinder, hast die kleine Paula auf die Welt gebracht und sogar bei unser Pauline eine Diagnose gestellt. Aber ein Seelendoktor bist du nicht. Der arme Barne trägt furchtbar schwer an einer Last, die niemand kennt. Und wenn ihm eine echte Aufgabe im Leben fehlen wird, dann weiß niemand, was aus ihm wird.«

»Das stimmt so nicht«, warf Katharina ein.

»Wie meinst du das?«, fragte Sara.

»Es gibt eine Person, die weiß, was mit ihm los ist.«

»Wer?«, fragten alle beinahe gleichzeitig.

»Pauline. Sie hat mir erzählt, dass Barne einen großen Kummer hat.«

»Und was für einen?«, wollte Annabel wissen.

»Das wollte sie leider nicht verraten.«

»Zu dumm.« Annabel ließ sich Aquavit nachschenken und kippte das Glas auf Ex.

»Pauline können wir erst fragen, wenn es ihr wieder besser geht«, stellte Nella fest.

»Bis dahin könnte sich der arme Kerl aber selbst in einen Seehund verwandeln«, nuschelte Annabel. Ganz nüchtern war sie offenbar nicht mehr.

Nella auch nicht. »Wird das hier der Abend der verschwundenen Leute? Wehe, du löst dich in Luft auf, mein geliebter Jack.«

Jack grinste bis über beide Ohren. »Ich denke gar nicht dran.«

»Wir könnten ja mal nachschauen gehen, ob er wirklich da draußen ist«, schlug Katharina vor.

»Das ist aber ein ziemlich weiter Weg bis zur östlichen Inselspitze«, warf Sara ein.

»Ach was.« Annabel winkte ab und fegte dabei fast ihr Glas vom Tisch. »Ein kleiner Spaziergang wird uns allen nach der Aufregung guttun.«

»Und wenn einer verloren geht?«, fragte Nella. Sie hatte ihre Theorie vom Abend der verschwundenen Leute offenbar noch nicht aufgegeben.

»Wir halten uns einfach aneinander fest«, schlug Annabel vor.

»Oder wir binden uns mit einem langen Seil aneinander fest«, meinte Nella.

»Wir befinden uns im Wattenmeer, nicht in den Alpen«, bemerkte Benedikt. »Und woher sollen wir überhaupt so ein langes Seil nehmen?«

»Sei doch nicht immer so schrecklich logisch«, beklagte sich Sara, die sich anscheinend ebenfalls für Nellas Vorschlag erwärmte.

Sophie stand auf. »Vielleicht hören wir einfach mal auf zu sabbeln und gehen los.«

Die anderen folgten ihrem Beispiel, fest entschlossen, einen verirrten Robbenflüsterer zu retten.

»Wir sollten Wasser mitnehmen.« sagte Sara. »Ich hole noch schnell ein paar Flaschen.« Sie eilte ins Innere der Bar.

Katharina fand, das war der vernünftigste Vorschlag von allen.

Annabel kräuselte die Stirn. »Wir sind doch nicht in der Wüste.«

Riccardo lächelte ihr liebevoll zu. »Das ist für den Nachdurst. Glaub mir, in einer halben Stunde wirst du froh darüber sein.«

7. Kapitel

Eine Viertelstunde später wünschte Katharina, sie hätte sich etwas Wärmeres als das luftige Sommerkleid angezogen. Nachdem die Sonne untergegangen war, hatte die Luft merklich abgekühlt. Außerdem war die abendlich Brise stärker geworden, und die hereingekommene Flut hatte einen zusätzlichen Kälteschub mit sich gebracht. Obwohl sich Katharina ihre Stola fest um die Schultern gewickelt hatte, fror sie jetzt schon entsetzlich und fragte sich, wie viel schlimmer das noch werden sollte. Hinzu kam, dass sie alle im Gänsemarsch im nassen Sand liefen. In ihren nackten Füßen hatte Katharina schon kaum mehr Gefühl.

Sara hatte vorgeschlagen, sie sollten durch das Pirolatal laufen. Da sei es windgeschützt und angenehmer zu gehen, aber die Männer hatten die Köpfe geschüttelt.

»Wir kennen Barne«, hatte Riccardo gesagt. »Der geht immer am Meer entlang. Könnte ja sein, dass sich einer seiner Lieblinge blicken lässt.«

Also waren sie losmarschiert. Alle außer Annabel. Die hatte plötzlich behauptet, sie müsse noch was holen und dabei einen einvernehmlichen Blick mit Riccardo getauscht.

Keiner hatte nachgefragt, so hatte auch Katharina den Mund gehalten. Sie wollte nicht für dumm gehalten werden, da Annabel offenbar etwas besorgte, das allen anderen logisch erschien.

Als empfindliches Stadtpflänzchen wollte sie auch nicht gelten. Also presste sie fest die Zähne zusammen, damit sie nicht klapperten, marschierte hinter Sophie her, deren Blondschopf auch im Dunkeln gut zu erkennen war, und fragte sich, wie sie bloß in einer solchen Situation hatte landen können. Sie war nach Langeoog gekommen, um sich zusammen mit ihrer Tochter zu erholen, und nun marschierte sie bei Kälte und Sturm inmitten einer Gruppe Einheimischer am Strand entlang, um einen Robbenflüsterer zu retten.

Na gut, Sturm nicht, korrigierte sie im Stillen. Für die anderen war diese Brise bestimmt nur ein laues Lüftchen, aber sie fror inzwischen sogar an der Kopfhaut.

Sie war nur froh, dass sie ziemlich genau in der Mitte der Gruppe marschierte. Vor Sophie ging Matteo, vor ihm wiederum liefen Benedikt und Sara. Hinter Katharina kamen Nella und Jack, das Schlusslicht bildete Riccardo. Die Gefahr, dass Katharina verlorenging, war also relativ gering. Immer wieder sagte sie sich das, trotzdem fand sie auf einmal, diese Idee mit dem langen Seil wäre gar nicht so schlecht gewesen.

Alle Teilnehmer der Expedition hatten die Taschenlampen an ihren Smartphones aktiviert, aber die Lichtkegel waren eher kläglich. Der schwarze Himmel und die dunkle See schienen sich lustig zu machen über die winzigen Menschen, die ihrer unendlichen Finsternis trotzen wollten. Da lag so ein schwaches Brausen in der Luft, ein Rauschen – es klang wie hämisches Gelächter.

Ein eisiger Schauder lief Katharina über den Rücken, und der hatte nichts mit der Kälte zu tun.

»Alles in Ordnung?«, fragte Nella leise.

»Es geht schon«, murmelte Katharina. »Es ist bloß unheimlich. Ich kenne so eine Dunkelheit nicht. Und so viel Natur auch nicht.«

»Ich weiß genau, was du meinst. Man muss sich an Langeoog erst einmal gewöhnen. Aber wenn man das geschafft hat, lässt einen die Insel nicht mehr los.«

Katharina hatte da so ihre Zweifel.

»Weißt du«, fuhr Nella fort. »Ich bin früher mit meinen Eltern kreuz und quer durch Europa gezogen. Die haben ein wahres Hippieleben geführt, und ich hatte keine Wahl. Ich musste immer mit.«

Katharina fand, das klang nach keiner schönen Kindheit, und im Stillen dankte sie ihren Eltern für das stabile Leben, das sie ihr geboten hatten. Einzig die Zerrissenheit ihres Vaters zwischen Deutschland und Sizilien war irgendwann zum Problem geworden, weil Katharina als Teenager keine große Lust mehr gehabt hatte, die gesamten Sommerferien in Süditalien zu verbringen.

Nella redete inzwischen weiter. »Als ich volljährig war, bin ich nach Meißen gezogen und dachte, ich würde nie mehr woanders leben wollen. Aber dann ist Langeoog meine Heimat geworden. Obwohl mir am Anfang alles zu weit und zu eng zugleich war.«

Sie keuchte ein wenig, was Katharina beruhigte. Sie war also nicht die Einzige, die langsam außer Puste geriet.

Jemand holte von hinten auf und legte ihr etwas um die Schultern.

»Ist bloß ein Ostfriesennerz«, sagte die männliche Stimme. Katharina war ziemlich sicher, dass sie Jack gehörte. »Was Besseres habe ich nicht dabei, aber der hält gut warm.«

Dankbar schlüpfte Katharina in die gelbe Regenjacke.

»Setz auch die Kapuze auf«, empfahl ihr Nella.

Katharina tat wie ihr geheißen und augenblicklich fror sie auch am Kopf weniger.

Kurz schaute sie sich um. »Aber ist Ihnen jetzt nicht kalt?«, fragte sie Jack.

»Kannst ruhig Du sagen«, gab er freundlich zurück. »Ich wärme mich jetzt einfach an meinem Schatz.«

Damit gab er die Formation auf, drängte sich an Nellas Seite und schlang einen Arm um ihre Schultern.

»Hört auf, rumzuturteln«, meldete sich hinter ihnen Riccardo. »Es geht um Leben und Tod.«

»Spinner«, meinte Jack gutmütig und dachte gar nicht daran, sich von seiner Liebsten zu trennen.

Katharina wandte sich wieder nach vorn, aber dort gingen inzwischen auch Sophie und Matteo eng umschlungen.

Bis zu Sara und Benedikt konnte Katharina nicht gut sehen, aber sie war ziemlich sicher, dass sich die hohe, schlaksige Gestalt nicht mehr vor, sondern neben der kleinen bewegte.

»Das ist ungerecht!«, schimpfte Riccardo.

Finde ich auch, dachte Katharina.

»Ihr zwei könnt euch ja vorübergehend zusammentun«, schlug Sophie lachend vor. »Menschen, die in den Bergen eingeschneit werden, drängen sich auch aneinander, um sich gegenseitig zu wärmen. Das nennt man Überlebensinstinkt.«

Riccardos Lachen klang trocken. »Die Frage wäre nur, wie ich Annabel das mit dem fehlenden Schnee erklären soll. Also, nein danke, ich möchte von meiner feurigen rothaarigen Verlobten nicht vorzeitig gekillt werden. Tut mir leid, Katharina.«

»Ist schon in Ordnung«, erwiderte sie und schlug die Arme um den Oberkörper. Männliche Wärme hätte ihr durchaus gefallen, aber Riccardo war dafür definitiv nicht der geeignete Kandidat.

In Leos Armen ist mir nie kalt, dachte sie sehnsüchtig.

Sofort rief sie sich innerlich zur Ordnung. Gedanken an Leo waren keine gute Idee. Wenn sie nicht aufpasste, fiel ihr sonst noch ein, dass er ihr ganz schrecklich fehlte, besonders in einer Situation wie dieser.

Sie hätte gern gefragt, wie weit es noch war, fürchtete sich aber vor der Antwort. Langeoog war gut zwölf Kilometer lang, so viel wusste sie. Aber wie weit war es von der Strandbar bis zum östlichen Ende? Vier, sechs oder gar mehr Kilometer? Und wie hatten sich ihre neuen Freunde das eigentlich vorgestellt, wie sollten sie einen solchen Fußmarsch schaffen? Inzwischen keuchte nicht nur Nella. Auch Sophie hatte anscheinend zu kämpfen.

Ein seltsames Geräusch ließ Katharina aufmerken. War das etwa die kleine Hündin Bella, die von Sara in ihrer Jacke mitgetragen wurde? Wie ein Bellen hatte das eigentlich nicht geklungen. Oder hatten sie Besuch von Robben bekommen? Was für Laute die wohl von sich gaben?

Nun hörte sie es wieder. Der Strand war hier schmal, und das Geräusch kam von der anderen Seite der Dünen.

Jetzt erkannte sie es. Das war eindeutig ein Wiehern.

»Na, endlich!«, rief Riccardo.

Alle anderen applaudierten. Dann überquerten sie die Dünen und klatschten gleich noch einmal.

»Ruhe!«, befahl Annabel. »Ihr macht mir noch die Pferde verrückt.« Aus der Dunkelheit schälte sich der Ponywagen.

Selten war Katharina ein Anblick so willkommen gewesen. Das war es also, was Annabel hatte holen müssen. Und alle außer Katharina hatten es gewusst.

Nicht die beiden kleinen Shetlands Ricky und Matty waren vor den Wagen gespannt worden, sondern zwei größeres und kräftigere Ponys.

»Wieso hat das so lange gedauert?«, wollte Riccardo wissen.

»Ich war bloß eine Dreiviertelstunde weg«, verteidigte sich Annabel.

Eine Dreiviertelstunde? Katharina hatte das Gefühl, seit einer Ewigkeit zu laufen.

»Wir fahren durch das Pirolatal und dann immer weiter nach Osten«, verkündete Annabel, und alle nickten dankbar. »Jeweils zwei Leute müssen aber am Strand bleiben. Nach zwei Kilometern wird gewechselt. Freiwillige vor.«

Zögerlich hob Katharina die Hand.

»Sie nicht«, sagte Benedikt. »Sie muss auf den Wagen, damit ich mir ihre Füße ansehen kann.«

»Was ist denn damit?«, fragte sie ahnungslos.

Mehrere Handytaschenlampen richteten sich auf sie.

»So 'n Shiet!«, stieß Sophie aus. »Hast du etwa deine Schuhe ausgezogen?«

»Ähm – ja, in den Sandalen konnte ich nicht durch den Sand laufen.«

Katharina hob nacheinander die Füße an, blickte auf die Sohlen und erschrak. Sie entdeckte Blutspuren und mindestens zwei Schnitte.

»Ist nicht so schlimm«, tröstete Nella sie. »Aber bei Dunkelheit sollte man niemals barfuß am Strand laufen. Da kann man leicht auf spitze Steinchen oder Muschelschalen treten. Jemand hätte dir das sagen müssen. Jemand, der hier schon lange lebt.«

Sie warf Jack einen vorwurfsvollen Blick zu, der hier schon viel länger lebte als sie.

Er wirkte außerordentlich zerknirscht und meldete sich wohl deshalb freiwillig für die erste Tour. Riccardo schloss sich ihm an.

»Echte Gentlemen«, meinte Annabel leicht spöttisch. »Also gut. Ich rufe euch, wenn ihr abgelöst werdet. Und nun rauf mit dir, Katharina. Ich habe einen Erste-Hilfe-Kasten im Wagen. Benedikt kann dich verarzten, und ein paar Badelatschen müssten auch noch irgendwo rumfliegen.«

»Danke«, erwiderte sie inbrünstig.

Während der Ponywagen sich mit Annabel auf dem Kutschbock wieder in Bewegung setzte, desinfizierte und verband Benedikt behutsam Katharinas Füße. Sophie, Matteo, Sara und Nella saßen auf der gegenüberliegenden Bank.

»Die Schnitte sind nicht tief«, stellte Benedikt fest.

»Ich habe auch gar nichts gemerkt«, gestand sie.

»Weil die Füße eiskalt waren.«

Er fragte sie dann nach Mila, und sie berichtete ihm ausführlich von ihren Allergien und dem Asthma.

»Ich kann kaum glauben, dass es ihr nach zwei Wochen schon so viel besser geht.«

Benedikt lächelte. »Als Kinderarzt erlebe ich das hier oft. Aber du solltest die Kur auf jeden Fall bis zum Ende durchziehen. Und meine Kollegen in der Klinik sind ausgezeichnete Fachleute. Du kannst ihnen vertrauen.«

»Das tue ich«, sagte Katharina.

Sara wandte sich an Benedikt, nachdem der sich zu ihr gesetzt hatte. »Habe ich dir erzählt, dass Katharina Grundschullehrerin ist?«

»Ja«, gab er zurück. »Und ich weiß auch, dass unsere kleine Inselschule dringend eine zweite Lehrkraft braucht. Aber wir können niemanden zwingen, bei uns zu bleiben.«

»Es wäre aber bestimmt gut für sie, und für die kleine Mila auch.«

»So klein ist sie gar nicht mehr«, warf Katharina ein, wurde aber glatt überhört.

Sophie mischte sich ein. »Ich würde ihr einen Monat lang ein kostenloses Frühstück anbieten.«

»Und von mir bekommt sie bestes italienisches Eis«, fügte Matteo hinzu.

»Ich könnte was Hübsches töpfern«, schlug Nella vor. »Für die Schule, oder für ihre Wohnung.«

Sara wollte offenbar nicht zurückstehen. »Und ich erfinde neue Mocktails.«

»Das nennt man Bestechung«, erklärte Katharina. Es amüsierte sie, wie ihre neuen Freunde versuchten, sie zu überreden, doch es jagte ihr auch einen gehörigen Schrecken ein. Ein Teil von ihr konnte sich ein Leben auf Langeoog sehr gut vorstellen. Nicht nur Mila zuliebe. Sie ahnte, dass auch sie selbst hier glücklich sein könnte, vor allem mit diesen wunderbaren Menschen um sie herum. Ein anderer Teil jedoch sehnte sich zurück nach Köln, zu Leo.

»Das Problem ist nur«, fuhr Nella fort, »dass ihr Herz woanders festhängt.«

»Zu dumm«, meinte Sophie.

»Dafür müsste sich doch eine Lösung finden lassen«, überlegte Matteo laut.

»Vielleicht eine neue große Liebe?« Das war wieder Sophie.

Katharina hatte genug. »Hört auf, über mich zu reden, als wäre ich gar nicht da.«

Daraufhin wurde die Unterhaltung im Flüsterton weitergeführt, und sosehr sie sich auch anstrengte, sie bekam nichts mehr mit. Sie hörte nur das rhythmische Hufgetrappel und das gelegentliche Schnauben der Ponys.

Inzwischen war sie in eine flauschige Decke eingewickelt und lag ausgestreckt auf der schmalen Sitzbank. Bald fielen ihr die Augen zu.

»Ruh dich aus«, schlug Benedikt vor. »Das Reizklima hier an der Nordsee kann ganz schön müde machen. Und dazu kommt noch der Fußmarsch.«

Katharina wollte protestieren, sagen, dass sie genauso gut durchhalten konnte wie alle anderen, aber da wurde sie schon vom Schlaf übermannt.

Sie kam wieder zu sich, weil das sanfte Schaukeln des Ponywagens aufgehört hatte.

Mit steifen Gliedern richtete sie sich auf. Sie vermutete, der erste Wechsel stünde an. Wahrscheinlich würden sich jetzt Benedikt und Matteo auf den Weg über die Dünen machen, um Jack und Riccardo abzulösen.

Aber da sagte jemand: »Da ist er ja.«

Schlagartig war Katharina vollends wach. Als sie aufstand, verspürte sie einen scharfen Schmerz und sank augenblicklich auf die Bank zurück. Nun, da das Gefühl in ihre Füße zurückgekehrt war, machten sich die Schnitte bemerkbar.

Katharina biss die Zähne zusammen und schaute sich um. Sie war allein auf dem Wagen zurückgeblieben. Ihre Freunde gruppierten sich in einem Halbkreis um einen Mann, der sich ratlos am Kopf kratzte. Inzwischen war ein fast voller Mond aufgegangen, und Katharina erkannte, dass es sich bei dem Mann um Barne Wilkens handelte.

Er sah von einem zum anderen. »Was macht ihr denn hier? Um diese Uhrzeit?«

Katharina bemerkte, dass die Landschaft sich verändert hatte. Das wellige Pirolatal, das sie vorhin zumindest erahnt hatte, war einer weiten sandigen Landschaft gewichen, die nur hie und da von Gräsern bewachsen war. Sie entdeckte auch eine Plattform, und begriff, dass es sich dabei um den Ausguck handeln musste, von dem aus Seehunde und Vögel beobachtet werden konnten. Also hatten sie das Ostende der Insel erreicht, ohne dass sie es mitbekommen hatte.

»Wir wollen dich retten«, erklärte Sara ein bisschen theatralisch.

»Wovor?«

»Vor dir selbst.«

»Spinnt ihr?«

Sophie drängte sich vor. »Wir haben uns wirklich Sorgen um dich gemacht, Barne.«

»Kann es sein, dass ihr zu viel von Paulines Aquavit getrunken habt?«

Katharina unterdrückte ein Kichern. Wie ein lebensmüder depressiver Mann wirkte Barne eigentlich nicht.

»Nur einen Fingerhut voll«, verteidigte Sara ihre Freunde. »Auf den Schreck. Wegen Pauline.«

»Was ist mit ihr?«

Es dauerte eine Weile, bis Barne über Paulines Unfall informiert war. Dann meinte er: »Und deshalb habt ihr gedacht: Wir schlagen zwei Fliegen mit einer Klappe und retten auch gleich noch den armen Barne.«

»So, wie du das sagst, klingt das nach einer idiotischen Idee.« Saras Stimme klang jetzt unsicher.

Benedikt legte ihr einen Arm um die Schultern und wandte sich an Barne. »Ich fürchte, du hast nicht ganz unrecht. Aber kannst du uns erklären, warum du auch die Nächte hier draußen verbringst?«

»Das liegt am Mond«, erwiderte Barne. »Und an den Sternen.«

In der Gruppe wurden lange Blicke getauscht, und auf ihrem Beobachtungsposten dachte Katharina, dass es um Barne vielleicht doch nicht so gut stand, wie er behauptete.

»In diesen Nächten habe ich das beste natürliche Licht«, erklärte er und löste ein kollektives Aufatmen aus.

»Was habt ihr denn gedacht? Dass ich hier zusammen mit den Robben den Vollmond anheule?«

Niemand antwortete.

»Mir reicht's«, brummte Barne. »Ich gehe nach Hause.«

Annabel kletterte auf den Kutschbock. »Komm doch mit uns mit.«

»Nein. Ihr seid mir zu verrückt.«

»Ach, bitte.« Sie deutete mit der langen Fahrpeitsche nach hinten, wo alle Freunde inzwischen wieder auf der einen Bank Platz genommen hatten. »Katharina ist da ganz allein, außerdem bekommt die Kutsche Schlagseite.«

»Es könnten sich ja ein paar Leute umsetzen.«

Niemand rührte sich.

Barne stieß einen langen Seufzer aus, kletterte zu Katharina und setzte sich neben sie. Viel zu dicht, fand sie, und während ihr den ganzen Abend lang kalt gewesen war, spürte sie nun eine Hitze in sich aufsteigen. Sie kuschelte sich an ihn und schloss die Augen. Ein Leben auf Langeoog erschien ihr auf einmal gar nicht so schlecht.

8. Kapitel

Am letzten Sonntag im Juli unternahm Katharina mit ihrer Tochter einen Spaziergang im Pirolatal. Mila hüpfte fröhlich vor ihr her, während Katharina ihr langsam folgte. Es war ein kühler, wolkiger Vormittag, aber der Wind pfiff hier weniger scharf als am Strand von Langeoog.

Barne hatte ihr verraten, dass sie hier die schönste Dünenlandschaft der Insel finden würde. Sie war nach der Pirolapflanze, einem hübschen Wintergrün mit runden Blättern, benannt worden. Auf Langeoog hieß die Pflanze auch Wintermaiglöckchen. Sie war allerdings selten geworden, seit das Tal trockengelegt worden war. Stattdessen wuchs hier nun vorwiegend die Krähenbeerenheide.

Geistesabwesend beobachtete Katharina, wie hin und wieder ein vorwitziger Sonnenstrahl über das Heidekraut und das hohe Dünengras strich.

Seit sie in jener Nacht vor einer Woche im Ponywagen durch das Tal gefahren war, hatte sie vorgehabt, einmal bei Tag hierherzukommen. Doch erst heute hatte sie die Zeit dafür gefunden. Mila hatte erst gemault. Wenn es nach ihr gegangen wäre, so hätte sie jede freie Minute auf dem Ponyhof verbracht, aber nun war sie zu Katharinas Erleichterung doch vergnügt und beobachtete neugierig alles um sich herum.

Dann kam sie zur ihr zurück. »Wie lange bleiben wir noch auf Langeoog, Mama?«

»Das weißt du doch, Spatz. Wir sind seit drei Wochen hier und haben drei weitere vor uns.«

Mila kräuselte die Stirn. »So wenig?«

Katharina musste daran denken, dass ihre Tochter anfangs gemeint hatte, die Zeit fern von ihrem Vater würde ihr furchtbar lang werden. Inzwischen hatte sie sich so gut auf der Insel eingelebt, dass sie kaum noch von Köln und Leo sprach. Sie telefonierte regelmäßig mit ihm, hatte es aber oft eilig, das Gespräch zu beenden, weil etwas Wichtigeres auf sie wartete.

Die Mutter-Kind-Kur hatte sie von einer kränklichen kleinen Patientin in ein fast gesundes Mädchen verwandelt. Weder war sie in dieser Zeit von Allergien geplagt worden noch hatte sich ihr Asthma bemerkbar gemacht.

»Glaubst du, Papa wird traurig sein, wenn wir noch länger bleiben?«, fragte sie nun vorsichtig.

»Gut möglich«, erwiderte Katharina. Ihr schlechtes Gewissen meldete sich. Noch immer hatte sie Milas Vater nicht gestanden, dass sie sich von ihm trennen wollte. Leo glaubte allen Ernstes, dass alles so weitergehen würde wie bisher, wenn sie zurückkämen. Die zwei Wohnungen, ihre zwanglose Beziehung, die spontanen Treffen zum Sex. Zugegeben, er war ein hingebungsvoller Vater, aber seine Künstlerseele verbot ihm, sich auf ein normales Familienleben einzulassen.

Katharina wusste schon seit Langem, dass ihr dies nicht mehr genügte, doch erst hier auf der Insel war ihr klar geworden, dass sie einen Schlussstrich ziehen musste. Dummerweise war sie bisher zu feige gewesen, es Leo zu sagen.

»Aber wir könnten ihn in den Ferien besuchen«, schlug Mila vor. »Und er könnte auch mal herkommen. Wenn du hier Lehrerin wirst, wäre das doch toll.«

Katharina unterdrückte ein Seufzen. All ihre neuen Freunde drängten sie, die freie Stelle an der kleinen Inselschule anzunehmen. Sonst müsste diese schließen, denn Barne Wilkens als einzige Lehrkraft reichte nicht aus. Er unterrichtete bereits eine dritte und eine vierte Klasse und würde nicht auch noch eine erste und zweite Klasse schaffen.

Zwar waren für diesen Herbst bisher nur fünf Abc-Schützen angemeldet worden, doch in der zweiten Klasse würden elf Schülerinnen und Schüler sein. Mehr aus Neugierde denn aus ernsthaftem Interesse hatte sich Katharina bei der zuständigen Schulbehörde erkundigt und wusste seit ein paar Tagen, man würde sie mit Handkuss nehmen. Der Lehrermangel in Deutschland traf die abgelegenen Gegenden besonders hart. Doch es war Eile geboten. Bereits am kommenden Freitag begann hier im Norden das neue Schuljahr. Vorübergehend konnte Barne die Schüler irgendwie betreuen, doch eine Dauerlösung war das nicht. Zudem galt es ja auch noch, ihre bisherige Stellung in Köln zu kündigen. Das allerdings würde kein Problem sein, wie sie schon wusste. Eine Kollegin sollte nach langer Abwesenheit zurückkommen und würde froh sein, eine freie Stelle vorzufinden.

Barne. Ein Lächeln schlich sich in Katharinas Mundwinkel. Barne war ihr inzwischen ein guter Freund geworden, und wie ihre übrigen neuen Freunde sah sie großzügig darüber hinweg, dass er ungewöhnlich viel Zeit damit verbrachte, die Robben zu beobachten. Nachdem sich die Gruppe um Sophie, Annabel, Sara und Nella dazu hatte hinreißen lassen, ihn bei Nacht und Nebel retten zu wollen und sich dabei eher lächerlich gemacht hatte, ließ man ihn in Ruhe. Angeblich verarbeitete Barne dort draußen am Ostende der Insel einen großen Kummer, doch niemand wusste Genaueres. Außer vielleicht Pauline. Die alte Strandkorbvermieterin hatte Katharina gegenüber mal eine entsprechende Bemerkung gemacht, war aber nicht ins Detail gegangen.

Manchmal fühlte Katharina in seiner Gesellschaft ein gewisses Prickeln, das ihr verriet, aus ihrer Freundschaft könnte mehr werden. Doch dann zog sie sich von ihm zurück. Unsicher und ängstlich redete sie sich ein, sie sei für eine Beziehung mit Barne nicht geschaffen. Mochten die anderen behaupten, was sie wollten – von wegen ideales Paar mit demselben Beruf.

Es war für sie geradezu unvorstellbar, einen anderen Mann zu lieben. Es hatte immer nur Leo gegeben, seit sie ein Teenager gewesen war.

Katharina spürte, dass Mila sie aufmerksam beobachtete. Nicht zum ersten Mal dachte sie daran, dass eine Entscheidung für ein Leben auf der Insel auch eine riesige Veränderung für ihre Tochter darstellen würde. Mit ihren zehn Jahren konnte Mila das noch gar nicht überblicken.

Als Katharina am Wegesrand eine Bank erblickte, setzte sie sich und klopfte auf den Platz neben sich. »Wir sollten uns einmal ernsthaft unterhalten.«

»Oje«, murmelte Mila, hockte sich auf die äußerste Kante und verschränkte die Arme vor der Brust. »Du willst mir bestimmt sagen, dass das Leben kein Ponyhof ist und ich mich der Realität stellen muss.«

Katharina hob amüsiert die Brauen. »Wer hat denn so etwas Kluges behauptet?«

»Francesca.«

Klar, dachte Katharina, *wer sonst?* Die dreizehnjährige Francesca war nach wie vor Milas großes Idol.

Eine Weile hatte Katharina Sorge gehabt, Mila würde sich zu sehr an das ältere Mädchen hängen und tief enttäuscht werden, wenn Francesca lieber Zeit mit anderen Jugendlichen verbringen wollte. Aber inzwischen hatte Mila auch Freundschaft mit zwei jungen Reiterinnen geschlossen. Die beiden waren ebenfalls zehn Jahre alt und würden genau wie sie in der kommenden Woche in die Realschule kommen. Für Mila wäre diese Lösung ideal. In ein paar Jahren konnten sie immer noch überlegen, ob sie auf ein Gymnasium auf dem Festland wechseln wollte. Sofern Katharina entscheiden sollte, auf Langeoog zu bleiben.

»Also«, begann Katharina nachsichtig. »Eigentlich wollte ich gar nichts in der Art sagen.«

Hoffnung keimte in Milas schmalem Gesicht auf. Die kobaltblauen Augen, die sie von ihrem Vater geerbt hatte, leuchteten hell.

»Heißt das, wir können hier leben?«

»Ist dir klar, was ein Umzug bedeuten würde?«

»O ja! Ich könnte mit Birthe und Merle zur Schule gehen und jeden Nachmittag reiten.«

Birthe und Merle waren ihre beiden neuen Freundinnen. Zwei robuste Inselkinder, beide einen halben Kopf größer als Mila, aber sanftmütig und freundlich.

Katharina schmunzelte. Da hatte sich ihre Tochter aber ein hübsches Leben ausgemalt.

»Und ich wäre immer so schön gesund wie jetzt«, fügte sie hinzu.

»Ja«, erwiderte Katharina und wurde wieder ernst. »Das wäre wirklich ein guter Grund.«

»Im Herbst kriegen wir auch günstig eine Ferienwohnung, und bis die nächste Hochsaison beginnt, haben wir was gefunden, wo wir für immer bleiben können.«

Katharina erkannte schlagartig, dass ihre Tochter schon viel weiter gedacht hatte als sie selbst. Trotzdem musste ihr jemand diesen Tipp gegeben haben.

»Pauline hat auch gesagt, sie hilft uns. Sie kennt nämlich jeden auf Langeoog.«

Pauline. Wer sonst?

Die alte Frau war inzwischen wieder auf der Insel. Nachdem sie sich den Oberschenkelhals gebrochen hatte, war sie gestern aus dem Krankenhaus Wittmund entlassen worden. Nun wohnte sie im sogenannten Hexenhäuschen bei Nella. Es grenzte direkt an das Pirolatal und gehörte Pauline, die es jedoch vermietete, weil sie lieber in ihrer Bude am Strand lebte. Allerdings hatten sämtliche Freunde sich geweigert, sie in ihrem Zustand dort allein wohnen zu lassen. Gezwungenermaßen war Pauline damit einverstanden zu gewesen, vorerst bei Nella zu bleiben. Abwechselnd kümmerten sich die Freunde um sie, und nach einem Tag schimpfte Pauline schon, weil sie nie ihre Ruhe hatte. Katharina glaubte aber, dass sie insgeheim sehr froh war.

Erst, wenn sie wieder ohne Krücken laufen konnte, würde sie auch wieder eigenständig leben können.

»Und was ist mit deinen Freundinnen in Köln?«, hakte Katharina nach. »Werden die dich nicht vermissen?«

Mila hob die Schultern. »Ein bisschen, vielleicht. Aber so enge Freundinnen habe ich da gar nicht. Meistens war ich ja krank.«

»Okay, aber was ist mit Oma und Opa?« Katharinas Eltern hingen mit zärtlicher Liebe an ihrem Enkelkind, während Leos Eltern weit weg in Florida wohnten und keinen großen Kontakt pflegten.

Milas Gesicht verdüsterte sich. »Das ist echt blöd. Vielleicht können sie ja mit uns hierherziehen?«

»Ich glaube nicht, Spatz. Du weißt doch, dass Opa davon träumt, wieder ganz auf Sizilien zu leben. Langeoog ist ihm bestimmt zu kalt und zu klein.«

»Aber sie können uns besuchen, und wir facetimen ganz viel.«

»Sicher.« Sie sah, dass ihre Tochter nun langsam die Konsequenzen erfasste, aber das schien sie in ihren Träumen nicht zu stören.

»Ich fürchte nur«, sagte Katharina trotzdem, »dir ist noch nicht bewusst, was es heißen wird, auf Dauer weit weg von deinem Vater zu leben.«

Tränen glitzerten ins Milas Augen. Dann ballte sie die Hände zu kleinen Fäusten. »Aber warum muss alles immer nach ihm gehen? Können wir nicht leben, wo wir glücklich sind? Kann er nicht zu uns kommen?«

Katharina musste schlucken. Ihr wurde klar, dass ihre Tochter immer noch von einer Zukunft in einer glücklichen Familie träumte. Vorbilder hatte sie auf Langeoog genug. Sophie, Matteo und die kleine Paula zum Beispiel. Oder Annabel, Riccardo und Francesca, obwohl diese nicht Riccardos leibliche Tochter war. Auch die Eltern ihrer neuen Freundinnen lebten selbstverständlich zusammen in einem Haus. Für Mila war es keine Frage: So musste ein Leben aussehen.

Katharina legte ihr einen Arm um die Schultern. Erst sträubte sich Mila, aber dann kuschelte sie sich doch an ihre Mutter.

»Ach, mein Spatz. Ich wünschte, ich könnte dir eine Antwort darauf geben, aber das kann ich nicht.« Insgeheim beschloss Katharina, ihre Tochter vorerst nicht in ihre Pläne einzuweihen. Mila musste nicht wissen, dass sie vorhatte, Leo endgültig zu verlassen. In ihrem Leben gab es im Augenblick genug Veränderung.

»Wir können ihn ja anrufen und fragen«, schlug Mila vor.

»So einfach ist das nicht.« Katharina stand auf. »Außerdem müssen wir jetzt zurück. Wir haben Nella versprochen, sie im Hexenhäuschen abzulösen, schon vergessen?«

»Okay«, sagte Mila gedehnt. Dann aber sprang sie auf und lief los. Katharina hatte einige Mühe mit ihr Schritt zu halten, und es dauerte ein paar Minuten, bis sie erkannte, wie glücklich sie diese Tatsache machte.

So soll es sein, dachte sie. *Die Tochter gesund und so voller Energie, dass sie ihre Mutter abhängt. Ich habe das bloß nie zuvor erlebt.*

Sie erreichten das Hexenhäuschen von der Rückseite. Es war wirklich bezaubernd, fand Katharina. Aus rotem Backstein erbaut und mit einem dicken Reetdach versehen. Es grenzte direkt ans Pirolatal und wirkte wie aus einem Märchen entsprungen.

Neben der Hintertür stand eine klobige Bank, die aussah, als sei sie aus verschiedenen Stücken Treibholz zusammengezimmert worden. Es war eine romantische, windgeschützte

Stelle, und für einen Moment stellte sich Katharina vor, wie es wäre, hier zu leben. Am Abend würde sie auf dieser Bank sitzen und den prachtvollen Ausblick ins Tal genießen. Mit Barne an ihrer Seite – mit Leo an ihrer Seite.

Oder allein, ging es ihr plötzlich durch den Kopf. Verblüfft blieb sie stehen. *Warum eigentlich nicht? Brauche ich wirklich einen Mann zum Glücklichsein? Könnte ich mir nicht genauso gut ein neues Leben nur mit Mila aufbauen?*

Vielleicht war sie ja angesichts der glücklichen Paare in ihrem neuen Freundeskreis blind für die Alternativen im Leben geworden.

»Mama, nun komm doch! Nella wartetet schon.«

Katharina beeilte sich, um das Haus herumzulaufen. Als sie durch die Vordertür eintrat, staunte sie über die moderne und zugleich stilvolle Einrichtung.

Es gab eine offene Küche mit allen modernen Geräten, und den Wohnbereich dominierte ein gemütliches breites Sofa. Das war jedoch an eine Wand gerückt worden, um Platz für Paulines Bett zu schaffen. Wahlweise konnte sie auch in einem Ohrensessel sitzen. An den Fenstern wehten helle, luftige Gardinen, Kunstdrucke von Langeoog schmückten die Wände. Eine Treppe führte ins obere Stockwerk.

»Da gibt es zwei Schlafzimmer und ein Bad«, erklärte ihr Nella, nachdem sie einander begrüßt hatten. »Erst hatte ich mir das kleine Zimmer ausgesucht, denn der Ausblick über das Pirolatal ist grandios. Aber seit Jack bei mir lebt, brauchen wir das größere Bett.«

So viele glückliche Leute. Katharina schämte sich augenblicklich für ihren neidischen Gedanken. Sie lächelte gequält.

Nella schien zu verstehen und wechselte das Thema. »Pauline macht gerade ein Nickerchen, aber sie hat gesagt, dass sie dich sprechen will.« Sie wandte sich an Mila. »Hast du Lust, dir meine kleine Töpferei anzusehen? Ich müsste auch noch einen schönen Lehmklumpen dahaben. Du könntest ein Geschenk für deine Mama basteln.«

»Und für meinen Papa«, sagte Mila und strahlte.

»Du hast deine Töpferei hier?«, fragte Katharina überrascht.

Nella nickte. »Mein Vater hat sie mir letztes Jahr im Anbau eingerichtet. Meistens arbeite ich in Jacks großer Werkstatt im Ortszentrum. Aber manchmal brauche ich Ruhe, um mir eine neue Serie zu überlegen. Dann bin ich gern hier. Komm, Mila.«

Die beiden verschwanden.

Katharina dachte kurz daran, sich nach draußen auf die urige Bank zu setzen, damit sie den herrlichen Ausblick genießen konnte. Aber sie wollte Pauline nicht allein lassen. Also kuschelte sie sich in den Ohrensessel und blätterte in einer Zeitschrift.

Bald fielen ihr die Augen zu. Der lange Spaziergang an der frischen Luft zeigte Wirkung. Doch bevor sie einschlafen konnte, spürte sie ein Stechen im Oberschenkel.

»Aua!« Sie sah auf.

Pauline stach mit ihrer Krücke gleich noch einmal zu. »Du bist hier, um mir Gesellschaft zu leisten, nicht, um zu pennen.«

»Du hast doch selbst geschlafen.«

»Dumm Tüch!«

Dummes Zeug, übersetzte Katharina im Geist. In den drei

Wochen auf Langeoog hatte sie bereits einige plattdeutsche Ausdrücke aufgeschnappt.

»Ich habe bloß mal kurz die Augen geschlossen, weil das Licht so hell war.«

Im Wohnbereich war es eher schummerig, und Katharina hätte Pauline darauf aufmerksam machen können, dass sie leise geschnarcht hatte. Sie ließ es bleiben. Es war ihr nicht so wichtig, recht zu haben.

»Wo ist die Lütte?«, fragte Pauline.

»Mit Nella in der Töpferei.«

Die alte Frau nickte zufrieden. »Hilf mir mal, mich aufrecht hinzusetzen. Ja, genau, die drei Sofakissen stopfst du mir in den Rücken. Aber vorsichtig, mein verflixtes Bein tut immer noch weh. Dann kochst du mir einen schönen starken Kaffee. Nella behauptet, der vertrage sich nicht mit meinen Medikamenten und gießt literweise schwachen Tee in mich rein. Die Deern meint es gut, aber ohne Kaffee bin ich nur ein halber Mensch. Also los!«

Katharina ging zur Kaffeemaschine, maß Pulver in den Filter ab, goss Wasser ein und schaltete sie an.

»Schön stark, ja?«, betonte Pauline.

»Natürlich«, erwiderte sie und dachte gar nicht daran.

»Und guck mal in den Schränken nach, ob du irgendwo was von meinem Aquavit findest.«

Schnaps vertrug sich nun mit Sicherheit nicht mit Paulines Schmerzmitteln, also klapperte Katharina nur mit ein paar Schranktüren und sagte dann: »Tut mir leid, ich habe keinen gefunden.«

»Das tut dir gar nicht leid«, brummte Pauline.

Als der Kaffee durchgelaufen war, goss Katharina ihn in

zwei Becher, gab für Pauline Sahne und Zucker dazu und kehrte zu der Patientin zurück.

»Nicht übel«, urteilte Pauline nach dem ersten Schluck. »Wenn auch nicht so stark, wie ich ihn gern habe.«

Katharina schwieg und trank aus ihrem eigenen Becher. Sie ahnte, worüber die alte Frau mit ihr reden wollte, und sie versuchte, sich bereits Argumente zurechtzulegen.

Ich muss ihr erklären, wie schwierig eine solche Entscheidung für mich ist, denn ich würde eine Familie zerstören. Mila, Leo und ich sind alles andere als perfekt, aber wir sind trotzdem eine Familie.

Doch Pauline überraschte sie. »Du sollst erfahren, was unserem Barne passiert ist. Vielleicht verstehst du dann manche Dinge besser.«

Gespannt stellte Katharina ihren Becher ab. Doch Pauline sprach erst einmal nicht weiter. Sie trank ihren Kaffee in so kleinen Schlucken, dass sie vermutlich in einem Monat noch was davon haben würde, sie gab kleine grummelnde Laute von sich und starrte aus dem Fenster. Katharina fielen bald wieder die Augen zu.

9. Kapitel

»Wirst du wohl wach bleiben?«, schimpfte Pauline.

»Verzeihung.« Katharina gähnte.

»Also, hör gut zu. Barnes Eltern waren Tierärzte. Sie haben an der Seehundstation Norddeich gearbeitet. Eines Tages, Barne war da acht oder neun Jahre alt, sind sie bei einem Segelausflug ums Leben gekommen.«

»Wie schrecklich!«, entfuhr es Katharina. Ihre Müdigkeit war wie weggeblasen.

»Ja, das war damals eine große Tragödie. Der Junge kam dann zu seiner Tante und seinem Onkel nach Langeoog, wo er ein liebevolles Zuhause fand. Aber es hieß immer, seitdem habe er einen Knacks weg. Nichts Schlimmes und nichts, was ihn in seinem Beruf behindern würde. Ganz im Gegenteil. Die Kinder lieben ihn, weil er nie die Ruhe verliert und geduldig auch die schwierigsten Rechenaufgaben erklärt. Aber es gibt Leute, die sein Verhalten in der Freizeit ziemlich seltsam finden.«

»Der Robbenflüsterer«, murmelte Katharina.

»So in etwa.«

»Vielleicht glaubt er ja, seine Eltern würden durch die Robben mit ihm sprechen? Oder dass sie – ähm – wiedergeboren sind?«

»Red keinen Stuss! Die wiedergeborenen Heuler, dass ich nicht lache!« Pauline stieß ein Geräusch aus, das ganz entfernt an Gelächter erinnerte.

»Ich verrate dir, Deern, was ich denke: Barne fühlt sich seinen Eltern näher, wenn er bei den Robben ist. Das ist auch schon alles.«

Katharina fand, das kam ihrer ersten Theorie ziemlich nahe, sprach es aber nicht aus.

Stattdessen fragte sie: »Hat er nie geheiratet?«

»Nein. Einmal war er kurz davor. Muss so an die zehn Jahre her sein. Ich weiß noch, dass er die Deern sehr geliebt hat. Sie war keine von hier. Kam aus der großen Stadt. Berlin, glaube ich. Hat es nicht lange ausgehalten auf der Insel. Es war ihr alles zu eng und gleichzeitig zu weit. Keine Ahnung, was sie damit meinte.«

Ich schon, dachte Katharina, blieb jedoch erneut lieber still.

»Tja, danach wollte es nicht mehr so recht klappen mit Barne und den Frauen. Damals fing er auch an, immer häufiger zu den Robben zu gehen. Hatte er früher vielleicht einmal im Monat einen einsamen Spaziergang zum Ostende gemacht, so ging er nun einmal die Woche, und ich glaube, inzwischen ist er so gut wie jeden Tag unterwegs. Manchmal ist er so lange weg, dass wir denken, er ist bei Ebbe rüber nach Spiekeroog gelaufen.«

Katharina erschrak. »Geht das überhaupt?«

»Natürlich, aber allein sollte niemand eine Wattwanderung unternehmen. Da gibt es tiefe Priele, in denen auch ein größerer Mann als Barne ruckzuck ertrinken kann.«

Priele, das wusste Katharina, waren Wasserläufe im Schlick, die auch bei Ebbe nicht austrockneten. Es hieß, besonders gefährlich wurde es für unvorsichtige Wanderer, wenn sie nicht rechtzeitig vor der nächsten Flut sicheres Land erreichten. Die Priele konnten in Windeseile volllaufen und den Menschen den Weg abschneiden.

Katharina zog es vor, nicht länger an all diese Gefahren zu denken. Aber Barnes Verhalten machte ihr dennoch Sorgen. Mochte sie ihn auch erst seit kurzer Zeit kennen, so war er ihr doch bereits ans Herz gewachsen. »Sara, Nella und die anderen haben gesagt, es wird schlimmer mit ihm, wenn die Ferien zu lange dauern.«

»So ist es. Und wenn die kleine Inselschule schließen muss, sehe ich schwarz für den Jungen.«

Der Junge war, das wusste Katharina von Nella, achtunddreißig Jahre alt, doch auch jetzt enthielt sie sich eines Kommentars, sondern fragte: »Könnte er nicht an der großen Schule eingestellt werden?«

Pauline schüttelte den Kopf. »Nein, das Kollegium dort ist vollständig. Obwohl sich die Dortje bestimmt darüber freuen würde.«

»Dortje?« Katharina verspürte einen Druck in der Magengegend, den sie nicht einordnen konnte.

Pauline verzog das Gesicht, als hätte sie etwas ausgeplaudert, das besser verschwiegen worden wäre. »Ist bloß eine Sportlehrerin, die an beiden Schulen unterrichtet. Niemand Wichtiges. Diese verdammten Pillen machen mich schon ganz tüdelig.«

Sie sagte nicht die Wahrheit, das ahnte Katharina, aber sie ließ es dabei bewenden. Auf der Insel blieb nichts lange verborgen, das hatte sie inzwischen gelernt. Sie würde einfach Nella fragen. Oder Annabel.

»So langsam verstehe ich, warum ihr alle möchtet, dass ich hierbleibe.«

»Du meinst, weil wir Barne helfen wollen?«

»Mhm.«

Eine ganze Weile sagte die alte Frau nichts. Als Katharina schon dachte, sie würde keine Antwort mehr bekommen, fragte Pauline plötzlich: »Kann es sein, dass du von dir selbst wenig hältst?«

»Ich verstehe nicht ...«

»Kommt dir gar nicht in den Sinn, dass uns etwas an *dir* liegen könnte?«

»Aber ihr kennt mich doch kaum.«

»Genug, um zu kapieren, wer du bist. Ich gebe zu, ganz am Anfang habe ich wirklich nur an Barne gedacht, aber inzwischen sind wir uns alle einig, dass du ein besonderer Mensch bist und gut in unseren Kreis passt.«

»Tatsächlich?«, murmelte Katharina.

»Ja, stell dir vor. Wir haben nämlich gesehen, was für eine wundervolle Mutter du bist. Du stellst das Glück und die Gesundheit deiner Tochter über alles.«

»Das ist doch selbstverständlich.«

»Irrtum. Glaub mir, ich habe in meinem Leben schon mehr schlechte Eltern gesehen als mir lieb ist.«

Katharina wollte etwas einwenden, aber Pauline kam ihr zuvor. »Außerdem bist du Nella und besonders Annabel bereits eine gute Freundin geworden. Auch Sara und Sophie haben dich gern, und sogar die Männer bewundern dich.«

»Mich? Im Ernst?«

»Ja. Du bist ohne zu zögern mitgegangen, um Barne zu retten. Den Mumm hätte nicht jeder gehabt, der so kurz auf der Insel ist. Außerdem ist dir aufgefallen, dass mit mir etwas nicht stimmte.«

Katharina war es nicht gewöhnt, gelobt zu werden, und sie blickte angestrengt in ihre Tasse.

»Bescheiden bist du auch, und du kannst gut mit Kindern umgehen. Wir wollen dich also hierbehalten, weil du ein guter Mensch bist und weil du ganz sicher eine wundervolle Lehrerin an unserer kleinen Inselschule sein wirst.«

»Aber in Köln wartet Milas Vater«, wandte sie.

»Mit dem du nicht verheiratet bist und nicht mal zusammenlebst.«

Natürlich wusste Pauline Bescheid. Nichts blieb lange verborgen. Katharina überlegte, ob sie auf Nella sauer sein sollte, weil diese ihre Lebensumstände ausgeplaudert hatte. Doch dann erinnerte sie sich daran, dass sie die Freundin nicht um Geheimhaltung gebeten hatte.

»Was ist denn das für ein Schlappschwanz?«, ereiferte sich Pauline. »Der soll mir mal unter die Augen kommen. Dann schicke ich ihn für eine Nachtwache auf Tjard sin Utkiek. Da kann er dann überlegen, ob er vielleicht doch noch ein ganzer Mann werden will.«

»Wohin?«, fragte Katharina verwirrt.

»Tjard sin Utkiek«, wiederholte Pauline. »Tjards Ausguck. Ist 'ne Düne mit einer Plattform obenauf. Von dort hat man einen herrlichen Blick über die Dünen des Pirolatals, den Wald am Dünenfriedhof und das Meer.«

Katharina verstand immer noch nicht. »Und dieser Tjard steht da und guckt?«

Pauline schüttelte den Kopf. »Nein, nicht mehr. Aber früher war dort ein Beobachtungsposten unserer Seenotretter, und Tjard Georg Mannott war einer der Besten. Eine Nacht dort oben, vorzugsweise bei schlechtem Wetter, wird uns zeigen, aus welchem Holz der Schlappschwanz geschnitzt ist.«

Katharina kicherte, als sie sich vorstellte, wie der feingeistige Leo bei Sturm und Regen auf einer Düne ausharrte.

Pauline war noch nicht fertig. »Sag Bescheid, wenn er mal zu Besuch kommt. Wir kümmern uns dann schon um ihn.«

Den Teufel werde ich tun, dachte Katharina.

»Du kannst jetzt gehen.« Pauline wedelte mit der Hand. »Ich muss mich ausruhen.«

Weil sich Katharina daran erinnerte, dass die alte Frau vorerst nicht allein gelassen werden sollte, blieb sie sitzen und sah zu, wie Pauline im nächsten Moment wieder fest eingeschlafen war.

Erst dann verließ sie das Hexenhäuschen, ging zum Anbau und steckte den Kopf in die Werkstatt.

»Nicht gucken!«, rief Mila. »Sonst ist die Überraschung ruiniert!«

Schnell zog Katharina den Kopf zurück. Nella kam zu ihr.

»Schläft Pauline wieder?«

»Tief und fest.«

»Okay. Wir haben hier noch zu tun. Ich werde aber regelmäßig nach ihr schauen. Du kannst ein Stündchen spazieren gehen.«

Katharina fand, sie war für heute genug gelaufen, aber sie hatte auch keine Lust, wieder bei Pauline zu sitzen.

»Wenn wir hier fertig sind, backen wir Pfannkuchen. Die habe ich deiner Tochter versprochen.«

Unwillkürlich leckte sich Katharina die Lippen. Das Essen in der Kurklinik war ausgesprochen gesund.

»Für ein paar Pfannkuchen würde ich alles tun.«

»Auch die Stelle an der kleinen Inselschule annehmen?«, fragte Nella augenzwinkernd.

Katharina zog ihre Stirn in Falten. Sie wandte das Gesicht ab, aber die Freundin hatte es bereits gesehen.

»Oh, entschuldige«, sagte Nella hastig. »Ich fürchte, wir machen dir alle zu viel Druck.«

»Kommt hin«, sagte Katharina, zwang sich aber zu einem Lächeln und beeilte sich, den kleinen Vorgarten zu durchqueren.

Auf der schmalen Straße angekommen, überlegte sie, wohin sie sich wenden sollte. Dann hatte sie eine Idee. Seit ihrer Ankunft hatte sie den Dünenfriedhof besichtigen wollen. Sie wusste, die berühmte Sängerin Lale Andersen, die viele Jahre auf Langeoog gelebt hatte, lag dort begraben. Die bronzene Statue, die ihr zu Ehren in der Nähe des Wasserturms errichtet worden war, hatte sich Katharina bereits einmal angeschaut. Die berühmte Interpretin des Liedes »Lili Marleen« lehnte passenderweise an einer Laterne.

Kurze Zeit später betrat Katharina durch ein schmiedeeisernes weiß lackiertes Tor den Friedhof und fand schnell das mit Blumen bewachsene und von Sanddornbüschen umgebene Grab. Auf dem Grabstein stand schlicht: *Lale Andersen.*

Nachdenklich blieb Katharina stehen, während sie leise die unvergessene Melodie summte.

In der Ferne hörte sie Kirchenglocken läuten. Wahrscheinlich war der sonntäglich Gottesdienst beendet. Sonst war alles ruhig. Nach einer Weile wandte sie sich zum Gehen, doch schon nach wenigen Metern entdeckte sie eine bekannte Gestalt.

Unschlüssig blieb sie stehen.

Als hätte er ihre Anwesenheit gespürt, drehte Barne den Kopf, lächelte und winkte sie zu sich. Sein hellbraunes Haar wirkte vom Wind zerzaust, seine Augen strahlten hinter der randlosen Brille.

»Ich möchte nicht stören«, sagte Katharina.

»Tust du nicht.« Er blickte auf den schlichten Grabstein zu seinen Füßen. Die eingemeißelten Namen waren verwittert, doch Katharina konnte *Hermann und Gloria Wilkens* entziffern.

»Ich nehme an, du kennst meine Geschichte?«, fragte Barne.

»Erst seit einer Stunde.«

»Pauline.« Es war eine Feststellung, keine Frage, also schwieg sie.

Barne entfernte ein paar braune Blätter von der Grabstelle und wandte sich dann zum Gehen. »Darf ich dich zu einem Tee einladen?«

»Sehr gern«, erwiderte sie, obwohl sie erst vor Kurzem Kaffee getrunken hatte.

»Dann komm mit. Ich kenne eine Teestube, die ein echter Geheimtipp ist.«

Auf dem Weg ins Zentrum sagte Katharina vorsichtig: »Ich wusste nicht, dass deine Eltern auf Langeoog begraben sind.«

»Das sind sie auch nicht. Sie wurden nie gefunden. Aber meine Verwandten haben diesen Stein aufstellen lassen, damit ich einen Ort hatte, zu dem ich hingehen konnte.«

Es war für sie kaum vorstellbar, wie groß sein Schmerz damals gewesen sein musste. Voller Mitgefühl drückte sie seine Hand. Er schloss seine Finger um ihre und ließ sie nicht mehr los. So gingen sie weiter, und es fühlte sich an wie das Natürlichste der Welt.

Wer hätte das gedacht?, schoss es Katharina durch den Kopf. *Ich und ein Mann, der nicht Leo ist, händchenhaltend auf Langeoog.* Beinahe hätte sie gekichert. Sie konnte sich gerade noch bremsen.

Erst als sie die Barckhausenstraße erreichten, ließ Leo ihre Hand wieder los. Wahrscheinlich mochte er im geschäftigen Ortszentrum nicht in einer allzu vertraulichen Lage gesehen werden. Katharina war ganz froh darüber. Sie wollte der Gerüchteküche keine Nahrung geben, bevor sie nicht für sich eine Entscheidung getroffen hatte.

Auf den roten Pflastersteinen schlenderten ein paar Familien dahin. Paare gingen an den verschiedenen kleinen Läden vorbei, saßen in Straßencafés oder standen einfach beisammen und plauderten. Da das Wetter an diesem Tag recht frisch war, hatten sich einige Urlauber offenbar gegen einen Strandbesuch entschieden.

Barne deutete auf ein Geschäft mit einem hübsch dekorierten Schaufenster. »Das ist Jacks Laden. Ist heute geschlossen, obwohl das nicht geschäftsfördernd ist. Aber Jack besteht auf einen freien Sonntag. Warst du schon einmal drin?«

»Nein, aber ich habe es vor.«

»Du findest da auch Souvenirs für deine Familie zu Hause. Nicht so einen billigen Kram wie in anderen Läden, sondern handgemachte kleine Kostbarkeiten.«

War das eine Anspielung auf ihre Abreise? Katharina wusste es nicht, und sie fragte auch lieber nicht nach. Ihr wurde klar, dass sie mehr Zeit für sich allein brauchte, wenn sie eine Entscheidung fällen wollte.

Barne führte sie nun in eine schmale Seitengasse und dort in eine Teestube, die mehr einem privaten Wohnzimmer denn einem Lokal glich. Der schummerige Raum war klein und bot höchstens einem halben Dutzend Gästen Platz. Außer ihnen war niemand dort, und Barne dirigierte sie sanft zu einem gemütlich aussehenden Sofa mit einem niedrigen Tisch davor.

»Bin gleich wieder da«, versprach er und verschwand durch einen dichten dunkelgrünen Vorhang.

Katharina gähnte. Die viele Bewegung an der frischen Luft machte sich wieder bemerkbar, und sie musste sich zwingen, die Augen offen zu halten. Zum Glück blieb Barne nicht lange fort. Als er zurückkehrte, trug er ein hölzernes Tablett, stellte es auf den Tisch und setzte sich so dicht neben Katharina, dass jegliche Müdigkeit augenblicklich verflog.

Es kostete sie einige Überwindung, sich ganz auf das Tablett zu konzentrieren. Die bauchige Teekanne stand auf einem Stövchen aus Keramik, in dem ein einziges Teelicht brannte.

»Die echte ostfriesische Mischung besteht aus mehr als zehn verschiedenen Teesorten«, dozierte Barne mit sanfter Stimme.

Katharina konnte sich gut vorstellen, wie er auch im Klassenzimmer die Dinge so ruhig erklärte und die Schüler an seinen Lippen hingen. Ihr wurde auf einmal sehr warm, und das lag bestimmt nicht an dem einzelnen Teelicht.

»Ein Hauptbestandteil ist Assam«, fuhr er fort. »Andere Beimischungen sind aus Sri Lanka, Java, Sumatra oder Darjeeling in Indien.«

Während er sprach, gab er aus einer zweiten Kanne ein wenig heißes Wasser in die Teebecher, schwenkte sie herum und goss das Wasser wieder aus. Währenddessen ließ er seine altmodische Armbanduhr nicht aus den Augen.

»Möchtest du den Tee lieber anregend oder beruhigend?«

»Beruhigend«, sagte Katharina, denn inzwischen klopfte ihr Herz auf unangebrachte Weise schnell und aufgeregt.

»In Ordnung. Also fünf Minuten.«

Aus einem Schälchen nahm Barne mit einer kleinen Zange dicke Stücke Kandiszucker. »Der heißt bei uns Kluntje und muss leise knacken und knistern, wenn der Tee dazugegeben wird. Hörst du das?«

Katharina nickte, obwohl sie sich nicht mehr besonders gut auf die Teezeremonie konzentrieren konnte.

»Wunderst du dich, warum ich meinen Becher zuerst fülle?«, fragte Barne. »Das ist keine Unhöflichkeit. Der Gastgeber muss sicherstellen, dass keine störenden Teeblätter in den Bechern seiner Gäste landen.«

Ich wundere mich über ganz was anderes, dachte Katharina. *Zum Beispiel darüber, warum mich deine Nähe so durcheinanderbringt.* Sie sagte natürlich nichts, sondern lächelte nur.

Nun gab Barne noch etwas Sahne in die Becher. »Die darf auf keinen Fall umgerührt werden«, erklärte er. »Sonst ist der echte Geschmack verdorben. Probier mal.«

Sie nahm einen Schluck und schaute ihn dann überrascht an. »Ich habe in meinem ganzen Leben noch keinen so guten Tee getrunken.«

Barne nickte zufrieden. »Ich nehme an, bisher taten es auch die Teebeutel?«

»Ja«, gestand sie. »Aber ich werde mich bessern. Versprochen.«

Aus irgendeinem Grund schaffte sie es nicht, den Blick abzuwenden. Katharina konnte beinahe das Knistern zwischen ihnen hören, und diesmal war es nicht der Kandiszucker.

Auf Barnes Oberlippe entdeckte sie einen Tropfen Sahne, und es kostete sie gewaltige Überwindung, nicht ihre Hand zu heben, um ihn sanft abzuwischen.

Barne brach den Zauber, indem er sagte: »Es gibt leider keinen Kuchen dazu. Nicht mal ein paar Kekse. Sonntagmorgens hat die Besitzerin der Teestube noch nicht gebacken.«

Katharina wandte den Blick ab. Sie fragte sich, ob sie erleichtert oder enttäuscht über sein Verhalten war, fand jedoch keine Antwort.

»Das ist schon in Ordnung. Ich werde zum Pfannkuchenessen im Hexenhäuschen erwartet.« Aus einer Eingebung heraus fügte sie hinzu: »Du bist herzlich dazu eingeladen.«

Barne schien einen Augenblick lang ernsthaft darüber nachzudenken. Schließlich jedoch schüttelte er den Kopf. »Das ist sehr freundlich, aber ich habe schon etwas anderes vor.«

Klar, dachte sie. *Zu deinen Robben zu gehen.*

Sie lächelte jedoch verständnisvoll.

10. Kapitel

Katharina setzte sich auf die alten Holzbank hinter dem Hexenhäuschen und rieb sich den Bauch. Nach drei großen Pfannkuchen mit Sanddornmarmelade war sie pappsatt.

»Wenn ich nicht aufpasse, werde ich noch dick und fett.«

»Ach was«, widersprach Nella und strich ebenfalls über ihren Bauch. »Frische Luft und viel Bewegung lassen das gar nicht zu. Außerdem würden dir ein paar Pfund mehr gut stehen.«

»Kann sein, aber meine Hose kneift schon.« Wie zum Beweis öffnete Katharina den Knopf ihrer Jeans.

»Na und? Du siehst auf jeden Fall viel besser aus als vor drei Wochen. Deine Wangen sind ganz rosig, und deine Augen leuchten. Und du lässt auch nicht mehr so die Schultern hängen wie am Anfang.«

Katharina grinste. »Langeoog ist wirklich magisch.«

»Habe ich dir doch von Anfang an gesagt.«

»Wie hast du es denn geschafft, so schlank und rank zu bleiben? Du bist ja schon fast ein Jahr auf der Insel.«

Nella grinste nun auch. »Tja, bei mir kommt die Liebe hinzu. Die verbraucht ordentlich Kalorien.«

Sie lachten beide, dann schwiegen sie einen Moment lang in schönster Eintracht. Schließlich stieß Katharina einen Seufzer aus.

»So schön es hier bei dir auch ist: Jetzt sollte ich mal Mila einsammeln und zurück zur Klinik laufen. Du willst bestimmt deine Ruhe haben.«

»Quatsch. Von mir aus könnt ihr bis heute Abend bleiben.«

Sie schien es ernst zu meinen, dennoch zögerte Katharina. »Aber fällt Mila dir und Pauline nicht zur Last?«

»Ganz im Gegenteil. Pauline freut sich über die Gesellschaft. Sie bringt der Lütten gerade das Mühlespiel bei. Und ich fand es vorhin in der Werkstatt auch schön. Sie ist eine so eifrige Schülerin, und der Kaffeebecher, den sie für dich getöpfert hat, ist wirklich gut geworden. Er wird dir gefallen, sofern du dich nicht an einem schiefen Henkel störst. Mila muss ihn nur noch lackieren und bemalen.« Sie kratzte sich am Kopf. »Oje, nun habe ich die Überraschung verdorben. Schwöre mir, dass du mich nicht bei Mila verrätst.«

»Hoch und heilig«, versprach Katharina. Sie war aber immer noch nicht überzeugt, dass sie sich Nella nicht zu sehr aufdrängten. »Was ist, wenn Jack vorbeikommt? Der will dich doch bestimmt für sich allein?«

Nella grinste. »Den sehe ich erst heute Abend. Er ist mit Keno rausgefahren. Manchmal muss ein Mann Männerdinge machen.«

Also entspannte sich Katharina. Es wäre ihr auch schrecklich schwergefallen, sich von der Bank zu erheben.

»Im Schuppen sind auch Liegestühle«, bot Nella an.

»Nicht nötig. Ich finde es herrlich bequem hier.«

»Es muss schön sein, ein Kind zu haben«, sagte Nella.

»Das ist es. Mila ist das Glück meines Lebens. Nur manchmal ist es schwer. Sie ist wirklich häufig krank.«

»Verzeih mir, das war nicht besonders einfühlsam. Und ich will nicht naiv klingen.«

»Aber du würdest gern Mutter werden.«

»Mhm«, machte Nella nur, aber Katharina konnte ihre Sehnsucht heraushören.

»Was meint denn Jack dazu?«

»Keine Ahnung, wir haben bisher noch nicht darüber gesprochen. Aber ich möchte schon gern die Reihenfolge einhalten. Also erst Verlobung und Heirat, dann Kinder. O Mist! Jetzt habe ich dich schon wieder beleidigt.«

»Hast du nicht«, versicherte Katharina ihrer Freundin. »Ich hätte es auch lieber so herum gemacht. Mila war nicht geplant, aber ich habe es nie bereut, dass ich sie bekommen habe.«

»Das glaube ich gern. Wie wär's mit einem Kaffee?«

»Danke, nein. Ich habe vorhin erst mit Barne Tee getrunken.«

Nella schnalzte mit der Zunge. »Mit Barne, interessant.«

»Daran ist gar nichts Besonderes. Ich habe ihn auf dem Friedhof getroffen, wo ich mir das Grab von Lale Andersen angeschaut habe. Dann hat er mich in eine kleine Teestube eingeladen, die wohl noch ziemlich unbekannt ist. Auf mich wirkte sie fast wie das Zuhause von jemandem. Es war gemütlich, und wir waren die einzigen Gäste.«

»Aha. Und wo war das?«

Katharina beschrieb ihr den Weg, den sie genommen hatten. Nella schaute sie erst ungläubig an, dann brach sie in lautes Gelächter aus.

»Das *ist* das Zuhause von jemandem«, erklärte sie, als sie sich wieder einigermaßen beruhigt hatte. »Und zwar von Barne.«

»Aber … das verstehe ich nicht. Gut, es sah mehr wie ein Wohnzimmer aus, aber er hat mir auch von der Besitzerin erzählt, die sonntagmorgens noch keinen Kuchen backt.«

»Das ist seine Tante Helga. Und er hat auch nicht wirklich gelogen. Manchmal veranstaltet Helga nämlich Teepartys für Freunde und Gäste. Dann backt sie die herrlichsten Kekse und Kuchen. Ihre Friesentorte mit Mandeln und Sahne ist legendär. Nicht einmal Sophie bekommt die so gut hin.«

»Ich verstehe nicht, warum er mich dorthin mitgenommen hat.«

Nella lächelte. »Da kann ich auch nur spekulieren, aber vielleicht wollte er mit dir ja ungestört sein.«

»Das waren wir auf dem Friedhof auch.«

Schon wieder mussten sie lachen.

»Na ja«, meinte Nella dann. »Aber da war das Ambiente vielleicht nicht so romantisch.«

Als sie wieder ernst geworden waren, fragte Katharina: »Und er lebt dort zusammen mit seiner Tante?«

Nella nickte. »Barne hat jahrelang in einem Haus in der Nähe der Kaapdünen gewohnt. Das ist drüben beim Weststrand. Das Haus ist fast so schön wie unser Hexenhäuschen, nur größer. Aber als sein Onkel Friedrich letzten Winter gestorben ist, da ist er zurück zu Helga gezogen, damit sie nicht so allein ist.«

Barne war ein rundum guter Mensch, das lernte Katharina mehr und mehr.

»Jetzt leben sie in einer Art Wohngemeinschaft, und es

klappt ganz gut. Barne überlegt sogar, ob er sein Haus verkaufen soll.«

»Und da kommen Jack und du ins Spiel.«

Nella riss die Augen auf. »Woher weißt du das?«

»Ich kann dir ansehen, dass dir das Haus gefällt.«

»Und wie! Aber wir müssen sehen, ob wir das mit der Finanzierung hinkriegen. Außerdem denke ich gar nicht daran, mit einem Mann zusammenzuziehen, der mir keinen Antrag gemacht hat. Oh, entschuldige. Das war schon wieder nicht besonders feinfühlig.«

»Wieso? Weil ich mit Leo ein Verhältnis habe, obwohl wir nicht mal eine Wohnung teilen?«

»Bitte, liebste Katharina. Vergiss, dass ich davon angefangen habe.«

»Ist schon in Ordnung. Ich glaube, es tut mir gut, dass ich hier so viel über mein seltsames Arrangement nachdenke.«

»Mhm.« Nella drückte kurz ihren Arm. »Ich gehe mal nach Pauline sehen, und ich sollte das Geschirr abwaschen.«

»Das kann ich doch übernehmen.«

»Kommt nicht infrage. Hausarbeit könnte deinen ganzen Kurerfolg zerstören.«

»Du spinnst ja.«

Nella sprang auf. »Bleib du mal schön hier und genieß den Ausblick auf das Pirolatal.«

»Na gut, überredet.«

Nella war schon fast um die Ecke, als sie sich noch einmal umdrehte: »Darf ich dich um einen kleinen Gefallen bitten?«

»Klar, schieß los.«

»Erzähl niemandem von Barnes Haus. Auch nicht, dass Jack und ich uns dafür interessieren. Die Immobilienpreise schießen auf Langeoog immer mehr in die Höhe, und so ein echtes reetgedecktes Haus würde schnell Interessenten finden. Barne hat zwar versprochen, dass er am liebsten an uns verkaufen möchte, weil er es hasst, wenn zu viele Fremde sich hier einnisten, aber man kann nie wissen. Ein hohes Angebot könnte ihn umstimmen.«

»Fremde wie ich?«, fragte Katharina beklommen.

»Natürlich nicht. Er meint damit Leute mit viel Geld, die höchstens mal am Wochenende oder in den Ferien herkommen. Langeoog soll kein zweites Sylt werden.«

Erleichterung durchflutete Katharina. Im nächsten Augenblick wunderte sie sich darüber, wie viel ihr an Barnes Meinung lag.

»Von mir erfährt niemand ein Wort«, versprach sie.

»Du bist ein Schatz.«

Nella verschwand, und Katharina ließ ihren Blick gedankenvoll über die herrliche Landschaft schweifen. Es schien ihr, als glitzerten Millionen kleiner Edelsteine im Nachmittagslicht auf den Dünen.

Nach einer Weile wurden ihr die Lider schwer, aber bevor sie einschlafen konnte, klingelte ihr Handy. Sekundenlang glaubte sie, es könnte Barne sein. Doch es war Leo. Ausnahmsweise war sie nicht böse wegen eines Videoanrufs.

»Warte mal«, sagte sie und drehte ihr Smartphone um, damit auch er den herrlichen Ausblick genießen konnte. »Die Sträucher, die du siehst, sind hauptsächlich Krähenbeerenheide. Leider ist sie schon so gut wie verblüht, sie ist nämlich viel früher dran als zum Beispiel die Besenheide oder die Glockenheide. Aber wenn du genau hinschaust, siehst du noch ein paar purpurne Flecken. Ist es nicht prachtvoll?«

»Katharina.«

»Ich könnte den ganzen Tag die Natur beobachten. Es gibt so viel zu sehen auf Langeoog.«

»Katharina!«

»Die Dünen sind natürlich toll, auch der Strand, und das Meer sowieso. Aber die Salzwiesen sind was ganz Besonderes. Die werden bei Flut regelmäßig überschwemmt und …«

»KATHARINA!«

»Was ist denn?«

»Ich habe verstanden, dass du gern auf der Insel bis. Aber kannst du jetzt bitte wieder dein Smartphone umdrehen? Ich möchte nämlich gern dich sehen und nicht irgendwelche Sträucher.«

Sie tat ihm den Gefallen, fügte aber hinzu: »So richtig werde ich die Salzwiesen erst morgen sehen. Da nehme ich nämlich mit Mila an einer Wattwanderung teil.«

»Ist das nicht gefährlich?«

»Wir gehen mit Keno. Das ist Paulines Neffe und ein erfahrener Wattführer. Da kann uns gar nichts passieren.«

»Ist er Single?« Leos Augen wirkten dunkler als sonst, aber das mochte auch daran liegen, dass die Holzbank im Schatten stand.

»Was? Keine Ahnung. Ist das wichtig?«

»Für mich schon.«

Sieh an, dachte sie belustigt. *Ist da etwa jemand eifersüchtig?*

Jetzt entdeckte sie auch die steile Falte zwischen seinen Augenbrauen.

Aus alter Gewohnheit beruhigte sie ihn. »Ich kenne den Mann kaum und ich interessiere mich auch nicht für ihn.«

»Aber für den Dorflehrer schon?«

»Wer hat dir denn von Barne erzählt?«, fragte Katharina überrascht.

»Mila. Und sie hat gesagt, dass er vielleicht nicht ganz richtig im Kopf ist.«

»Das hat sie ganz bestimmt nicht so gesagt. Mila hat Barne sehr gern.«

»Dann eben so ähnlich. Sie meinte, er wäre ein Robbenflüsterer.«

Aus Leo Mund klang das wie eine üble Beleidigung. Katharina fand, es war eine Sache, wenn sie selbst Barne so im Scherz nannte. Eine ganz andere war es, wenn Leo es sagte.

»Ich finde, du solltest keine Leute beleidigen, die du gar nicht kennst.«

Leo sah aus, als würde er jeden Moment die Geduld verlieren. Dann jedoch machte er eine zerknirschte Miene. »Tut mir leid, du hast recht. Ich glaube, ich bin schon ganz durcheinander, weil ihr so lange weg seid. Ihr fehlt mir.«

»Und was genau fehlt dir an uns?«

»Was ist das denn für eine Frage? Du und Mila, ihr seid meine Familie. Noch nie haben so viele Kilometer zwischen uns gelegen. Daran bin ich nicht gewöhnt.«

»Weil Mila deine Tochter ist.«

»Natürlich.« Leo wirkte jetzt verwirrt. Er ahnte offensichtlich nicht, worauf sie hinauswollte. Katharina hatte bis vor einer Minute auch noch nicht gewusst, dass sie darauf zu sprechen kommen würde. Aber sie spürte, jetzt war der richtige Zeitpunkt, um über ihre merkwürdige Beziehung zu reden. Sie hatte es lange genug vor sich hergeschoben.

»Und was bin ich für dich?«, fragte sie daher.

Leo fuhr sich durchs Haar – eine Geste, die sie stets zärtlich gestimmt hatte. Er sah dabei aus wie ein großer Junge, der mit den Unbilden des Lebens nicht zurechtkam. Worüber auch immer sie sich gestritten haben mochten – wenn Leo sich das Haar zerzauste, war Katharina stets bereit, einzulenken. Heute jedoch blieb sie unbeeindruckt.

Er wird mich nie respektieren, wenn ich mich weiterhin so leicht manipulieren lasse.

Und weil er wohl spürte, dass sie nicht nachgeben würde, fragte er zurück: »Kann es sein, dass die Ostfriesen schon auf dich abfärben?«

Wieder klang es wie eine Beleidigung und schloss diesmal sämtliche Bewohner der Inseln und der Küste mit ein.

»Was soll das heißen?«

Ihr Gesichtsausdruck verhieß offenbar nichts Gutes, denn Leo knickte augenblicklich ein. »Amore mio, das war nicht böse gemeint. Ich habe nur gehört, dass die meisten Leute dort oben stur und wortkarg sind. Einige sollen sogar ziemlich feindselig gegenüber Fremden sein.«

Katharina holte tief Luft. »Keine Ahnung, wo du so einen Blödsinn herhast. Sollte das stimmen, dann liegt es daran, dass die Menschen mit verwöhnten Großstädtern wenig anfangen können, nachdem ihre Vorfahren seit Jahrhunderten ums tägliche Überleben zu kämpfen hatten. Aber davon mal abgesehen: Mila und ich sind bisher nur offenherzigen und freundlichen Leuten begegnet. Sie haben uns hier aufgenommen, als ob wir zu ihnen gehören, und wir fühlen uns sehr wohl in ihrer Mitte.«

»Als ob ihr zu ihnen gehört?«, hakte Leo nach. »Wie soll

ich das verstehen?« Seine Stimme klang jetzt alarmiert, und seine Augen waren noch dunkler geworden.

Geschieht dir recht, dachte Katharina ganz ohne schlechtes Gewissen.

Sie ging nicht darauf ein, sondern wiederholte ihre Frage von vorher: »Was bin ich für dich?«

»Was genau willst du von mir hören?«

»Beantworte einfach meine Frage. So schwer ist die nicht.«

Einen Moment lang glaubte sie, Leo würde das Gespräch einfach beenden. Das war schon immer seine Masche gewesen, wenn es unangenehm wurde. Aber offensichtlich spürte er, dass er diesmal nicht so leicht davonkommen würde.

»Du bist meine Partnerin und die Mutter meiner Tochter. Reicht dir das?«

Katharina schwieg. Sie hob den Blick über den Rand ihres Smartphones und schaute hinaus ins Pirolatal.

»Amore mio, was soll ich noch sagen? Du weißt, ich habe es nicht so mit Gefühlsausbrüchen.«

Tatsächlich nannte Leo sie gern mal auf Italienisch Liebling, aber in seiner Muttersprache hatte er ihr noch nie die berühmten drei kleinen Worte gesagt. Er behauptete, er sei dazu nicht fähig, und sie hatte das stets akzeptiert.

Während sie nun mit den Augen dem Flug einiger Wildenten folgte, merkte sie, dass es ihr nicht mehr genügte, was Leo ihr zu bieten hatte. Sie wünschte sich das, was sie bei Sophie, Sara, Nella und Annabel sah: Die innige Zuwendung von einem Mann, der sie wirklich liebte.

Sie sprach es aus, bevor sie noch länger darüber nachdenken konnten.

»Mir reicht das nicht mehr.«

»Was genau?«, hakte er nach.

Sie schaute ihn weiterhin nicht an, während sie antwortete: »Diese lockere Beziehung, ohne wirkliche Verpflichtungen. Das ist nichts für mich, Leo. Ist es nie gewesen.«

»Aber in den letzten zwanzig Jahren warst du damit doch ganz zufrieden.«

»Nein, ich war niemals zufrieden, und ich war niemals glücklich. Aber ich habe wohl gedacht, ich müsse mich mit dem begnügen, was du zu bieten hast.«

»Und jetzt denkst du das nicht mehr?«

Sie senkte den Blick wieder auf das Display und sah ihm fest in die Augen.

»So ist es. Ich denke, ich habe etwas Besseres verdient. Einen Mann, der wirklich mit mir zusammen sein will. Nicht nur bei passender Gelegenheit, um Sex mit mir zu haben.«

»Und ich denke«, fuhr er auf, »diese Insel bekommt dir nicht. Du und Mila, ihr solltet sofort abreisen. Irgendwer verpasst euch eine Gehirnwäsche.«

Er sagte nicht: »Bitte verlass mich nicht«. Er sagte nicht: »Ich liebe dich.«

Er brach ihr das Herz.

»Katharina, bitte hör mir zu. Willst du ernsthaft behaupten, dass ich ein schlechter Mensch bin?«

»Nein. Du bist, wie du bist.«

»Und schlage ich mich nicht ganz ordentlich als Vater?«

»Doch, das tust du.«

»Na, siehst du. Diese Paparolle verlangt einem Künstler wie mir schon einiges ab, das musst du mir zugestehen.«

»Einen Künstler wie dir. Klar, wie konnte ich das vergessen.«

Wenn es Diskussionen gab, berief sich Leo auf seine sensible Seele. Das war schon immer so gewesen. Aber Katharina war nicht länger bereit, ihm das durchgehen zu lassen.

»Weißt du, ich bin auch oft überfordert. Immerhin arbeite ich und versorge ein krankes Kind. Sicher, wenn wir dich brauchen, bist du da, aber die meiste Zeit bin ich eben doch allein mit Mila.«

»Ich tue schon, was ich kann.«

»Eben nicht. Würden wir zusammenleben, dann wären wir eine richtige Familie, in der die Aufgaben gerechter verteilt würden.«

Leo stieß einen Ton aus, der nach einem unterdrückten Fluch klang. »Ach, darauf läuft das alles wieder hinaus. Du willst mich einfangen und einsperren.«

Katharina seufzte. »Sei nicht albern, Leo. Ich wünsche mir nur ein normales Leben.«

»Tja, dann musst du dir das wohl mit jemand anderes suchen.«

Er schien selbst erschrocken über seine Worte, aber er nahm sie nicht zurück.

»Danke, dass du so ehrlich bist«, sagte Katharina. »Nun weiß ich, woran ich bin.«

Kurz war es still in der Leitung, dann räusperte Leo sich. »Amore mio, wir reden in Ruhe noch mal, wenn ihr wieder hier seid, ja? Wann genau kommt ihr zurück?«

Sie antwortete nicht sofort und sah, wie die Erkenntnis ganz langsam zu ihm vordrang.

Erst dann sagte sie: »Mila geht es hier so gut wie nie. Ich will nicht riskieren, dass sie in Köln wieder krank wird. Du hattest ganz recht mit deiner Vermutung. Die Ärzte sagen auch, dass eine Rückkehr in die Großstadt ihre Allergien und ihr Asthma wieder verschlimmern würde.«

»Was genau willst du damit andeuten?«

Sie erkannte jetzt Panik in seinen Augen, trotzdem fügte sie ruhig hinzu: »Mila und ich werden auf Langeoog bleiben, Leo. Sie wird die Chance bekommen, groß und stark zu werden. Ich werde als Grundschullehrerin arbeiten und …«

»Und was? Mit deinem Robbenflüsterer glücklich werden? Na dann, viel Spaß dabei.«

Das Display wurde dunkel. Leo hatte das Gespräch einfach beendet.

Katharina umklammerte ihr Smartphone, während ihr die Tränen über die Wangen liefen.

11. Kapitel

Treffpunkt für die Wattwanderung war die Melkhorndüne nahe der Jugendherberge.

Keno Fischer schaute ungeduldig auf seine Taucheruhr. »Da fehlen noch Leute.«

Katharina fragte sich, warum es eine Taucheruhr sein musste. Würden sie etwa alle untergehen?

»Mama, warum zitterst du so? Ist dir kalt?«

Sie zwang sich, ihrer Tochter ein beruhigendes Lächeln zu schenken. Wahrscheinlich grinste sie nur blöd.

Mila schien trotzdem zufrieden zu sein. Unerschrocken trat sie dann neben den riesenhaften weißblonden Wattführer, schaute zu ihm hoch und fragte: »Müssen wir noch lange warten?«

Keno sah sich erst um, bis er merkte, dass die energische Kinderstimme von unten kam.

Er ging in die Knie, um einigermaßen auf Augenhöhe mit Mila zu sein. »Nee, müssen wir nicht. Wir gehen jetzt los. Wer zu spät kommt, hat Pech gehabt.«

Vertrauensvoll lächelte Mila ihn an. Ihr halber Arm verschwand in seiner Hand.

Kenos Blick wurde zärtlich, und Katharina wusste, ihre Tochter hatte schon wieder ein Herz erobert.

Keno richtete sich wieder auf und zeigte auf die Melkhorndüne hinter ihnen. »Die war mal gewaltig hoch, beinahe zweiundzwanzig Meter. Damals galt sie als die höchste Erhebung Ostfrieslands. Aber mit den Jahren hat der Wind viel von ihr abgetragen, und nun ist sie nur noch gesundes Mittelmaß.«

Der Wind wehte auch heute ziemlich stark, fand Katharina. Sie musste sich ihre Basecap tiefer in die Stirn ziehen und den Reißverschluss an ihrer Jacke vollkommen schließen. Mila und sie trugen beide die typischen Ostfriesennerze, und Katharina hoffte, das würde genügen.

Für einen Einheimischen war dies wahrscheinlich ohnehin nur ein laues Lüftchen.

Während Katharina und Mila nun gespannt Keno zuhörten, wirkten die übrigen Teilnehmer eher gelangweilt. Es waren drei Paare zwischen vierzig und fünfzig, dem Zungenschlag nach aus Bayern.

Der Wattführer merkte, dass die Leute ungeduldig wurden. Er brach seinen Vortrag vorerst ab und kontrollierte nun das Schuhwerk der Urlauber. *Gummistiefel mit dicker Sohle* hatte in der Anleitung für die Wanderung gestanden, und alle hatten sich daran gehalten.

»Ausgezeichnet«, lobte Keno. »Wenn ihr die Stiefel später mal ausziehen und barfuß laufen wollt, ist das eure Entscheidung. Aber auf eigene Gefahr. Es haben sich schon genug Leute an den Schalen von Miesmuscheln die Füße aufgeschnitten. Und die Krebse hier sind zwar klein, können aber fies kneifen.«

Schaudernd erinnerte sich Katharina an den Abend am

Strand, als sie sich auf der gemeinschaftlichen Suche nach Barne in die Füße geschnitten hatte. Sie würde ganz bestimmt nicht die Stiefel ausziehen, und Mila auch nicht.

»Ist es nicht gefährlich, da draußen rumzulaufen?«, fragte eine der bayerischen Frauen.

»Bei Ebbe nicht«, erklärte Keno. »Außerdem bin ich ein zertifizierter Nationalpark-Guide.« Er warf den drei Männern, die lediglich T-Shirts trugen, einen Blick zu. »Allerdings sollten alle Teilnehmer auch mit leichten Jacken ausgerüstet sein. Es kann ziemlich frisch werden da draußen.«

Die Männer lachten nur abfällig.

»Wir sind nicht so empfindlich«, behauptete einer von ihnen.

Keno schwieg dazu, aber sein Gesichtsausdruck sprach Bände.

»Na, dann mal los«, befahl er. »Und immer schön im Gänsemarsch.«

Sie betraten nun auf vorgeschriebenen Wegen die Salzwiesen, die hier am Watt das Ufer bildeten.

»Sie heißen so«, dozierte Keno, »weil auf ihnen Landpflanzen wachsen, die trotz des Salzwassers gedeihen. Sie werden nämlich regelmäßig vom Meer überspült.«

Katharina musste an Leo denken, und ihr Magen verkrampfte sich. Es hatte ihn nicht interessiert, als sie ihm gestern von dieser besonderen Landschaft erzählt hatte, und kurz darauf hatte er einfach das Gespräch weggedrückt.

Nur mit Mühe konzentrierte sie sich wieder auf Keno, der die Gruppe kurz anhielt und mit weit ausgestrecktem Arm auf die blühende und duftende Pracht um sie herum zeigte. »Von Mai bis Oktober wachsen hier Strandflieder, Grasnelken,

Strandastern und einige hoch spezialisierte Gewächse mehr. Es ist ein Wunder der Natur.«

»Das ist so schön!«, rief Mila aus. »Ich werde das meinem Papa erzählen. Er könnte wundervolle Bilder malen.«

»Gute Idee«, brummte Keno und schaute Katharina kurz an.

Na toll, dachte sie. *Der weiß auch schon Bescheid über meine seltsame Beziehung. Der Inselfunk ist anscheinend schneller als eine Küstenseeschwalbe im Sturzflug.*

Sie vermutete, Pauline hatte ihren Neffen über ihre Familienverhältnisse ins Bild gesetzt. Warum auch immer. Sollte er hier draußen einen neuen Mann für sie finden, damit sie auf Langeoog blieb? Oder war er selbst gar der Kandidat? Leo würde neben ihm zwar erstaunlich mickrig wirken, aber sie waren durchaus ähnliche Typen.

Dann fiel ihr ein, dass er eine Freundin hatte. Eine Finnin namens Erja. Bei irgendeiner Gelegenheit war sie mal erwähnt worden. Erleichtert atmete Katharina auf.

Schließlich drehte sich Keno um und ging weiter.

Noch eine halbe Stunde marschierten sie über die von Gräben durchzogenen Grasflächen, und Katharina merkte, dass Mila bereits erste Anzeichen von Müdigkeit zeigte. Schon machte sie sich Vorwürfe. Nur weil ihre Tochter so fit wirkte, hieß das noch lange nicht, dass sie eine stundenlange Wanderung mitmachen konnte. Tatsächlich hatte Katharina gezögert, sie beide dafür anzumelden, aber Mila hatte so lange gebettelt, bis sie nachgegeben hatte.

Nun ging es aufs Watt hinaus, und alle Teilnehmer hatten zunächst mit dem ungewöhnlich weichen und schlickigen Untergrund zu kämpfen.

Katharinas Gummistiefel gaben bei jedem Schritt laut schmatzende Geräusche von sich, aber schon nach ein paar Metern trat sie anders auf, setzte die Füße weicher, machte schneller den nächsten Schritt. Mila hatte dank ihres geringen Körpergewichts weniger Schwierigkeiten, trotzdem wurden ihre Schritte schwerer.

»Das Watt erscheint euch auf den ersten Blick vielleicht als völlig leblose, abwechselnd dunkle oder helle Fläche«, dozierte Keno weiter. »Aber das täuscht. Hier gibt es eine Menge Klein- und Kleinstgetier, das sich wiederum von fast mikroskopisch kleinen Pflanzen ernährt. Ich rede von winzigen Algenzellen und Millionen von Minikrebsen.«

Er blieb stehen und deutete auf eine Reihe wulstiger Häufchen an der Oberfläche. »Hier seht ihr den Beweis für die nächstgrößere Lebensform, die Prielwürmer.«

»Bäh«, sagte eine Bayerin.

Keno lachte. »Die sind gar nicht eklig. Außerdem gibt es Unmengen von Muscheln. Dort seht ihr Krebse, die seitwärts an uns vorbeischleichen, und ihr könnt die Wattschnecken knistern hören. Mit etwas Glück entdecken wir sogar einen Seestern. Der darf natürlich nicht angefasst werden. Das Wattenmeer ist auch die Kinderstube vieler Nordseefische. Hering, Scholle, Seezunge, Sprotte und einige weitere Flossenträger schlüpfen hier aus dem Ei und begeben sich erst als Heranwachsende auf hohe See.«

Alle lauschten aufmerksam, auch Katharina. Zwar hatte sie sich inzwischen viel Wissen angelesen, aber Kenos faszinierend tiefe Stimme zog auch sie in ihren Bann. Er sprach weiter von den riesigen Schwärmen an Zugvögeln, die zweimal pro Jahr im Wattenmeer eine Pause einlegten und Kraft für den Weiterflug tankten; er berichtete von den vielen hier beheimateten Vogelarten, von Seehunden, Kegelrobben und Schweinswalen.

Als er über die Robben sprach, wanderten Katharinas Gedanken zu Barne. Warum er sie gestern wohl zum Tee zu sich nach Hause eingeladen hatte? War das nur ein Zufall gewesen, oder interessierte er sich ernsthaft für sie? Aber warum hatte er dann ein Geheimnis daraus gemacht? Würde er sich freuen, wenn er hörte, dass sie auf Langeoog bleiben wollte? Und würde diese Freude dem Erhalt der kleinen Inselschule gelten oder auch ihr persönlich?

Fragen über Fragen, auf die sie keine Antwort wusste.

Keno teilte die Wanderung in Abschnitte ein, in denen nur gelaufen wurde, und solche, in denen er sein Wissen weitergab. Irgendwann fiel sein Blick auf Mila.

»Na, Lütte? Willst du ein bisschen auf meinen Schultern reiten?«

Katharina lächelte ihm dankbar zu, aber Milas Gesicht verfinsterte sich. »Ich bin doch kein Baby mehr!«

Es war ihr anzusehen, wie sehr sie mit sich zu kämpfen hatte. Einerseits wollte sie mit den Erwachsenen mithalten, andererseits war sie vollkommen erschöpft.

»Ist mir schon klar«, erwiderte Keno ruhig. »Ich meinte ja auch nur, dass du von hier oben den besten Ausblick hast. Vielleicht entdeckst du sogar als Erste die Küste von Spiekeroog. Damit würdest du mir sehr helfen, denn dann könnte ich besser abschätzen, wie weit wir noch gehen können, bevor wir umkehren sollten.«

Katharina war davon überzeugt, dass Keno auf den Meter genau wusste, wo sie waren. Aber er kannte sich mit Kindern offenbar gut aus, denn indem er Mila eine wichtige Aufgabe zuwies, bot er ihr einen Ausweg aus ihrer Zwickmühle.

Schon ließ sie sich hochheben und fragte dann mit wichtiger Miene, wohin sie genau sehen musste. Keno zeigte in die Richtung und reichte ihr sogar ein Fernglas. Das war so schwer, dass Mila es kaum halten konnte, aber sie erledigte tapfer ihre Aufgabe.

»Überall ist nur flaches Watt«, verkündete sie.

»Wart's nur ab«, sagte Keno und setzte sich wieder in Bewegung. Das bisschen Gewicht trug er mühelos auf seinen Schultern.

Beinahe beneidete Katharina ihre Tochter. Sie hätte sich auch gern ein wenig ausgeruht. Den Gästen aus Bayern schien es noch schlechter zu gehen als ihr. Die Frauen klagten, das sei anstrengender als jede Bergtour, die Männer fluchten leise und hatten inzwischen blaue Lippen, weil ihnen so kalt war. Der Wind hatte weiter aufgefrischt, und jeder, der keine Jacke trug, fror.

Ihrem Wattführer entging das nicht, und nach ein paar weiteren Minuten verkündete er: »Wir kehren um. Da kommt 'ne ziemlich frische Brise auf uns zu.«

Was übersetzt wahrscheinlich Sturm heißt, dachte Katharina.

»Aber ich kann Spiekeroog noch gar nicht sehen!«, protestierte Mila. Der Wind zog ordentlich an ihr, doch Keno hielt sie gut fest.

»Das liegt an den Wolken. Siehst du? Die haben sich zwischen uns und den Horizont geschoben.«

Katharina blickte ebenfalls in die Richtung und staunte.

Woher war auf einmal diese schwarze Wand gekommen? Und wieso bewegte sie sich so schnell auf sie zu?

Auch die Bayern wurden darauf aufmerksam. Die Frauen stießen kleine erschrockene Schreie aus, die Männer fluchten nur noch lauter.

Keno setzte sich wieder an die Spitze der Gruppe und befahl den Teilnehmern, sich an den Händen zu fassen.

»Nur für alle Fälle. Könnte sein, dass wir gleich nicht mehr so viel Licht haben. Aber keine Sorge, Leute, ich bringe euch heil zurück. Dieses bisschen schlechte Wetter war nicht angekündigt, sonst wären wir gar nicht aufgebrochen. Es kann schon mal vorkommen, hier im Norden, dass die Meteorologen nicht schnell genug sind.«

Seine Bemerkung über das Licht fand Katharina übertrieben. Es war schließlich ein heller Nachmittag Ende Juli. Trotzdem ließ sie sich gehorsam von Keno an der Hand nehmen, der es auch mit nur einer freien Hand schaffte, Mila ruhig festzuhalten. Hinter sich ergriff sie die Linke einer Bayerin. Alle folgten ihrem Beispiel, und sie stapften wieder los.

Die Strecke erschien Katharina jetzt viel länger und noch anstrengender. Sie dachte daran, dass dies schon ihre zweite ungewöhnliche Wanderung auf Langeoog war, doch diesmal war die Lage um einiges brenzliger.

Innerhalb von Minuten hatte die Wolkenwand sie erreicht und tauchte die flache unendliche Welt um sie herum erst in ein diffuses Grau, dann in ein fast nächtliches Schwarz.

Jetzt war sie froh, dass Keno sie festhielt, und ähnlich stark umklammerte sie die Hand der Frau hinter ihr.

Das Tosen des Windes nahm zu, bald war nichts anderes mehr zu hören. Während er eben noch in ihrem Rücken gepfiffen hatte, kam er nun direkt von vorn. Kenos Rücken bot Katharina einen gewissen Schutz, aber sie machte sich schreckliche Sorgen um Mila, bis sie merkte, dass Keno ihre Tochter von den Schultern genommen hatte und nun huckepack trug. So konnte auch Mila sich hinter seinen breiten Schultern verkriechen.

Mit jedem Schritt wurde es schwieriger vorwärtszukommen, aber niemand gab auf.

Wir haben ja auch gar keine andere Wahl, dachte Katharina. *Entweder wir gehen weiter, oder wir verschwinden auf Nimmerwiedersehen hier im Wattenmeer.*

Auf einmal erschien ihr Köln wie das Paradies auf Erden, und sie schwor sich, ihre Entscheidung noch einmal zu überdenken, sollten sie es heil zurück zur Insel schaffen.

Nach einer Ewigkeit merkte sie, dass sich der Untergrund veränderte.

»Wir sind wieder auf den Salzwiesen!«, brüllte Keno. »Nicht nachlassen, Leute! Wir haben es fast geschafft!«

Alle Teilnehmer mobilisierten ihre letzten Energiereserven, und als sie eine halbe Stunde später im Speisesaal der Jugendherberge auf den Bänken zusammensackten, waren sie am Ende ihrer Kräfte.

»Ich dachte, wir verrecken da draußen«, sagte einer der Bayern, aber in seiner Stimme schwang auch Stolz mit. Zu Hause würden sie einiges zu erzählen haben über ihren Abenteuerurlaub an der Nordsee.

Heißer süßer Tee wurde gebracht, und Katharina nahm dankbar kleine Schlucke.

Mila drängte sich dicht an sie. Sie wirkte erschrocken und todmüde, aber auch sie war stolz. »Ich habe überhaupt nicht gejammert«, sagte sie. »Auch nicht, als ich dachte, ich würde gleich wegfliegen.«

»Tapfere Deern«, murmelte Keno. »Bei dir alles in Ordnung, Katharina?«

Als sie nickte, ging er zu den anderen Wanderern und erkundigte sich nach deren Wohlbefinden.

Alle erholten sich schnell, und einer der Männer fragte nach etwas Rum für seinen Tee. Er musste daran erinnert werden, dass sie sich in einer Jugendherberge aufhielten.

Draußen war es noch stockfinster. Prasselnder Regen setzte ein, und Katharina war heilfroh, dass sie nicht auch noch nass geworden waren.

Jemand stürzte in den Saal, und es dauerte einen Moment, bis sie Barne erkannte.

Er ging direkt auf Keno zu. »Sind alle da? Ich habe euch durch mein Fernglas gesehen und bin so schnell zurückgelaufen, wie ich konnte.«

Keno brummte irgendwas und drosch Barne freundschaftlich auf die Schulter, wobei der arme Mann fast zusammenbrach.

»Er ist so stark«, flüsterte Mila.

Katharina kicherte. Dann liefen ihr Tränen über die Wange, so dass sie nur umso lauter lachen musste. Offenbar waren ihre Gefühle mindestens so durcheinandergewirbelt worden wie die Muscheln im Watt.

Barne kam zu ihnen und setzte sich neben Katharina auf die Bank. Mila plapperte sofort los und erzählte stolz von ihrem Ritt auf Kenos Schultern. Barne hörte aufmerksam zu, doch sein Blick wanderte immer wieder zu Katharina. Sie las Sorge darin, und Erleichterung.

Jemand holte ein paar Decken, und Katharina wickelte ihre Tochter fest ein. Nur eine Minute später lag Mila mit dem Kopf in ihrem Schoß auf der Bank und schlief fest.

Barne brachte ihr einen weiteren Becher Tee.

Katharina trank davon. »Der tut gut. Ist aber nicht halb so lecker wie der Tee bei dir zu Hause.«

Lief er rot an? Sie konnte es nicht genau erkennen.

»Ich hegte keinerlei böse Absichten«, sagte er. »Ich wollte nur ungestört mit dir sein.«

»Schon in Ordnung.«

Die Gespräche um sie herum verebbten. Auch die Erwachsenen spürten nun die Folgen des Gewaltmarsches. Keno sagte, man habe den kleineren Schlafsaal freigemacht für alle, die sich eine halbe Stunde hinlegen wollten. Die Bayern nahmen das Angebot gern an und verschwanden. Katharina blieb, wo sie war. Sie wollte nirgend anders sein als hier mit Barne, dessen Blick nach wie vor auf ihr lag – zärtlich, beinahe liebevoll.

Sie vergaß, dass sie ihre Entscheidung noch einmal überdenken wollte, sah ihn fest an und sagte: »Ich werde mit Mila auf Langeoog bleiben.«

Barne hob die Brauen. »Tatsächlich?«

»Ja.«

Da legte er eine Hand auf ihre und drückte sie. »Ich kann dir gar nicht sagen, wie sehr ich mich darüber freue.«

Wegen der Schule oder wegen mir?, wollte sie fragen, konnte sich aber gerade noch zurückhalten.

Keno gesellte sich zu ihnen. Er wirkte kein bisschen erschöpft, sondern sah aus wie jemand, der von einem gemütlichen Spaziergang zurückgekehrt war.

»Der Sturm lässt nach. Bald können wir alle heimgehen.«

Barne zog schnell seine Hand zurück.

»Bist du sicher?«, fragte Katharina Keno und ließ sich nicht anmerken, dass Barnes Verhalten sie irritierte. Wollte er seine Gefühle für sie geheim halten? Sofern er überhaupt welche empfand? Vielleicht war er ja auch einfach nur freundlich.

Keno nickte und ließ sich ihnen gegenüber nieder. »Keine zehn Minuten mehr, und die Sonne scheint wieder.«

Er sollte recht behalten. Als Katharina selbst die Augen zufielen, wurde es draußen hell. Der Sommertag kehrte zurück, als hätte er sich nie von schwarzen Wolken vertreiben lassen. Nach und nach versammelten sich die Wanderer wieder im Speisesaal, und Keno verkündete, er würde sie nun zurückbringen.

Barne wandte sich zum Gehen.

»Kommst du nicht mit uns?«, fragte Katharina und ärgerte sich über den bittenden Ton in ihrer Stimme.

»Nein. Ich muss nachsehen, ob auf den Robbenbänken alles in Ordnung ist.«

Sie ließ ihn ziehen. Als sie Mila sanft wecken wollte, stellte sie fest, dass ihre Tochter gar nicht mehr schlief. Sie schaute mit großen Augen zu ihr hoch und fragte: »Kommt Papa dann auch nach Langeoog, wenn wir hierherziehen?«

12. Kapitel

Katharina kam es so vor, als sei sie in ein früheres Jahrhundert zurückversetzt worden. Langsam drehte sie sich im noch leeren Klassenzimmer um die eigene Achse.

Die Schulbänke aus gebeiztem Holz waren klein und abgenutzt. Sie trugen sogar noch die Vertiefungen für die Tintenfässer. Vorn neben dem Lehrerpult stand eine grüne Wandtafel, und der Fußboden roch frisch gebohnert. Fast glaubte sie, den Duft von Tinte zu riechen und zu hören, wie Kreide über Schiefer kratzte. Mit ein wenig Phantasie sah sie, dass ein blonder Junge ein Mädchen an den Zöpfen zog, ein anderes Kind nachdenklich an seiner Schreibfeder kaute und ein Geschwisterpärchen aus lauter Angst vor dem gestrengen Herr Lehrer eng umschlungen auf der Bank saß.

Bei einem Blick aus dem Fenster erwartete sie fast, Pferdefuhrwerke und Frauen in bodenlangen Kleidern zu sehen. Doch sie entdeckte nur eine Gruppe von Eltern mit ihren Sprösslingen auf dem Pausenhof, und alle trugen moderne Kleidung. Die Kinder hatten große bunte Ranzen mit Motiven der Eisprinzessin oder von Spiderman auf den Schultern und hielten stolz ihre Schultüten. Katharina sah sich wieder im Klassenzimmer um. Es gab auch kein Bild von Wilhelm II. an der Wand und keine Landkarte des deutschen Kaiserreiches, sondern bunte Tuschebilder von Meer und Dünen.

Einigermaßen erleichtert atmete sie tief aus.

Barne kam herein und lachte. »Ich hatte eigentlich erwartet, du würdest dein Haar zu einem Dutt drehen, eine hochgeschlossene Bluse mit Stehkragen und einen Rock bis runter zu den Schnürstiefeln tragen. Dann gehört in eine Hand der Schwamm, in die andere der Rohrstock.«

Katharina lachte mit ihm, und ein kleiner Teil ihrer Anspannung löste sich.

Seit zwei Nächten schlief sie kaum noch, starrte an die Zimmerdecke und fragte sich, ob sie noch ganz bei Trost war. Innerhalb einer Woche hatte sie nicht nur ihr eigenes, sondern auch das Leben ihrer Tochter komplett umgekrempelt. Mila war überglücklich, dennoch fragte sie oft, wann denn wohl ihr Vater zu ihnen stoßen würde. Wenn sie selbst mit ihm telefonierte, redete er sich anscheinend immer recht geschickt heraus, aber früher oder später würde die kluge Mila dahinterkommen, dass ihr geliebter Papa nicht in ihren neuen Lebensplan passte.

Vor diesem Moment fürchtete sich Katharina. Außerdem fragte sie sich wieder und wieder, wie es sich auf Dauer anfühlen mochte, ohne den Mann zu sein, den sie seit zwanzig Jahren liebte. Einen Vorgeschmack hatte sie während ihres Monats hier auf Langeoog bekommen.

So schlimm ist es gar nicht gewesen, dachte sie. Was sie natürlich ihren neuen Freunden zu verdanken hatte. Nur ganz selten kam es vor, dass Katharina die Zeit lang wurde. Und dann war da natürlich Barne, der ihr nicht aus dem Kopf ging.

Trotzdem. Die Dauer eine Kur war eine Sache, ein ganzes Leben eine andere.

Noch wohnten Mila und sie in der Klinik, und Katharina hatte eine Sondererlaubnis bekommen, am ersten Schultag ihre Arbeit aufnehmen zu dürfen. Mila hingegen musste noch zwei Wochen warten, bis sie die größere Inselschule besuchen durfte. Der Zeitplan ihrer Anwendungen ließ einen Schulbesuch nicht zu. Sie war darüber ziemlich unglücklich gewesen, denn sie fürchtete sich davor, wieder einmal die Außenseiterin zu sein. Ihre neuen Freundinnen Birthe und Merle hatten sie jedoch beruhigt. Sie würden ihr jeden Tag die Hausaufgaben bringen und sie auf dem Laufenden halten. Und wenn dann Milas erster Schultag kam, würde sie sich dank der beiden Mädchen nicht so fremd vorkommen.

Bis dahin, so wusste Katharina, musste sie auch eine Unterkunft finden. Kein leichtes Unterfangen mitten in der Hochsaison, aber alle ihre neuen Freunde hatten versprochen, bei der Suche zu helfen.

All dies hatte sie schon genug beschäftigt, und dann war mit der Gewalt eines Gewitters auch noch der erste Schultag näher gerückt, und Katharina hatte sich auf einmal voller Angst gefragt, ob sie der neuen Aufgabe gewachsen sein würde.

Pauline hatte nur abfällig gegrinst, als Katharina gestern bei einem Besuch im Hexenhäuschen davon angefangen hatte.

»Unsere Kinder sind vielleicht die Nachkommen von Strandräubern und Piraten, aber sie sind keine Seeungeheuer«, hatte sie gesagt. Was Katharina nicht unbedingt beruhigt hatte.

Nella hatte ihr ermutigend zugelächelt. Aber sie hatte es

gut. Sie arbeitete mit Ton und konnte ihn formen, wie sie wollte.

An diesem Morgen war Katharina müde aufgestanden und hatte zum Frühstück bloß lustlos an ein paar Haferkeksen geknabbert. Annabel, Sophie, Sara und Nella hatten ihr aufmunternde Nachrichten geschickt. Katharina bedankte sich und war froh über die Unterstützung. Trotzdem schlug ihr das Herz bis zum Hals, als sie sich auf den Weg zur kleinen Inselschule gemacht hatte.

Es war ein kühler, windiger Tag, der eine erste Ahnung des nahenden Herbstes mit sich brachte. Das Schulgebäude lag an der Hauptstraße in der Nähe der schönen neugotischen evangelischen Kirche. Es war ebenfalls zum Ende des 19. Jahrhunderts erbaut worden, schätzte Katharina, als sie die klaren Linien, die verspielten Erker und die hohen Fenster bewunderte. Zwar gab es kein Reetdach, dennoch wirkte das Haus einladend und fast so romantisch wie das Hexenhäuschen. Der Pausenhof war nicht besonders groß, bot aber genügend Platz für die Kinder aus vier Klassen und verfügte über eine gemütliche Sitzecke unter einem Eichenbaum mit ausladenden Ästen.

Katharina hatte sich im Stillen Mut zugesprochen, ehe sie zum ersten Mal die Schule betrat, auf gut Glück in ein Klassenzimmer ging und eine Zeitreise über mehr als hundert Jahre erlebte.

»Sieht das hier überall so aus?«, fragte sie Barne nun und lehnte sich gegen das Lehrerpult. Ihre Knie waren weich. Ob wegen des Eindrucks einer längst vergangenen Epoche oder weil Barne so verflixt gut aussah in seinem weißen Hemd und der dunkelgrauen Hose, wusste sie nicht. Katharina fiel auf, dass sie ihn bisher nur in Jeans oder Shorts und in T-Shirts mit einem Ostfriesennerz darüber gesehen hatte. Diese gut gekleidete Version von Barne brachte sie durcheinander.

Auf keinen Fall aber wollte sie Schwäche zeigen, deshalb hielt sie sich unauffällig an der Tischkante fest. Sicher war sicher.

Barne trat näher, und sein Geruch stieg ihr in die Nase. Er duftete so frisch wie ein aufgewühlter Ozean, das trug nicht gerade zu ihrer Beruhigung bei.

»Ich weiß, es ist überwältigend«, sagte er.

»Das kannst du laut sagen.«

»Du bist nicht die Erste, die so reagiert.«

»Ach, wirklich?«

»Aber die Überraschung legt sich mit der Zeit.«

»Glaube ich nicht.«

Er blinzelte verwirrt. »Ich rede von der altertümlichen Einrichtung, und du?«

»Ähm. Ich auch. Natürlich.«

Bevor er auf falsche Gedanken kommen konnte, schob sie eine sachliche Frage hinterher: »Warum sind denn hier nie neue Möbel angeschafft worden? Fehlten die Mittel?«

Barnes Blick blieb noch einen Moment forschend auf ihr liegen, dann zuckte er kurz mit den Schultern, als wollte er das kleine Missverständnis zwischen ihnen hinter sich lassen.

»Nein, daran lag es nicht. In den siebziger Jahren des vergangenen Jahrhunderts wurde die gesamte Inneneinrichtung modernisiert, aber sowohl Schüler als auch Eltern fanden die Plastikmöbel scheußlich. Es wurde regelrecht darum gekämpft, die alte Einrichtung zurückzubekommen. Ich glaube, das war das einzige Mal, dass die Bürger von Langeoog einen Protestmarsch veranstaltet haben. Kein Gegenargument half. Nicht einmal, dass angepasste Stühle und Tische Haltungsschäden vorbeugen würden. Sie selbst seien auch kerzengerade, behaupteten die Eltern und Großeltern. Da bräuchten ihre Kinder und Enkel auch keinen modernen ergonomischen Schnickschnack.«

Katharina warf einen Blick auf die große Wanduhr. Noch war Zeit, bis sie die Schüler begrüßen sollte.

»Ich wusste gar nicht, dass die Insulaner so traditionsbewusst sind.«

Barne nahm seine Brille ab, putzte sie mit einem Papiertuch und setzte sie wieder auf. »Du würdest dich wundern. Auf dem Dachboden habe ich mal ein paar große alte Kisten entdeckt. Du ahnst nicht, was da drin war.«

»Vielleicht Schulbücher und Hefte aus früheren Zeiten?«, riet sie.

Barne stieß einen kleinen anerkennend Pfiff aus. »Ganz genau. Ich habe Aufsätze aus der Zeit um 1910 gefunden. Einige beschreiben sehr anschaulich das harte Leben auf der Insel vor dem Touristikboom. Manchmal habe ich schon daran gedacht, etwas daraus zu machen. Vielleicht eine Chronik. Aber mir fehlt einfach die Zeit.«

Ganz ehrlich schien ihr seine Antwort nicht zu sein. Er wirkte einerseits interessiert, anderseits schien er sich vor der Vergangenheit zu fürchten. Das sagte ihr die Art, wie er nervös die Hände aneinanderrieb.

Sie dachte an die Robben, mit denen er Stunde um Stunde verbrachte, dachte an seine Familiengeschichte und lächelte nachsichtig.

»Wer weiß, vielleicht fällt mir ja etwas ein«, meinte sie und speicherte das Wissen um diesen historischen Schatz gut ab. Sobald sie sich eingearbeitet hatte, wollte sie sich damit befassen. »Trotzdem verstehe ich immer noch nicht, warum die Insulaner so sehr an allem Alten festhalten.«

»Das liegt an der jahrhundertalten Furcht, dass Langeoog jederzeit von der Landkarte ausradiert werden könnte. Da halten die Menschen an allem fest, das Kontinuität verspricht und pflegen ihre Traditionen.«

Ein eisiger Schauder lief ihr über den Rücken. »Was soll das heißen?«

»Keine Sorge. Es wird nicht mehr passieren, aber es hat einige Katastrophen auf Langeoog gegeben. Die Weihnachtsflut von 1717 war so furchtbar, dass eine Großzahl an Insulaner umkam. Zudem zerbrach die Insel in zwei Teile.«

Barne schien ihre Furcht nicht zu bemerken, denn er sprach weiter, als redete er über ganz banale Ereignissen wie ein Osterfeuer oder eine Segelregatta.

»Eine weitere Sturmflut vier Jahre später machte die Insel unbewohnbar. Die letzten noch verbliebenen Langeooger verließen damals ihre Heimat und versuchten ihr Glück auf einer anderen Insel oder auf dem Festland. Nur mühsam wurden Neusiedler gewonnen, und gut hundert Jahre lang ging es aufwärts. Dann brach 1825 eine neue Sturmflut über die Insel herein, und sie war sogar noch höher als die von 1717. Du siehst also, es war wirklich schlimm. Es heißt, dass Langeoog auch deshalb später als die anderen Inseln touristisch erschlossen wurde. Den Einwohnern saß noch lange die Angst im Nacken, ihr Eiland könnte wieder auseinanderbrechen.«

Katharina wischte sich über die Stirn. »Bei unserer Ankunft hat Mila Pauline nach dem Blanken Hans gefragt. Das war ein Zeichen. Ich hätte es verstehen müssen.«

»Ich Idiot!«, schimpfte Barne und wirkte ehrlich zerknirscht. »Anstatt es dir an deinem ersten Tag leichter zu machen, jage ich dir unnötig Angst ein.«

»Unnötig? Wirklich?«

»Ich schwöre. Die Dünen- und Deichpflege ist ausgezeichnet. So schnell kann nichts mehr passieren.«

»Es sei denn, der Klimawandel geht so rasant weiter und die Meeresspiegel steigen. Dann kann hier schnell alles unter Wasser sein.«

Einen Moment lang schien er regelrecht erschrocken. Schließlich schüttelte er aber energisch den Kopf. »Selbst wenn, wir werden gerüstet sein. Und nun lass uns lieber optimistisch sein. Freu dich auf deine neuen Schüler.«

Sie rang sich ein Lächeln ab, aber insgeheim sehnte sie sich zurück nach Köln. Dort konnte höchstens mal der Rhein ein bisschen über die Ufer treten, ohne dass gleich die ganze Stadt absoff.

»Wie sind die Kinder so?«

»Wie alle Kinder auf der Welt. Neugierig, laut, manchmal still, verspielt und lernbegierig. Vielleicht ist unser Inselnachwuchs ein wenig dickköpfig. Manchmal kann ein Kind dich so lange anschweigen, dass du schon denkst, es hätte die Sprache verloren. Aber das sind Eigenheiten, die es sich von seinen Eltern und Großeltern abgeschaut hat.«

»Okay«, sagte Katharina gedehnt.

Sie konnte sich nicht recht vorstellen, wie sie mit einem Schüler umgehen sollte, der sie eisern anschwieg. In ihren Jahren als Lehrerin war ihr so etwas noch nicht begegnet. Sie hatte Erfahrung mit kränklichen Kindern, auch mit Kindern, die erst Deutsch lernen mussten. Aber sture Schüler?

Sie seufzte tief.

Barne tätschelte ihre Schulter. »Nur Mut. Wird schon schiefgehen.«

Dann schaute er nach draußen. »Es sind alle da. Wir sollten jetzt rausgehen und die Erstklässler begrüßen. Die anderen Schüler haben sich schon aufgestellt, um ihnen ein Lied vorzutragen.«

Katharina nickte. Sie fühlte sich alles andere als bereit, aber sie würde jetzt keinen Rückzieher machen. Immerhin entstammte sie einem stolzen Geschlecht von Sizilianern. Die gaben nicht so leicht auf.

Als sie den Schulhof betraten, gesellte sich eine junge sportliche Frau zu ihnen, die kaum größer als Katharina war. Sie hatte ihr dunkles Haar zu einem lässigen Pferdeschwanz gebunden, war ungeschminkt und stellte sich so dicht neben Barne, dass sie ihn fast berührte. Katharina wusste, wer sie war, bevor sie einander vorgestellt wurden.

»Das ist Dortje Hansen«, sagte Barne. »Unsere Sportlehrerin. Allerdings teilt sie sich ihre Zeit zwischen unserer und der großen Inselschule auf. Zu uns kommt sie nur zweimal in der Woche.«

Ob er das wohl bedauert?, fragte sich Katharina unwillkürlich. Offenbar stand Barne auf einen ganz bestimmten Typ Frau. Nicht allzu groß, auch nicht blond, dafür schlank und möglichst natürlich.

»Hallo«, sagte sie freundlich und reichte Dortje die Hand, die glatt ignoriert wurde.

Womit die Fronten geklärt waren. Dortje nickte ihr lediglich knapp zu und rückte noch ein bisschen näher an Barne ran. Woraufhin Barne dichter an Katharina drängte. Ihr Puls ging auf einmal schneller, und ihr wurden schon wieder die Knie weich.

Also machte sie lieber einen halben Schritt zur Seite. Nur kurz verspürte sie Erleichterung, denn Barne folgte ihr und Dortje ebenfalls.

»Moin!«, trompetete eine Frauenstimme, die vermutlich bis aufs Festland zu hören war. »Wollt ihr noch ein Weilchen im Krebsgang weiterspielen? Ich dachte, ihr seid die Lehrer und keine Taschenkrebse.«

Es folgte ein Gelächter, das wie ein Nebelhorn klang. Katharina spürte, wie ihre Wangen heiß wurden, und blickte in Richtung der Sprecherin.

»Herrgott!«, stieß sie aus.

Die Frau war so groß, dass sie fast den Kopf in den Nacken legen musste, um ihr in die eisblauen Augen zu blicken. Sie besaß welliges, eindeutig naturblondes Haar, das augenblicklich Katharinas Neid erweckte. Außerdem hatte sie breite Schultern und erstaunlich große Hände. Auf beides verzichtete Katharina gern. Irgendwie kam ihr die Frau bekannt vor.

»Das ist Märta Fischer«, flüsterte ihr Barne zu. »Kenos Schwester.«

Klar, dachte sie. *Eine solche Statur muss in der Familie liegen.*

Sie drückte den Rücken durch und lächelte. So leicht würde sie sich nicht einschüchtern lassen.

»Gib ihr lieber nicht die Hand«, raunte Barne ihr zu. »Sie hat Quanten wie Schraubstöcke.«

Zu spät.

Märta grabschte nach Katharinas Hand und zerquetschte ihr die Finger. Sie wirkte enttäuscht, als Katharina eisern weiterlächelte. »Du bist also die neue Mesterske.«

Es klang wie eine Beleidigung, fand Katharina.

Zum Glück sagte Barne: »Genau, Märta. Sie ist die neue Lehrerin.«

Die große Ostfriesin grinste abfällig. »Werden wir ja sehen, was daraus wird. Das ist mein Finn. Ist 'n ganz plietscher, wirst schon sehen. Der muss in der ersten Reihe sitzen, und sieh zu, dass er sich nicht langweilt. War letztes Jahr auf'm Festland schon in der ersten Klasse, war dann aber viel krank. Besser, er fängt noch mal von vorn an. Hat auch extra noch mal 'ne Schultüte gekriegt.«

Sie zog einen Jungen herbei, der ganz eindeutig ihr Sohn war. Hellblond und blauäugig, mit kräftigen Schultern und mindestens eins vierzig groß, womit er seine Klassenkameraden um eine Kopflänge überragte. Allerdings wirkte er nicht annähernd so angriffslustig wie seine Mutter und auch nicht halb so selbstsicher wie sein Onkel Keno. Vielmehr schaffte er es kaum, Katharina in die Augen zu sehen und zerdrückte fast seine Schultüte, so fest hielt er sie umklammert. Wahrscheinlich wollte er überall lieber sein als hier, im Mittelpunkt der Aufmerksamkeit und mit einer Mutter, die allen Leute Angst einflößte.

Katharina erkannte eine sensible Seele hinter der kräftigen Fassade und empfand auf Anhieb Sympathie für den Jungen. Ob er wirklich so klug war, wie seine Mutter behauptete, würde sich noch zeigen. Eltern neigten bekanntlich dazu, ihre Kinder für hochbegabt zu halten. Kam noch hinzu, dass er die erste Klasse wiederholte. Weil er aus gesundheitlichen

Gründen zu oft gefehlt hatte? Mila war zwar auch ein paarmal nah dran gewesen, ein Schuljahr wiederholen zu müssen. Aber ihre Lehrer waren stets bemüht gewesen, sie weiter mitzunehmen, und dank ihrer Intelligenz hatte sie es geschafft.

Zweifel an Finns Geschichte waren da durchaus erlaubt, fand Katharina.

Sie sah sich kurz um. »Ich nehme an, sein Vater muss arbeiten und kann nicht dabei sein?«

Märtas Gesichtsausdruck ließ sie zusammenzucken. Die Frau wirkte auf einmal nicht mehr nur energisch, sondern regelrecht tobsüchtig. »Der hat den Schwanz eingezogen, als er von der Schwangerschaft erfahren hat und ist auf einem Containerschiff abgehauen. Vor Westafrika ist der Kahn dann mit Mann und Maus abgesoffen. Hat er mächtig Glück gehabt.«

Ja, überlegte Katharina. *Märtas Rache wäre vermutlich um einiges schlimmer gewesen als ein einfaches Ertrinken.*

Sie bemerkte, dass sich Tränen in Finns Augen sammelten und wechselte schnell das Thema.

»Entschuldigung, ich sollte auch die übrigen Kinder begrüßen.«

Die Ostfriesin stieß daraufhin ein Geräusch aus, das Katharina an eine Dampflok erinnerte. Sie unterdrückte ein Kichern. Märta war offenbar eine Meisterin darin, merkwürdige Laute auszustoßen. Gleichzeitig verspürte sie eine gewisse Beklemmung. Zur Freundin hatte sie sich diese Frau nicht gemacht. Ganz im Gegenteil. Sie ahnte, es würde noch ordentlich Ärger geben, falls sich der arme Finn nicht als das Genie herausstellte, das seine Mutter in ihm sah.

Katharina wollte sich schon abwenden, als sie bemerkte, dass Märta nun Barne anstarrte. Und zwar eine ganze Weile.

Barne wand sich unter dem Blick, Dortje runzelte die Stirn, wurde von Märta aber glatt übersehen.

»Heute Abend findet drüben am Weststrand eine Party statt. Lagerfeuer, Musik, Sonnenuntergang gucken und so'n Kram.«

»Aha«, machte Barne, offenbar ratlos.

»Du kannst ja wohl mal auf deine glitschigen Robben verzichten.«

»Aha?«

»Mann! Sei nicht so stur! Zu zweit ist so eine Party viel schöner.«

Als Barne begriff, worauf die Walküre hinauswollte, zeigte sich pures Entsetzen in seinem Gesicht.

»Ich fü... fürchte, ich bin unab...kömmlich«, stotterte er.

»Nun gut. Dann ein andermal.«

Immerhin, dachte Katharina amüsiert. *Eine Abfuhr kann sie einstecken.*

Barne musste sich den Angstschweiß von der Stirn wischen. Erst dann war er bereit, mit Katharina die anderen Eltern und Schüler zu begrüßen.

Es waren drei Mädchen und zwei Jungen in der ersten Klasse, und zu Katharinas großer Erleichterung waren sonst keine so imposanten Erscheinungen wie Finn und Märta dabei. Abgesehen von Finn waren die Kinder auch alles andere als schweigsam, was sie zusätzlich beruhigte.

13. Kapitel

»Beim Klabautermann!«, rief Keno aus. »Was ist in diesen Kisten drin? Ziegelsteine?«

Er ächzte sichtlich unter seiner Last, was bei einem Mann seiner Größe und Stärke einiges zu bedeuten hat.

»Stell dich nicht so an«, grummelte Pauline. »Das sind nur ein paar alte Schulbücher. Katharina will sie vor dem Vergessen retten. Stimmt doch, Deern?«

»Stimmt«, sagte Katharina.

Pauline saß in einem Korbsessel im Vorgarten des Hexenhäuschens, kommandierte alle herum und hatte großen Spaß an ihrer Rolle. Als Nächstes blaffte sie Sara an. »Du bewegst dich wie 'ne alte Frau auf 'nem Krückstock. Geht das auch ein bisschen flotter? Wir wollen hier vor morgen fertig werden.«

Sara lachte gutmütig. Sie trug zusammen mit Benedikt einen aufgerollten Teppich, der ziemlich schräg hing, so deutlich war der Größenunterschied zwischen ihnen.

Katharina rief Jack herbei. »Kannst du bitte Keno helfen? Die beiden Holzkisten kommen in die kleine Töpferwerkstatt.«

»Na klar.«

»Ich schaffe das schon noch allein«, wehrte Keno ab und stapfte weiter. Sein Stolz war definitiv angekratzt, und an seiner Schläfe pulsierte eine dicker Ader.

Erja, seine sympathische finnische Freundin, die ebenfalls mit anpackte, lachte gutmütig und zwinkerte dann Katharina zu. *Männer,* sollte das wohl heißen. *Brechen lieber unter einer schweren Last zusammen, als sich helfen zu lassen.*

Katharina zwinkerte zurück, war aber schnell wieder abgelenkt, denn nun wuchteten Annabel und Riccardo gemeinsam die zweite, nicht ganz so große Holzkiste vom Ponywagen.

Annabel hatte angeboten, beim Transport der Kisten und des weiteren Umzuggutes zu helfen, und Katharina hatte dankbar angenommen. Zwar waren Mila und sie vor sechs Wochen nur mit zwei Koffern auf Langeoog angereist, aber auf magische Weise hatten sich ihre Habseligkeiten vervielfacht. Geschenke von Freunden, zusätzliche Anschaffungen, Bücher, die Katharina sich aus Köln hatte nachschicken lassen, sowie Milas Lieblingsspielzeug und ihre Schulsachen, die mit derselben Sendung gekommen waren, Lehrmaterial, und natürlich auch ihre warme Winterkleidung, hatten sich zu einer Menge Dinge aufgetürmt. Dazu kamen das Bettzeug, Handtücher und Haushaltsgegenstände, die sie in Wittmund gekauft hatte. All das musste aus der Mutter-Kind-Klinik herbeigeschafft oder bei jenen Freunden eingesammelt werden, bei denen Katharina einen Teil der Sachen hatte unterstellen können.

Zusätzlich hatte sie beschlossen, auch die Kisten mit dem historischen Schatz vom Dachboden der kleinen Inselschule mit herzubringen. Barne hatte gemeint, das sei kein Problem. Niemand habe je Anspruch darauf erhoben, niemand außer ihm selbst und Katharina wisse überhaupt davon. Noch war ihr nicht klar, was sie damit anfangen sollte. Sie ahnte nur, dass der Inhalt dieser Kisten für sie noch wertvoll sein konnte.

Nach den ersten beiden Schulwochen hatte sie das Gefühl, mit ihren Schülern gut zurechtzukommen. Sowohl die Erstklässler als auch die elf Mädchen und Jungen aus der zweiten Klasse waren wissbegierig und fleißig. Manchmal fand Katharina den Umgangston zwischen den Kindern vielleicht ein wenig rau, aber ihr gegenüber verhielten sie sich respektvoll. Und sie wurde auch von keinem Schüler stur angeschwiegen.

Anders erging es ihr mit den Eltern. Aus mehreren Quellen wusste sie, dass man sie bisher keinesfalls akzeptiert hatte. Mal hatte Pauline einen Spruch über engstirnige Mütter fallen lassen, mal war Nella eine Bemerkung über die neidische Märta Fischer herausgerutscht, und einmal hatte sogar Sophie gemeint, Katharina solle sich aus den blöden Gerüchten bloß nichts machen. Die würden früher oder später von selbst verstummen. Aus diesen Informationsfetzen hatte sie sich zusammengereimt, dass man die Lehrerin aus dem Rheinland nicht für voll nahm. Es wurden Wetten abgeschlossen, wie lange sie es auf der Insel aushalten würde. Die einen gaben ihr maximal zwei Wochen, die anderen behaupteten, sie würde nach dem ersten großen Herbststurm flüchten.

Märta gehörte offenbar zu den Wortführerinnen der ersten Gruppe. In ihrem dröhnenden Tonfall hatte sie Katharina gestern nach Schulschluss gefragt, ob man wohl am Montag wieder mit ihrer Anwesenheit rechnen könne.

»Selbstverständlich«, hatte sie geantwortet. »Warum denn nicht?«

»Zwei Wochen sind rum«, war Märtas unverständliche Antwort gewesen. Dann hatte sie ihren Sohn unsanft am Arm gepackt und war mit Riesenschritten davongestapft, anscheinend wütend über etwas, wovon Katharina nichts wusste.

Sportlehrerin Dortje hatte sie dann über die Wetten aufgeklärt. »Und nun ist die Märta sauer, weil sie verloren hat. Dabei geht es ihr bestimmt gar nicht so sehr um die fünf Flaschen Schampus, die sie den anderen Eltern spendieren muss. Sie glaubt vielmehr, ein anderer Lehrer würde ihren Goldjungen besser fördern.«

Katharina hatte sich für Dortjes offene Worte bedankt und sich insgeheim gedacht, dass die Sportlehrerin auch nicht traurig wäre, wenn sie aufgeben und von Langeoog wieder verschwinden würde. Dortje war eindeutig in Barne verliebt. Sie hatte damit zu kämpfen, dass sich neuerdings auch die riesenhaften Märta für ihn interessierte, aber in ihrer Kollegin sah sie ganz klar die größere Gefahr.

Während Katharina nun von Annabel eine Tasche mit Bettzeug entgegennahm, dachte sie voller Unbehagen an Märta Fischer und ihren Sohn. Finn hatte sich tatsächlich schnell als der sensible Junge herausgestellt, den Katharina schon bei der ersten Begegnung in ihm gesehen hatte. Er hatte auf keinen Fall in der vordersten Bank sitzen wollen, sondern sich in die letzte Reihe verkrochen. Die anderen vier Kinder hatten Abstand zu ihm gehalten. Ob es daran lag, dass sie sich ein wenig vor dem großen Jungen fürchteten oder sie ihn ganz einfach nicht leiden konnten, hatte Katharina nicht zu sagen vermocht.

Schon in den ersten Tagen war sie zudem einem Problem auf die Spur gekommen, das ihr schwer zu schaffen machte. Noch war sie nicht hundertprozentig sicher. Sie musste unbedingt einmal mit Barne darüber reden, aber bislang hatte sie keine Gelegenheit dazu gehabt.

Vielleicht heute Abend, tröstete sie sich und trug das Bettzeug in den ersten Stock. Es war Samstag, und später würden sich alle Freunde in Saras Strandbar treffen. Katharina hoffte, dass sie dann mit Barne vielleicht einen Spaziergang machen konnte, um ihm zu erzählen, was ihr auf dem Herzen lag.

Im kleineren Schlafzimmer traf Katharina auf Nella und Mila. Nella half ihrer Tochter dabei, ein Pferdeposter an die schräge Wand zu kleben.

»Guck, Mama, das ist ein Araberhengst. Ist er nicht wunderschön?«

Katharina betrachtete das weiße Pferd, das über einen leeren Strand preschte.

»Sehr hübsch«, meinte sie unsicher. »Aber versprich mir, dass du dich niemals auf ein so wildes Tier setzen wirst.«

»Ach, Mama!«

Mila verschränkte die Arme vor der Brust, doch Katharina ließ sie nicht gehen, bevor sie nicht ihr Versprechen gegeben hatte. Dann polterte ihre Tochter die Treppe hinunter.

»Jetzt wird sie sich bei Francesca bitter über ihre ängstliche Mutter beklagen«, sagte Katharina.

Nella grinste. »Kinder zu haben, ist anscheinend gar nicht so einfach.« Dabei strich sie sich unauffällig über den noch fast flachen Bauch.

Nicht unauffällig genug.

Katharina lächelte ihr zu. »So schlimm ist es nun auch wieder nicht. Du wirst schon sehen. Jack und du, ihr werdet ganz wunderbare Eltern.«

Die Nachricht von Nellas Schwangerschaft hatte vergangene Woche in der Strandbar für Furore gesorgt. Als Nella Paulines Aquavit kategorisch abgelehnt hatte, war es der alten Frau nicht schwergefallen, die richtigen Schlüsse zu ziehen.

Sämtliche Freunde waren in Jubelrufe ausgebrochen, einzig Sara war still geblieben, wie Katharina genau bemerkt hatte. Vielleicht hatte die Strandbarbesitzerin ja gedacht, dass eigentlich sie an der Reihe wäre, Mutter zu werden. Aber dann hatte sie sich doch für die Freundin gefreut. Jeder in ihrer kleinen Gruppe gönnte dem anderen sein Glück, und manchmal dachte Katharina, dass es genau diese Eigenschaft war, die sie so sehr zu diesen Menschen hinzog.

Als Jack dann vor Nella in die Knie gegangen war, hatte es kein Halten mehr gegeben. Der Jubel war in den Nachthimmel aufgestiegen und über das Meer hinweggeweht.

Kurz hatte Katharina einen nachdenklichen Blick von Barne aufgefangen. Aber bevor sie darauf reagieren konnte, hatte er sich wieder abgewandt.

»Es ist so wunderbar«, sagte sie nun ehrlichen Herzens.

»Danke.« Aus Nellas Grinsen wurde ein Strahlen. »Geplant war das nicht, aber wir haben auch nicht verhütet.« Sie betrachtete den hübschen Diamantring an ihrem Finger. »Aber ich habe nicht damit gerechnet, dass Jack mir daraufhin einen Antrag machen würde. Ich hatte ihm überhaupt erst eine Woche vorher von der Schwangerschaft erzählt.«

»Anscheinend legt dein Zukünftiger Wert auf die richtige Reihenfolge.«

Katharina musste prompt an Leo denken und wie anders er war.

Wer weiß, wie alles gekommen wäre, wenn er mich gebeten hätte, seine Frau zu werden, als ich mit Mila schwanger war, überlegte sie, und eine leise Traurigkeit schlich sich in ihr Herz.

Nella ahnte offenbar, was in ihr vorging, denn sie fragte: »Meldet sich Leo überhaupt noch?«

»Bei mir gar nicht. Er spricht nur mit Mila. Sieht so aus, als wäre er ziemlich sauer auf mich.«

»Kann man ihm vielleicht nicht verübeln.« Nella begann, Milas Bett zu beziehen.

Die Bettwäsche war mit Pferdemotiven bedruckt, was sonst?

»Für deine Tochter war es auf jeden Fall die richtige Entscheidung, hierzubleiben«, sagte sie. »Und ihr Vater muss eben mehr in die Pötte kommen, wenn er sie in Zukunft sehen will. Aber es ist natürlich auch für ihn eine ziemlich große Umstellung.«

»Stimmt schon«, gab Katharina nachdenklich zu. »Und ich fühle mich auch sehr wohl auf Langeoog. Ohne dein sagenhaftes Angebot wäre es allerdings schwierig geworden.«

»Ach was.« Nella winkte ab. »So sagenhaft ist es auch wieder nicht. Jack hat ja sogar mich mit Barnes Haus überrascht. Ich hätte nie gedacht, dass die zwei sich so schnell einig werden würden.«

»Ja«, sagte Katharina. »Barne ist ein Schatz. Er hätte es viel teurer verkaufen können, stattdessen hat er Jack so günstige Konditionen angeboten, dass ihr es nun in Ruhe abzahlen könnt.«

»Er wollte es eben im Freundeskreis halten. Aber du hast recht. Er ist wirklich ein riesengroßer Schatz.« Nellas Blick wurde verflixt neugierig. »Tut sich da eigentlich was bei euch?«

Katharina schüttelte den Kopf. »Dafür habe ich gar keine Zeit. Nachdem ich wusste, dass Mila und ich das Hexenhäuschen mieten können, hatte ich mit meiner Arbeit an der

Schule und den Vorbereitungen des Umzugs wirklich genug zu tun.«

»Liebe braucht nicht immer nur Zeit. Liebe braucht Liebe.«

Katharina lachte auf. »Sind es die Schwangerschaftshormone, die dich so weise machen?«

»Möglich.« Nella strich die Bettdecke glatt. »Vielleicht habe ich das aber auch mal von Pauline gehört.«

»Die alte Kupplerin.«

»Dabei aber durchaus erfolgreich.«

»Tja, mit mir hat sie eine ziemlich harte Nuss zu knacken.«

»Freu dich nicht zu früh, Katharina. Vorerst ist sie damit zufrieden, dass du in ihrem Häuschen wohnst und dass die Inselschule weiter besteht. Den Rest kriegt sie auch noch hin. Ehe du dichs versiehst, bist du in festen Händen.«

»Abwarten.«

»Ich werde dich früher oder später an meine Worte erinnern. Wobei ich übrigens das Gefühl habe, dass Pauline gar nicht mehr zwingend dich und Barne verkuppeln will.«

»Sondern?«

»Das weiß sie vielleicht selbst noch nicht. Aber sie hat nicht mehr diesen stechenden Blick, wenn sie euch beide anschaut, und das will was heißen. Pauline besitzt eine enorm gute Menschenkenntnis.«

»Selbst sie kann sich mal irren«, widersprach Katharina. Es wurmte sie, dass die alte Frau anscheinend keine Zukunft mehr für sie und Barne sah.

Sie ging zum schrägen Fenster, stellte sich auf die Zehenspitzen und blickte hinaus. Sie konnte Barne nirgends entdecken, was aber nichts heißen wollte. Dieses Zimmer ging nach hinten auf das Pirolatal raus, und so erhaschte sie nur einen Blick auf Annabel und Riccardo, die ein paar Gartenmöbel neben der alten Holzbank aufstellten.

»Komisch«, sagte sie zu Nella.

»Was denn?«

»Ich besitze weder Liegestühle noch Sonnenschirm.«

»Das ist ein Geschenk von uns allen zum Umzug. Wir haben sie online bestellt, und sie sind heute früh mit der Fähre gekommen. Gerade noch rechtzeitig. Gefallen sie dir?«

Katharina betrachtete die tiefblauen Polster und den Stoff des Sonnenschirms in derselben Farbe.

»Es ist wie ein Stück Sommerhimmel im Garten«, erwiderte sie und dachte bei sich: *Ich werde ständig an Leos Augen denken müssen.*

»Aber wieso habt ihr überhaupt etwas für mich besorgt? Eure Hilfe beim Umzug ist doch Geschenk genug.«

Fast alle Freunde hatten sich dafür eingefunden. Nella und Jack, Annabel, Riccardo und Francesca, Sara und Benedikt, Keno und Erja, Barne und sogar Pauline, die sich aber noch von ihrem Bruch erholte. Einzig Sophie und Matteo fehlten. Die kleine Paula hatte etwas Fieber, und sie wollten natürlich bei ihr bleiben.

»Unsinn«, erwiderte Nella. »Es ist völlig normal, dass wir einander helfen, aber du solltest auch etwas Richtiges bekommen. Außerdem habe ich meine eigenen Gartenmöbel ja mitgenommen.«

Katharina wandte sich vom Fenster ab. »Ohne euch wäre ich verloren.«

»Ging mir letztes Jahr mit den anderen genauso. Jetzt lass uns hier fertig werden.«

Sogleich machten sie sich daran, auch in Katharinas Schlafzimmer das Bett zu beziehen. Mila kehrte ziemlich kleinlaut zurück und räumte ihren Schrank ein. Katharina beschloss, sie vorerst in Ruhe zu lassen. Ihre Tochter hatte einiges zu verarbeiten. Es war nicht der richtige Zeitpunkt, um über mögliche wilde Ritte zu streiten.

Zwei Stunden später war der Umzug ins Hexenhäuschen geschafft, und die Freunde verabschiedeten sich. Keno hielt sich stöhnend den Rücken und hörte erst auf, als Erja ihm eine schöne Massage versprach. Daraufhin hatte er es sehr eilig, wegzukommen.

Annabel wendete den Ponywagen und fuhr davon. Riccardo hockte bei ihr auf dem Kutschbock, Pauline, die nun eine Weile bei ihnen wohnen sollte, saß zufrieden auf einer Sitzbank hinter ihnen und redete auf Francesca ein, die sich allerdings die Ohren zuhielt. Die anderen Freunde folgten ihnen zu Fuß. Man würde sich schon in wenigen Stunden in der Strandbar wiedersehen und das Ereignis dieses Tages feiern.

Es dauerte einen Moment, bis Katharina merkte, dass sie Barne nicht unter den sich entfernenden Gestalten sah. Sie schaute sich um und entdeckte ihn an der Tür zur kleinen Töpferei.

Zögernd ging sie zu ihm. Sie war erschöpft von dem Tag und hätte gern ein wenig Zeit für sich und Mia allein gehabt. Aber sie konnte ihn unmöglich einfach fortschicken. Er war ein viel zu guter Freund und hilfsbereiter Kollege.

»Ich bin auch gleich weg«, sagte er, als sie neben ihn trat. »Wahrscheinlich willst du deine Ruhe haben.«

»Ich …«

»Schon gut. Es gab heute schon genug Trubel.«

Er lächelte sie an, und auf einmal wünschte sie, er würde niemals fortgehen.

14. Kapitel

Ihr Herz klopfte so laut und stark, dass sie glaubte, es müsse ihr aus der Brust springen. Ahnte Barne, was in ihr vorging? Sein Blick wurde auf einmal so eindringlich.

Doch er schwieg, auch wenn es ihn einige Mühe zu kosten schien, wieder wegzuschauen. Er deutete auf die beiden Holzkisten aus der Schule. »Schon seltsam. Jahrelang habe ich mich um die Dinger nicht gekümmert, und jetzt kann ich es kaum abwarten, ihnen ihr Geheimnis zu entlocken.«

»Was glaubst du, woran das liegt?«

In seinen Augen glommen winzige Funken. »An dir, denke ich. Du hast mit deinem Interesse daran Bewegung in die Sache gebracht.«

»Ist das gut oder schlecht?«

»Ich weiß nicht.«

Das half ihr kein Stück weiter. »Sollen wir vielleicht eine öffnen?«

Barne schüttelte den Kopf. »Nein. Heute noch nicht. Ich weiß ja, dass sie Hefte mit Schulaufsätzen enthalten. Ich habe sie bloß nie gelesen. Vielleicht habe ich einfach bloß Angst gehabt.«

»Vor dem, was Schüler vor dem Ersten Weltkrieg geschrieben haben?«

Er nahm seine Brille ab und massierte sich mit Daumen und Zeigefinger den Nasenrücken. »Ich könnte mir denken, dass damals wie heute das alltägliche Leben oft Thema der Aufsätze war.«

Katharina verstand nicht. »Und was ist daran so beängstigend?«

»Vielleicht will ich lieber nicht wissen, was meine Vorfahren getrieben haben.«

Sie kräuselte die Stirn. »Deine Vorfahren? Stammst du denn nicht vom Festland?«

Barne setzte die Brille wieder auf, was sie bedauerte und worüber sie zugleich erleichtert war. Dieser Mann weckte Gefühle in ihr, die sie im Augenblick überforderten.

»Das stimmt. Ich wurde in Esens geboren. Aber mein Vater und mein Onkel waren waschechte Langeooger. Die Geschichte der Familie Wilkens geht auf dieser Insel sehr weit zurück.«

Endlich begriff sie. »Und du fürchtest, du könntest herausfinden, dass deinen Vorfahren Strandräuber waren.«

»Schlimmer.«

»Schlimmer?« Katharina lachte ungläubig auf. »Was könnte das wohl sein? Vielleicht waren sie Schmuggler? Piraten? Oder etwa Mörder?«

Barne schüttelte den Kopf. »Ich habe meinen Onkel und meine Tante mal darüber reden hören. Da war ich noch nicht lange bei ihnen, und sie wunderten sich, weil ich so oft die Robben beobachten wollte.«

Er brach ab und starrte auf die Kisten.

»Und?«, fragte Katharina ungeduldig. Manchmal ging ihr Barnes bedächtige Art ziemlich auf die Nerven.

»Mein Onkel meinte, das nenne man wohl Ironie des Schicksals, dass ich diese Tiere so gern habe. Das sei ja auch schon bei meinen Eltern so gewesen, während frühere Mitglieder der Wilkens-Familie …«

»Was?«

»An dem Punkt brach er ab, weil ich ein Geräusch gemacht hatte. Und danach habe ich sie nie wieder darüber sprechen hören. Aber ich habe meine eigenen Schlüsse aus dem bisschen gezogen, das ich mitbekommen habe.«

»Und das wäre?« Katharina war kurz davor, ihn zu schütteln, damit er endlich zum Punkt kam.

»Es könnte sein, dass einer meiner Urgroßväter ein Robbenjäger war. Das war damals weit verbreitet. Das Fleisch wurde sehr geschätzt, denn es war nahrhaft und fettreich. Das Fell der Jungtiere wurde zu warmen Jacken verarbeitet und die Häute der älteren Robben wurden zu Leder gegerbt.«

»Wie schrecklich!«

Ihr gingen Bilder durch den Kopf, die sich überall im Netz finden ließen. Ganze Berge von toten Robbenbabys, grausam totgeschlagen von kanadischen Jägern. Nicht einmal ein schneller Tod durch einen Kopfschuss war ihnen vergönnt gewesen, weil es dann ein Loch im kostbaren Fell gegeben hätte. Sie fröstelte auf einmal.

»Man kann es den Menschen von damals nicht vorwerfen. Sie taten, was sie tun mussten, um zu überleben«, erklärte Barne.

»Das stimmt«, sagte sie.

Mit den kanadischen Methoden hatte die Robbenjagd früher auf Langeoog vermutlich gar nichts zu tun. Außerdem wurden die Tiere vollständig verwertet. Es ging nicht nur um das weiche Babyfell. »Trotzdem muss der Gedanke für dich furchtbar sein.«

»Du bist sehr einfühlsam, Katharina.«

Er wandte sich ihr zu, und auf einmal glaubte sie, dass er sie küssen würde. Erwartungsvoll und ängstlich zugleich schloss sie die Augen.

Als sich nichts tat, machte sie sie verunsichert wieder auf. Barne stand reglos da und schaute sie an.

Worauf wartet er?, dachte sie leicht gereizt. *Auf eine schriftliche Einladung?*

Pauline hätte gesagt, dass die Männer heutzutage alles Schlappschwänze wären, die Angst hatten, einer Frau zu nahe zu treten.

Katharina ballte die Hände zu Fäusten. Es war kontraproduktiv, ausgerechnet in diesem Moment an Pauline zu denken. Mit aller Kraft verscheuchte sie die alte Frau aus ihrem Kopf, machte einen halben Schritt auf Barne zu und betrachtete seinen weichen Mund.

Leos Mund ist viel gerader und männlicher, dachte sie. *Wenn er sich aufregt, wird er zu einem schmalen Strich.*

Verdammt! Es war erst recht kontraproduktiv, jetzt an Leo zu denken.

Sie lächelte einladend und hoffte inständig, es käme nicht als dümmliches Grinsen rüber.

Darauf hatte Barne offenbar gewartet. Seine Lippen berührten die ihren sanft, beinahe zögerlich. Sein Kuss schmeckte süß wie Inselhonig und zugleich salzig wie die Nordsee.

Katharinas Herz kam zur Ruhe.

Vielleicht ist es das, worauf ich all die Wochen gewartet habe, dachte sie. *Vielleicht bin ich jetzt erst richtig angekommen.*

Der Gedanke fühlte sich nicht hundertprozentig richtig an, deswegen hörte sie lieber auf zu grübeln und schritt noch enger zu Barne heran.

Sein Kuss wurde fordernd. Bereitwillig öffnete sie die Lippen. Ein Stöhnen stieg in ihrer Kehle auf. Sie drängte es zurück, gab sich ganz dem Kuss hin und vergaß die Welt um sie herum.

Bis Barne sie abrupt losließ und wenig sanft von sich stieß.

»Mila«, flüsterte er.

Katharina sah aus den Augenwinkeln ihre Tochter auf den Schuppen zukommen.

»Danke«, raunte sie Barne zu und machte einen Schritt zur Seite. Eine Mutter, die einen anderen Mann als den Vater küsste, wäre möglicherweise zu viel für Mila gewesen.

Das Mädchen erreichte die Tür, blinzelte ins Halbdunkel und sagte: »Ich habe mein Zimmer fertig eingeräumt. Darf ich jetzt zu Francesca?«

Es war verabredet, dass Mila die Nacht bei Annabels Tochter verbringen würde. So konnte Katharina mit ihren Freunden so lange in der Strandbar feiern, wie sie wollte. Anfangs hatte ihr die Idee nicht gefallen. So gern sie mit den anderen zusammen war, so sehr glaubte sie auch, es wäre wichtig für Mila, die erste Nacht im neuen Heim zu verbringen.

Pauline hatte dazu gemeint, sie solle gefälligst nicht abergläubischer als ein alter Krabbenfischer sein. Also hatte sie nachgegeben, und Mila freute sich seit Tagen auf die Pyjamaparty, die Francesca ihr versprochen hatte.

»Es ist noch ein bisschen früh«, erwiderte Katharina nun. »Gibt Francesca um diese Zeit nicht noch Reitunterricht?«

»Ich kann ja dabei zuschauen. Ich störe sie auch ganz bestimmt nicht. Ab nächste Woche gehe ich zur Schule. Dann habe ich kaum noch Zeit für den Ponyhof.«

Katharina schmunzelte. »So, wie ich dich kenne, wirst du dafür immer Zeit finden. Aber ich möchte dich gern noch ein bisschen um mich haben. Die letzten zwei Wochen waren hektisch, und wir haben uns wenig gesehen.«

»Wenn du meinst«, kam es gedehnt zurück.

»Du könntest mir noch ein Stündchen beim Einräumen des Wohnzimmers helfen, und wir machen uns anschließend Waffeln.«

Besonders gut schien Mila die Aussicht auf noch mehr Arbeit nicht zu gefallen, aber die versprochenen Waffeln glichen das wieder aus.

»Okay«, sagte sie und flitzte zum Haus zurück.

»Aber beeil dich!«, rief sie noch über die Schuler zurück. »Francesca wartet nicht *ewig* auf mich.«

Katharina schaute Barne entschuldigend an. »Ich muss leider hinterher.«

»Ist schon in Ordnung.« Sein Lächeln war aufrichtig und warmherzig. »Wir sehen uns ja nachher in der Strandbar.«

Er strich ihr kurz übers Haar, dann ging er.

Katharina schaute ihm noch hinterher, als er schon längst verschwunden war. Erst Milas ungeduldige Rufe brachten sie wieder zu sich.

Katharina und Barne ließen den Trubel in der Strandbar hinter sich und gingen zum Ufer. Die Flut begann, langsam abzulaufen, sie blieben im sicheren Sand und gingen in Richtung Westen. Der laue Wind, der vom Meer kam, roch nach Muscheln, Algen und salzverkrustetem Holz. Die Abendsonne schickte ihre letzten rotgoldenen Strahlen über die flachen, schnellen Wellen.

Katharina blieb stehen, wandte sich dem Wasser zu und kniff die Augen zusammen.

»Es ist so wunderschön«, murmelte sie ergriffen.

Vielleicht lag es an diesem besonderen Tag, vielleicht an Barnes Kuss vorhin im Schuppen, aber die Welt erschien ihr auf einmal wie verzaubert, und sie fragte sich, wie sie diese Insel und die Nordsee bloß für zu weit und gleichzeitig für zu eng gehalten haben konnte. Alles war genau so, wie es sein sollte.

Barne erwiderte nichts, sondern stand nur ruhig neben ihr und schaute ebenfalls aufs Meer hinaus. Womöglich empfand er bei diesem Anblick etwas ganz anderes. Vielleicht dachte er an seine verstorbenen Eltern.

»Entschuldige«, sagte sie schnell. »Das war unsensibel von mir.«

Überrascht sah er sie an. »Was denn?« Dann verstand er, bevor sie antworten konnte.

»Meine liebe Katharina, nach dreißig Jahren breche ich nicht jedes Mal in Tränen aus, wenn ich aufs Meer blicke.«

»Schon klar«, erwiderte sie geistesabwesend. *Meine liebe Katharina.* Wie wunderschön das klang!

»Und es stimmt auch nicht, dass ich nicht mehr alle Planken am Schiff habe, weil ich oft zu den Robben gehe.«

»Das habe ich auch nie geglaubt«, flunkerte sie.

Ein schmales Lächeln erschien in seinen Mundwinkeln.

»Ich weiß, was über mich geredet wird. So ganz falsch ist es ja auch nicht. Tatsächlich fühle ich mich dort meinen Eltern nahe. Aber hauptsächlich empfinde ich bei den Robben eine Art Frieden. Es war nicht ganz leicht für mich, der von aller Welt bemitleidete Junge zu sein. Und die Leute haben bis heute nicht vergessen. Da ist es regelrecht erholsam, mich in der Nähe von Tieren aufzuhalten.«

Sie ahnte, er schenkte ihr einen tiefen Blick in seine sonst so verschlossene Seele.

»Das verstehe ich«, sagte sie sanft. »In Köln habe ich die Blicke meiner Nachbarn kaum ausgehalten. Jedes Mal, wenn ich um Hilfe bitten musste, weil Mila wieder einmal krank war, wurde ich mit Mitleid geradezu überschüttet. In Wahrheit waren sie bloß heilfroh, dass ihre eigenen Kinder so gesund waren.«

»Das ist die menschliche Natur. Man darf es ihnen nicht übel nehmen.«

Katharina seufzte. »Ich weiß. Aber manchmal hätte ich einen von ihnen ganz gern gekillt.«

»Darf ich fragen, warum Milas Vater dich nicht unterstützt hat?«

»Das hat er ja. Wann immer er konnte. Aber es gab Tage, da habe ich ihn nicht erreichen können, und deshalb musste ich einen Nachbarn bitten, schnell etwas aus der Apotheke zu holen, oder den Einkauf für mich zu erledigen, weil ich wegen Mila nicht vor die Tür gehen konnte.«

»Verstehe. Das muss hart gewesen sein. Und Milas Vater ist einverstanden mit eurem Umzug?«

»Er sieht ein, dass es für Mila am besten ist, hier an der Nordsee zu leben.«

Sie ahnte, Barne fragte nach etwas anderem. Er wollte wissen, ob sie von Leo tatsächlich getrennt und frei für ihn war.

Eine verlässliche Antwort darauf wollte ihr nicht über die Lippen kommen.

Noch nicht, dachte sie. *Es ist alles so neu, so frisch. Ich muss mich erst einmal sortieren.*

Als sie schwieg, drang er nicht weiter und sie war ihm dankbar dafür.

Sie gingen weiter, und Katharina kam auf das Thema zu sprechen, das ihr schwer auf dem Herzen lag. »Ich möchte gern deine Meinung zu etwas hören.«

»Natürlich«, erwiderte er freundlich. »Worum geht es?«

»Um Finn Fischer.«

Barnes Haltung versteifte sich unmerklich, und er schritt ein wenig schneller aus. Ganz so, als wäre die große Märta hinter ihm her.

»Was ist mit dem Wunderkind?«

»Finn ist ein liebenswerter und sensibler Junge. Aber er ist alles andere als ein Wunderkind. Ich fürchte, bei ihm liegt einiges im Argen.«

Barne verkürzte seinen Schritt wieder. »Erzähle mir, was du denkst.«

Katharina zögerte, aber dann erinnerte sie sich daran, dass sie mit Barne sprach, einem ausgezeichneten Lehrer und gutem Freund.

Mehr als nur ein Freund, schoss es ihr durch den Kopf, aber sie konzentrierte sich auf das, was sie zu sagen hatte.

»Ich fürchte, Finn zeigt Symptome einer Legasthenie.«

Er lachte leise auf.

»Was ist daran lustig?«, fragte sie verärgert.

»Verzeih mir, Katharina. Ich schätze dich als außerordentlich kluge und einfühlsame Lehrkraft. Aber findest du nicht, es ist ein bisschen zu früh für eine solche Diagnose? Eine Lese- und Rechtschreibschwäche, wenn ihr in zwei Wochen gerade mal die ersten drei Buchstaben des Alphabets durchgenommen habt?«

Sie blieb stehen und verschränkte die Arme vor der Brust. »Du weißt es vielleicht nicht, aber Finn ist bereits zum zweiten Mal eingeschult worden.«

Barne zog die Brauen zusammen. »Tatsächlich?«

»Ja«, erwiderte Katharina. »Der Junge ist schon sieben, und ich habe gehört, dass Märta mit ihm ein Jahr in Jever gewohnt hat. Sie hat bisher nur behauptet, er wäre so oft krank gewesen, dass er besser die erste Klasse noch mal macht. Aber ich bin mir sicher, da steckt mehr dahinter. Ein weiteres Problem ist, dass Märta mich mit Nachrichten bombardiert, in denen unter anderem steht, dass Finn bereits ganze Kinderbücher vortragen könne. Das trifft übrigens auch auf meine vier anderen Schüler zu. Ich bin erstaunt, wie gut sie alle schon lesen können.«

»Das liegt an den langen Wintern hier«, warf Barne ein. Er war ebenfalls stehen geblieben, machte aber den Eindruck, als würde er am liebsten zurück zur Strandbar gehen. »Da gibt es nicht viel Abwechslung, und die Zeiten für Fernsehen oder Computerspiele werden von den Eltern stark rationiert. Außerdem gibt es auf Langeoog zwei ausgezeichnete Kindergärten. Die Erzieherinnen führen die Kleinen sehr früh an Buchstaben und Zahlen heran.«

»Nun, mag sein. Bei Finn ist ihnen das nicht gelungen. Jedes Mal, wenn ich ihn bitte, einen Buchstaben an die Tafel zu schreiben, oder von dort vorzulesen, presst er die Lippen zusammen und hat Tränen in den Augen. Die anderen hänseln ihn schon deswegen. Gestern hatte er seinen großen Tag. Er hat von zu Hause eine kleine Geschichte über ein Eisbärenbaby mitgebracht und sie flüssig vorgelesen. Da haben die anderen Kinder gestaunt, aber mich hat er damit nicht reingelegt.«

»Er hat sie auswendig gelernt.«

»Ganz genau. Ich habe gesehen, wie seine Augen kaum dem Text gefolgt sind.«

Barne legte ihr eine Hand auf den Arm. »Es tut mir leid, dass ich gelacht habe.«

Besänftigt lächelte sie ihn an. »Die moderne Pädagogik versucht, Kindern mit Schwierigkeiten im Schreiben, Lesen und Rechnen so früh wie möglich zu helfen. Je eher sie besonders gefördert werden, desto besser sind ihre Chancen.«

»Ich weiß.« Barne nahm seine Hand wieder weg. »Was hast du jetzt vor?«

»Tja, das ist die große Frage. Was wird Märta tun, wenn ich mit ihr darüber spreche?«

»Ich schätze mal, sie wird dich im nächsten Priel ertränken.«

»Was?« Erschrocken sah sie ihn an.

»War nur ein Scherz.«

»Kein sehr lustiger.«

»Sorry«, sagte Barne. »Sicher ist, sie wird sich furchtbar aufregen.«

»Aber sollte sie nicht froh sein, wenn ihrem Sohn geholfen wird?«

»Das sagt uns der gesunde Menschenverstand, doch bei

Märta habe ich in der Beziehung so meine Zweifel. Erstens vergöttert sie ihren Sohn, zweitens …«

Er brach ab und sah in die Ferne.

Die Sonne kippte im Zeitlupentempo hinter den Horizont, und das berauschende Farbenspiel am Himmel wich einem dämmrigen Grau.

»Zweitens hat sie ihre Leidenschaft für dich entdeckt«, sagte Katharina grinsend.

»Herr im Himmel, hilf mir!«

Sie lachten beide los, und Katharina musste sich an Barne festhalten, so sehr schüttelte es sie. Über ihnen kreischten ein paar Möwen, als wollten sie in ihr Gelächter einstimmen. Katharinas Anspannung löste sich, und auf einmal war sie nur noch froh. Sie wusste, dass sie genau an dem Ort war, an dem sie sein sollte. Mit dem Mann, mit dem sie zusammen sein wollte.

Ohne dass sie es mitbekam, verebbte ihr gemeinsamer Lachanfall und sie fanden sich in einer engen Umarmung wieder. Barnes Hände wanderten sachte über ihren Rücken, seine Lippen fanden erneut die ihren, und der Kuss, der nun folgte, hatte bereits etwas Vertrautes an sich.

Erst nach einer kleinen Ewigkeit lösten sie sich voneinander und sahen sich an.

»Du machst mich sehr glücklich, Katharina«, sagte er leise.

»Und du mich«, erwiderte sie und achtete nicht auf den kleinen Kloß in ihrem Hals.

Eben war sie sich ihrer Sache doch noch so sicher gewesen. Das konnte nicht einfach verschwunden sein.

15. Kapitel

In diesem Jahr kam der Herbst früh nach Langeoog. Kaum war der September am Sonntag angebrochen, fegte auch schon ein kalter Wind aus Nordwest über das Meer heran und brachte dunkle Wolkenberge mit. Erste dicke Regentropfen klatschten zu Boden, die Luft war am Vormittag bereits merklich abgekühlt. Jetzt war Mittag vorbei, und es sah nicht so aus, als würde sich das Wetter bessern. Ganz im Gegenteil. Katharina trat vor das Hexenhäuschen, in dem sie nun seit zwei Wochen lebte, und schaute besorgt zum Himmel hinauf.

»Ich fürchte, mit deinem Ausritt heute wird das nichts«, sagte sie zu ihrer Tochter, die ihr nach draußen gefolgt war.

Mila verzog das Gesicht. »Aber ich habe mich so darauf gefreut!«

»Im strömenden Regen ist das bestimmt kein Vergnügen.«

»Pauline sagt, Schietwetter fängt erst bei Windstärke zwölf an«, widersprach Mila trotzig.

Katharina unterdrückte ein Seufzen. Die alte Strandkorbvermieterin hatte für ihren Geschmack viel zu viel Einfluss auf ihre Tochter. Sie wollte aus der zarten Zehnjährigen in Windeseile eine stramme kleine Wikingerin machen. Dabei waren sie erst vor zwei Monaten überhaupt auf Langeoog angekommen.

Es stimmte schon, die gesunde Seeluft und die geringe Schadstoffbelastung taten ihrer Tochter gut. Hier auf Langeoog war sie regelrecht aufgeblüht. Aber es gab Grenzen, fand Katharina.

»Ich könnte mir vorstellen, dass Francesca den Ausritt ohnehin absagt«, meinte sie vorsichtig.

»Tut sie nicht. Außerdem reiten wir ja nur ins Inselwäldchen, da weht der Wind nicht so stark, und der Regen kommt auch nicht durch.«

Mag sein, dachte Katharina, *aber es können Äste abknicken oder ganze Bäume umfallen. Und die Wege können so aufgeweicht sein, dass die Ponys darauf ausrutschen.*

Sie sprach ihre Bedenken nicht aus. Sie wollte keine überängstliche Mama sein.

»Hör mal, Spatz. Warum rufst du Francesca nicht einfach an und fragst sie? Dann können wir immer noch entscheiden.«

Mila zögerte. Offenbar fürchtete sie, ihre große Freundin und Heldin würde tatsächlich den Ausritt ausfallen lassen. Seit Tagen fieberte Mila dem Ereignis entgegen – seit Francesca verkündet hatte, sie säße jetzt fest genug im Sattel, um mit ins Gelände zu reiten.

»Ich schicke ihr eine Nachricht«, sagte sie langsam. »Wahrscheinlich ist sie gerade beschäftigt. Da stört das Klingeln nur.«

»In Ordnung. Und wir können ja gemeinsam hinfahren und sehen, wie die Lage ist.«

Seit Kurzem besaßen sie zwei Fahrräder. Bis zum Ponyhof würden sie keine zehn Minuten brauchen.

»Ich dachte, du wolltest mit Barne zu den Robben gehen«, wandte Mila ein. Offenbar glaubte sie, die Aussichten auf den ersehnten Ritt wären größer, wenn ihre Mutter nicht dabei war.

Katharina wischte sich ein paar Regentropfen aus dem Gesicht. »Bei dem Wetter habe ich keine Lust auf eine Wanderung bis zum Ostende der Insel.«

Wenn sie ehrlich war, konnte sie auch bei schönstem Sonnenschein darauf verzichten. Viel lieber verbrachte sie ihre freie Zeit faul am Meer, oder sie besuchte ihre Freundinnen – Sophie im Eiscafé, Sara in der Strandbar und Nella in ihrer Töpferei. Gern ging sie auch mit Mila zum Ponyhof, um Annabel, Francescas Mutter, zu sehen. Die fröhliche Rothaarige war sogar ihre erste Freundin auf der Insel gewesen.

Und wenn ich wirklich ganz ehrlich bin, dachte sie bei sich, *bin ich gar nicht so scharf darauf, stundenlang mit Barne allein zu sein.*

Sie mochte ihn, sehr sogar. Aber seit dem Abend vor zwei Wochen, an dem sie sich geküsst hatten, war nichts mehr vorgefallen zwischen ihnen. Sie hatte das Gefühl, Barne habe sich von ihr zurückgezogen wie eine Meeresschnecke in ihr Gehäuse bei Flut. Es gelang Katharina einfach nicht mehr, an ihn heranzukommen. Es war anstrengend geworden, auf ein Zeichen von ihm zu warten. Dieses Gefühl, zurückgewiesen zu werden, war unangenehm. Wenn sie heute darauf verzichten durfte, war das in Ordnung.

An der kleinen Inselschule, wo sie gemeinsam unterrichteten, kamen sie hingegen prima miteinander aus. Als Kollegen, als Freunde. Doch mehr hatte sich nicht entwickelt, und das frustrierte Katharina. Sie gab es nicht gern zu, doch sie hasste den Gedanken, Barne könnte womöglich nicht genug für sie empfinden.

Sie fragte sich, ob sein Verhalten etwas mit Dortje zu tun hatte. Die Sportlehrerin flirtete ziemlich offensiv mit ihm, seit Katharina aufgetaucht war.

Oder hielt er sich wegen Leo zurück? Stand ihr langjähriger Partner und Milas Vater zwischen ihnen, obwohl er in Köln geblieben war und offenbar keinerlei Absicht hegte, einen Fuß auf die kleine Nordseeinsel zu setzen? Spürte Barne etwa, dass Katharinas Herz nicht frei war?

Unsinn, sagte sie sich. *Er ist bloß ein typischer verschlossener Ostfriese. Er wird mir bald seine Liebe gestehen.*

Die Frage war bloß, wie sie darauf reagieren würde.

Den nächsten Seufzer konnte sie nicht unterdrücken.

»So doll regnet es doch gar nicht, Mama«, sagte Mila. Sie grinste dabei, als wüsste sie genau, dass Katharinas Stimmung anderem galt.

Manchmal wurden Kinder viel zu schnell groß.

Katharina rang sich ein Lächeln ab. »Hast recht. Also los, Holen wir unsere Ostfriesennerze und machen uns auf den Weg.«

Sie überlegte, Barne auf WhatsApp abzusagen, aber vermutlich würde es ihm gar nicht weiter auffallen, wenn sie nicht am vereinbarten Treffpunkt am Fuße der Melkhorndüne erschien.

Ein paar Minuten später holten sie ihre Fahrräder aus dem Schuppen, der bis vor Kurzem noch Nellas kleine Inseltöpferei beherbergt hatte. Inzwischen arbeitete die Freundin in der großen Werkstatt ihres Verlobten Jack im Ortszentrum.

Durch den stärker werdenden Regen schoben sie die Räder

durch den Vorgarten. Es war erst früher Nachmittag, aber das Tageslicht war so schwach wie in der Abenddämmerung. Katharina ahnte, dass auch die Fahrradfahrt keine gute Idee war.

»Ganz langsam«, wies sie ihre Tochter an. »Und wenn es zu rutschig wird oder wir nichts mehr sehen können, steigen wir ab.«

»Okay.«

Katharina fuhr vorneweg und trat so vorsichtig in die Pedale, dass Mila sich bald beschwerte, sie würde umkippen, wenn es nicht ein bisschen schneller ginge. Also steigerte Katharina das Tempo, aber als sie am Dünenfriedhof vorbeikamen, hielt sie angestrengt Ausschau. Trotz des schlechten Wetters konnten ihnen Spaziergänger begegnen, die am Sonntag ihre verstorbenen Lieben besuchen wollten. Tatsächlich kam ihnen auf der anderen Seite der schmalen Straße ein großer breitschultriger Mann entgegen. Katharina glaubte, ihn zu kennen, aber durch den Regenschleier konnte sie nicht genug sehen, und sie mussten abbiegen, bevor sie auf einer Höhe waren.

Als sie »Kallis Peerstall« erreichten, war die Enttäuschung bei Mila groß. Der Ausritt war tatsächlich gestrichen worden.

Francesca wunderte sich, dass Mila überhaupt aufgetaucht war. »Merle und Birthe sind gar nicht erst gekommen.«

Die Mädchen waren Milas beste Freundinnen und auch ihre Klassenkameradinnen.

»Haben sie dir nicht Bescheid gegeben?«

Mila schüttelte den Kopf. Katharina bemerkte, dass sie den Tränen nah war.

Auch Francesca schien es zu sehen. So ruppig die Teenagerin sich manchmal geben konnte, Mila gegenüber hatte sie

Beschützerinstinkte entwickelt. Sie runzelte nachdenklich die Stirn, während Katharina und Mila tropfend in der Stallgasse standen.

»Ich habe eine Idee«, sagte die Dreizehnjährige schließlich. »Aber ich muss erst Mama fragen.«

Sie rannte aus dem Stall. Katharina und Mila sahen sich ratlos an. Schließlich zogen sie ihre gelben Regenjacken aus und setzten sich auf einen Strohballen. Im Stall war es warm, und Katharina spürte eine angenehme Müdigkeit. Die vergangene Woche war anstrengend gewesen. Besonders weil ihr Märta Fischer im Nacken gesessen hatte. Die Mutter des Erstklässlers Finn wollte einen Monat nach Schulbeginn von den Fortschritten ihres Sohnes hören. Schwierig, wenn es keine gab. Ein unangenehmes Gespräch stand ihr bevor, und sie musste es bald in Angriff nehmen.

Als Francesca schließlich mit Annabel und Riccardo im Schlepptau zurückkam, waren ihr beinahe schon die Augen zugefallen. Die beiden Erwachsenen sahen aus wie zwei Menschen, die bei etwas Wichtigem gestört worden waren. Riccardo blickte finster, Annabels Sommersprossen tanzten nicht wie sonst fröhlich auf Nase und Wangen. Aber sie fing sich schneller als ihr Freund, wandte sich an Katharina und lächelte.

»Und du bist wirklich damit einverstanden?«

»Womit denn?«

»Francesca«, sagte Annabel streng. »Hast du mir nicht eben erklärt, Katharina wüsste Bescheid?«

Die Teenagerin stellte sich dicht neben Riccardo. Dessen finstere Miene verwandelte sich in ein Grinsen. Anscheinend gefiel ihm die Rolle des Beinahe-Stiefvaters.

»Deine Tochter ist ziemlich gerissen.«

»Ja, leider.«

»Vielleicht klärt mich mal jemand auf?«, bat Katharina. Sie hoffte nur, Francesca wolle mit Mila nicht ganz allein in den Wald reiten.

»Unsere alte Scheune«, sagte Francesca, als sei damit alles klar.

»Als der Hof noch dem Kalli gehörte, wurden da Stroh und Heu gelagert«, führte Annabel aus. »Und ein paar zusätzliche Pferdeboxen gab es auch. Unsere Ponys aber passen allesamt in diesen Stall, und das Futter lagern wir auf dem Heuboden.«

»Aha«, meinte Katharina ratlos.

»Ich habe in der Scheune Sägemehl ausgestreut«, erklärte Francesca.

»Mit meiner tatkräftigen Hilfe«, warf Riccardo ein.

Katharina blickte zu ihrer Tochter.

Mila hatte auf einmal leuchtende Augen. Anscheinend ahnte sie etwas.

Im Gegensatz zu ihr selbst. »Leider verstehe ich immer noch kein Wort.«

Endlich erbarmte sich Annabel ihrer. »Francesca hat in den Sommerferien einen Kurs zur Voltigierlehrerin absolviert. Und unser Haflingerwallach Anton ist ein ausgezeichnetes Voltigierpferd. Er hat die Ruhe weg und geht immer brav im Kreis.«

»Mila könnte meine erste Schülerin werden«, ergänzte Francesca.

»Leider habe ich immer noch keine Ahnung, worum es dabei geht«, sagte Katharina hilflos.

Von der Stalltür her meldete sich eine empörte Männerstimme: »Unsere Tochter soll auf dem Rücken eines galoppierenden Pferdes herumturnen! Wie im Zirkus.«

Alle fuhren herum.

Dann rief Mila: »Papa!«

Sie rannte los und flog in Leos Arme.

Der Mann beim Dünenfriedhof, schoss es Katharina durch den Kopf. *Jetzt weiß ich, warum der mir bekannt vorkam.*

Ihr Herz setzte einen Schlag aus, bevor es mit doppelter Geschwindigkeit losraste. Hitze stieg ihr ins Gesicht, und sie ahnte, sie wurde knallrot.

Annabel und Riccardo schauten von einem zum anderen, einzig Francesca interessierte sich wenig für den plötzlichen Besuch.

»Ich hol schon mal Anton und binde ihm den Voltigiergurt um«, sagte sie, als sei es abgemachte Sache, dass sie mit Mila gleich in der Scheune üben würde.

»Du bist groß geworden!«, sagte Leo und umarmte seine Tochter fest.

»Aua, Papa, du tust mir weh!«

Er lockerte seinen Griff, stellte sie ab und hielt sie ein Stück von sich weg. Dann unterzog er sie einer gründlichen Musterung.

Schließlich meinte er: »Videoanrufe reichen nicht. Ich sehe erst jetzt, wie gut es dir geht.«

»Ich bin auch überhaupt nicht mehr krank«, bestätigte Mila grinsend.

Katharina stand neben ihnen und brachte kein Wort heraus. Sie konnte Leo nur anstarren. Er war es wirklich. Der Mann, den sie zwanzig Jahre lang geliebt hatte – oder noch immer liebte?

Wenn ich das nur wüsste!, dachte sie und betrachtete seine blonden, vom Regenwasser dunkel gewordenen Haare, seine breiten Schultern, seine feingliedrigen Hände.

Der nächste Gedanke ließ ihr Herz noch schneller schlagen: *Er ist den weiten Weg von Köln gekommen, nur um uns zu sehen. Mila. Und mich!*

Sie kam zu dem Schluss, dass ihre Liebe vielleicht noch eine Chance hatte. Ein Mann, der keine Entfernung scheute, um bei ihr zu sein, war kein schlechter Mensch. Barne ging ihr durch den Sinn, doch sie ließ es nicht zu, dass er sie jetzt auch noch durcheinanderbrachte.

»Wie bist du hergekommen?«, fragte sie ihn.

Ihre Stimme zitterte, und ihre Frage war nicht sonderlich intelligent, aber sie war froh, dass sie überhaupt ein Wort herausbrachte.

Leo sah sie an, und der Blick aus seinen kobaltblauen Augen ging ihr selbst im schwachen Stalllicht durch und durch.

»Zug, Fähre, Inselbahn. Die ist übrigens wirklich hübsch. Tja, dann musste ich zu Fuß weiter. Bloß, dass ich bei euch niemanden angetroffen habe. Zurück im Ort haben mir dann drei verschiedene Leute gesagt, dass ich euch mit Sicherheit auf dem Ponyhof finde, weil ihr bei diesem Mistwetter nicht bei euren Freunden am Strand seid. Ihr scheint ja sehr bekannt zu sein.«

»Langeoog ist klein«, murmelte Katharina.

»Tja, nun, da bin ich. Gerade noch rechtzeitig, um meine Tochter vor dem Zirkus zu retten.«

»Voltigieren ist kein Zirkus«, mischte sich Annabel ein. »Es werden turnerische Übungen auf dem Pferderücken ausgeführt.«

»Eben«, entgegnete Leo.

Annabel wechselte einen Blick mit Riccardo. Katharina bemerkte, dass beide es nicht für nötig hielten, weiterhin mit dem Mann aus dem Rheinland zu reden. Vermutlich war ihnen ihre Energie zu schade dafür.

»Ich habe dir was mitgebracht«, sagte Leo nun zu seiner Tochter.

»Ein Pony?«, fragte sie hoffnungsvoll und blickte sogar hinter ihn, als könne er dort ein ganzes Pferdchen versteckt halten.

Er lachte, aber sein Lachen klang ein klein wenig bitter.

»Ich fürchte, ein Pony hätte nicht in den Koffer gepasst«, versuchte er sich in einem Scherz.

»Aber du hättest dich mit Annabel in Verbindung setzen können. Sie hätte dir dann gesagt, ob eines ihrer Pferde zum Verkauf steht. Das wäre alles telefonisch gegangen.«

Mila löste sich von ihrem Vater und schaute Annabel an. Die schüttelte den Kopf. »Tut mir leid, Süße. Mich hat keiner gefragt. Außerdem bist du wohl noch nicht bereit für ein eigenes Pferd, nicht wahr?«

Mila ließ die Schultern hängen. Katharina hätte sie gern in den Arm genommen, aber sie wusste, sie sollte sich im Augenblick nicht einmischen. Das war eine Sache zwischen Tochter und Vater. Sollte Leo doch selbst sehen, wie er da wieder herauskam. Seinen hilfesuchenden Blick ignorierte sie geflissentlich und schaute stattdessen Annabel an. Erst jetzt fiel ihr auf, dass die Freundin heute besonders glücklich wirkte. Mochte sie sich vorhin auch gestört gefühlt haben, inzwischen strahlte sie nun geradezu.

Leo räusperte sich. »Ich habe dir deine erste eigene Modelleisenbahn mitgebracht«, sagte er zu Mila. »Mit einer Diesellokomotive und zwei Waggons. Und natürlich einer kleinen Schienenanlage. Mit der Zeit kannst du sie ausbauen. Ich hoffe, ihr habt in diesem kleinen Haus irgendwo Platz dafür?«

»Im Schuppen«, sagte Mila und klang dabei ungefähr so begeistert wie Pauline, wenn sie Tee ohne einen Schuss von ihrem geliebten Aquavit trinken sollte. Dann erinnerte sie sich wohl daran, dass sie ein großes Mädchen war und etwas mehr Dankbarkeit zeigen sollte.

»Das ist toll, Papa. Vielen Dank. Wenn du willst, kannst du gleich mitkommen. Dann bauen wir sie zusammen auf. Reiten darf ich heute ja doch nicht mehr.«

Francesca hatte sich ohne das Pferd Anton wieder zu ihnen gesellt. Offenbar hatte ihre Mutter ihr ein entsprechendes Zeichen gegeben.

Leos Lächeln wirkte angespannt, doch er nickte. »Das machen wir. Lass uns gleich losgehen.«

»Wollen wir nicht warten, bis der Regen etwas nachlässt?«, fragte Katharina. »Wir sind gerade erst wieder einigermaßen trocken geworden.«

Leo wand sich unter ihrem Blick, und auf einmal ahnte sie, dass etwas ganz und gar nicht stimmte.

Dann fing er an, in der Stallgasse auf und ab zu gehen, und störte sich nicht daran, dass alle ihm dabei zusahen.

16. Kapitel

Kälte kroch Katharina in die Glieder, und sie schaute Leo nur an.

»Ich muss aber die letzte Fähre erwischen«, sagte er und hörte endlich mit seiner Wanderung auf.

Ihr Herz schlug auf einmal so langsam, dass sie schon fürchtete, es würde stehenbleiben.

»Warum?«, fragte sie mit leiser Stimme. Aus den Augenwinkeln bemerkte sie, dass Annabel ihren Verlobten und Francesca ein Stück wegzog. Mila ging von selbst mit zur Futterkiste, wo sie ein paar Leckerlis herausnehmen durfte.

»Na ja ... ich«, stammelte Leo.

»Du bist gar nicht wegen uns hier, stimmt's?«, fragte sie langsam. Sie wusste nicht, woher diese Ruhe kam, aber sie war dankbar dafür.

»Doch, natürlich. Ich habe aber außerdem morgen früh einen Termin bei einem Galeristen in Hamburg. Stell dir vor, er will einige meiner Werke ausstellen. Das ist eine große Chance für mich. Du weißt ja, dass ich seit ein paar Jahren zu kämpfen habe.«

Katharina stöhnte. »Und da hast du dir gedacht, bei der

Gelegenheit schaue ich auch mal bei meiner Familie vorbei. Es liegt ja auf dem Weg. Wie bequem!«

»Das stimmt nicht. Ich musste einen ziemlich Umweg in Kauf nehmen.«

»Du Ärmster.« Ihre Stimme troff vor Spott.

»Amore mio, bitte. Ich hatte wirklich große Sehnsucht nach dir. Und nach Mila.«

»So groß ist die ja wohl nicht, wenn du kaum ein paar Stunden für uns erübrigen kannst.«

Leo fuhr sich durchs Haar. Diese Geste hatte sie früher immer zärtlich gestimmt. Diesmal nicht.

»Wir sollten uns beeilen«, sagte sie kühl. »Damit du bloß nicht deine Fähre verpasst.«

»Daraus wird nichts«, mischte sich noch einmal Annabel ein. Sie war wieder nähergekommen und hielt nun ihr Smartphone hoch. »Ich hab's gerade gecheckt. Sie müssen hierbleiben. Der Fährbetrieb ist für heute eingestellt. Es kommt ein tüchtiges Unwetter auf uns zu. Kann jeden Moment richtig losgehen.«

»Verdammt!«, stieß Leo aus. »Was soll ich jetzt machen? Ich darf den Termin nicht verpassen.«

Katharina empfand keinerlei Mitleid. Sie war nur unendlich traurig. Einen Moment lang hatte sie wirklich geglaubt, Leo sei aus Liebe zu seiner Familie nach Langeoog gekommen.

»Keine Panik«, sagte Annabel freundlich. »Morgen früh soll es wieder aufklaren.«

»Aber dann schaffe ich es nicht mehr rechtzeitig nach Hamburg.«

Riccardo trat nun auch wieder zu ihnen. »Langeoog hat

einen kleinen Flugplatz. Ein Freund von mir kann Sie mit seiner zweisitzigen Cessna hinbringen.«

Katharina fand es bezeichnend, dass sowohl Annabel als auch Riccardo Leo siezten. Es kam ihnen gar nicht in den Sinn, diesem Mann das auf der Insel übliche freundschaftliche Du anzubieten.

»Dann sollten wir jetzt vielleicht schnell nach Hause gehen«, meinte sie, während der Regen mit neuer Kraft auf das Stalldach prasselte.

»Keine gute Idee«, sagte Annabel. »Ihr bleibt hier. Dein Bekannter kann das Sofa im Wohnzimmer nehmen, du bekommst Francescas Zimmer. Die Mädchen können im Stall schlafen.«

Es war auch bemerkenswert, dass Leo nur als Bekannter betitelt wurde. Nicht mal als Freund. Es schien ihn nicht zu stören. In Gedanken war er vermutlich in Hamburg.

Mila strahlte. Eine Nacht mit ihrer Heldin bei den Pferden war fast so gut wie ein erster Ausritt.

Katharina war mit dem Vorschlag einverstanden, Leo notgedrungen auch.

»Gut«, sagte Annabel. »Wir können ja ein bisschen zusammen feiern.«

»Was denn?«, fragte Katharina.

»Riccardo und ich werden nächsten Monat heiraten. Es wird eine Dreifach-Hochzeit zusammen mit Sara und Benedikt und mit Nella und Jack.« Sie wandte sich an Leo. »Aber das ist etwas, wovon Sie nichts verstehen.«

Womit die Fronten endgültig geklärt waren.

Milas Strahlen erlosch, und ausnahmsweise hätte Katharina ihre Freundin erwürgen können. Nur um Leo eins auszuwischen, hatte sie übersehen, wie Mila darunter litt, keine richtige Familie zu haben.

Francesca verpasste ihrer Mutter einen Rippenstoß, und sie bemerkte ihren Fehler.

»Tut mir leid«, sagte Annabel zu Mila. »Vielleicht bringen wir deinen Papa ja dazu, eine Vierfach-Hochzeit zu feiern.«

Was die Dinge nicht unbedingt besser machte. Mila war alt genug um zu wissen, dass so etwas niemals passieren würde.

»Sind denn hier alle hochzeitsverrückt?«, fragte Leo. »Liegt das an der salzigen Luft? Oder habt ihr nichts Besseres zu tun?«

Niemand antwortete ihm. Aber Riccardo sah aus wie ein Mann, der sich gern mal wieder schlagen würde.

Katharina ging zu Mila und legte ihr einen Arm um die Schultern. Dann sagte Francesca, sie müssten noch Decken, Kissen und Proviant aus dem Haus herholen. Mila vergaß ihren Kummer und folgte ihr.

Katharina hörte noch, wie sie fragte: »Können wir bei einem Pony in der Box schlafen?«

»Ich wälze mich nicht so gern in Pferdeäpfeln«, gab Francesca zurück. »Wir schlafen in einer leeren Box, aber die Ponys sind gleich nebenan.«

»Okay.«

Die Stimmen verklangen.

Die Erwachsenen warteten, bis die Mädchen zurück waren. Dann halfen Annabel und Katharina ihnen, die leere Box mit frischem Stroh auszustreuen und zwei Lagerstätten zu bauen.

»Ich bringe euch nachher noch ein bisschen warme Muschelsuppe«, versprach Annabel. »Die habe ich schon aufgesetzt.«

Schließlich liefen die Erwachsenen durch den Regen zum Wohnhaus. Katharina bekam von Annabel einen trockenen Jogginganzug, der ihr drei Nummern zu groß war, Leo wurde von Riccardo mit Pulli und Hose versorgt, die an ihm wie eingelaufen wirkten. Beinahe hätte Katharina gelacht, als er in den Sachen im Wohnzimmer auftauchte.

»Du siehst auch nicht besser aus«, knurrte Leo, der das Zucken in ihren Mundwinkeln sehr wohl bemerkt hatte.

Sie reagierte nicht darauf, sondern fragte Annabel, ob sie ihr in der Küche helfen sollte.

»Nicht nötig. Riccardo kommt gleich mit einem Tee für euch. Zum Aufwärmen.«

Fünf Minuten später stellte Riccardo ein Tablett mit Teekanne, Tassen, Kluntjes und Sahne auf dem niedrigen Couchtisch ab. Dabei zwinkerte er Katharina unauffällig zu.

Sie verstand es erst, als sie an ihrer Tasse schnupperte.

»Vorsicht«, sagte sie zu Leo. »Da ist Schnaps drin.«

Sie wollte nicht dafür verantwortlich sein, wenn er betrunken wurde. Riccardo hatte sich wohl gedacht, er könnte auf diese Weise das Eis zwischen ihnen brechen.

»Na und?«, gab Leo zurück. Er saß auf dem Sofa, während Katharina einen Sessel gewählt hatte. Zu viel Nähe fand sie nicht ratsam.

»Ich kann was vertragen«, fügte er hinzu und trank in kleinen Schlucken. »Mhm – lecker.«

Tja, sinnierte sie. *Aber du kennst Paulines Aquavit nicht.*

Sie selbst nippte nur an ihrer Tasse, obwohl die Versuchung, mehr zu trinken, groß war. Ihr war kalt, und der heiße alkoholhaltige Tee versprach Wärme. Aber sie musste einen klaren Kopf bewahren.

Kurz darauf sah sie, wie Riccardo mit einem kleinen Topf zum Stall rüberlief, dann wurden sie auch schon zum Essen in die Küche gerufen.

Zur Muschelsuppe gab es geröstetes Roggenbrot, geräucherte Makrele und überbackene Krabben. Leo langte ordentlich zu. Er hatte fünf Tassen Tee getrunken und spürte wohl die Wirkung des Alkohols.

»Köstlich«, nuschelte er und trank zwei große Gläser Wasser zum Essen.

Annabel und Riccardo tauschten einen bedauernden Blick. *Der wird viel zu schnell wieder nüchtern,* sollte das wohl heißen.

Katharina fragte sich, warum die beiden Leo unbedingt abfüllen wollten. Hofften sie, dass sie ihn auf der Insel halten könnten, wenn er am nächsten Morgen fluguntüchtig wäre? Oder glaubten sie, er könnte im betrunkenen Zustand eher erkennen, dass seine Liebe zu Katharina und Mila stärker war als jeder Freiheitsdrang?

Sie liebte ihre Freunde sehr in diesem Moment, doch sie wusste auch, dass es nichts nützen würde. Leo war Leo, er würde sich niemals ändern.

Als Riccardo nach dem Essen eine halb volle Flasche Aquavit aus dem Küchenschrank holte, konnte sie nur noch müde lächeln.

Leo musste erst mit Annabel, dann mit Riccardo Brüderschaft trinken. Dann hoben sie ihre Gläser auf das schlechte Wetter, auf die Sonne, die am nächsten Morgen hoffentlich wieder scheinen würde, auf die Liebe und auf die Zukunft ganz allgemein.

So ganz kam Katharina nicht mehr mit. Sie hielt sich zurück, nippte nur an ihrem Schnapsglas. Schließlich war am nächsten Tag Schule, und sie konnte schlecht mit einem Kater vor ihren Schülern erscheinen.

Und vor Barne, fügte sie in Gedanken hinzu. Auf einmal wünschte sie, sie wäre doch zum Treffen mit ihm gegangen. In Barnes Gegenwart fühlte sie sich ruhig und ausgeglichen, trotz ihrer Zweifel ihm gegenüber. Neben Leo war sie furchtbar nervös und unsicher.

»Von wem ist eigentlich dieses Teufelszeug?«, fragte er gerade. Seine Stimme war wieder schwammig geworden. Paulines Aquavit setzte ihm trotz des reichhaltigen Essens mächtig zu.

»Von unserer Inselhexe«, erklärte Riccardo todernst.

»Hä?«

»Die kann die Zukunft voraussehen, und sie weiß immer, welches Paar zusammengehört.«

Leo trank lieber noch einen Schluck, während Katharina und Annabel vor sich hin kicherten.

»Sie weiß zum Beispiel auch, dass Katharina für Barne Wilkens bestimmt ist«, setzte Riccardo mit einem kleinen fiesen Lächeln hinzu. »Es macht also nichts, dass du gleich wieder abreisen willst. Ich glaube, Barne wird einen prima Stiefvater abgeben. Da kenne ich mich aus. Ich mache mich bei Francesca doch auch ganz gut, oder Annabel, du Liebe meines Lebens?«

Annabel lachte auf. »Schon, wenn ihr zwei euch nicht gerade gegen mich verbündet.«

»Das gehört sich so. Ich muss das Barne bald mal genau erklären.«

Leo schlug mit der Faust auf den Tisch. Die Schnapsgläser hüpften hoch.

»Wer in drei Teufels Namen ist Barne? Dem werd ich's zeigen!«

»Warum denn?«, fragte Riccardo und tat ganz unschuldig. »Er ist so ein netter Kerl. Übrigens ein Kollege von Katharina. Die beiden passen ganz wunderbar zusammen.«

»Da habe ich ja wohl auch noch ein Wörtchen mitzureden«, schimpfte Leo.

»Hast du nicht«, sagte Katharina ruhig.

»Na hör mal! Ich bin dein … dein …«

»Mein was? Gelegentlicher Sexpartner? Kann ich auch woanders finden.«

Ups, dachte sie. *Ein bisschen was von dem Aquavit habe ich doch getrunken.*

Annabel prustete los, Riccardo lachte dröhnend, Leo starrte sie fassungslos an.

»Ich bin Milas Vater«, sagte er und klang schlagartig nüchtern. »Du kannst mir nicht einfach meine Tochter wegnehmen und eine neue Familie gründen.«

»Kann ich sehr wohl. Du hast nämlich keinerlei gesetzlichen Anspruch auf sie. Hast du ja nie gewollt. Das war dir zu spießig.«

»Hört, hört«, murmelte Annabel.

Er presste die Lippen zusammen, ließ sich nachschenken und kippte das Glas auf Ex.

»Ach, und wäre es nicht wunderbar«, sagte Riccardo, »wenn Mila noch ein Geschwisterchen bekäme? Dann hätten wir eine neue, perfekte Familie.«

Das war zu viel für Leo. Er stand auf, schwankte ein bisschen, warf einen bösen Blick in die Runde und verschwand im Wohnzimmer.

»Der eiert aber ordentlich rum«, sagte Annabel. »Wie viel hast du ihm gegeben?«

»Nicht genug«, brummte Riccardo. »Komm jetzt, Liebe meines Lebens. Ich bin erschöpft.«

»Das mit der Liebe meins Lebens kannst du gern öfters sagen.« Sie wandte sich an Katharina. »Lass die Küche, wie sie ist. Ich kümmere mich morgen drum.«

Als sie jedoch fort waren, machte sich Katharina an den Abwasch. Sie fand, es war das Mindeste, was sie tun konnte.

Nachdem sie den letzten sauberen Teller zurück in den Küchenschrank gestellt hatte, wischte sie noch gründlich den Tisch ab. Dann nahm sie sich ein Glas, ließ Wasser hineinlaufen und wollte nach oben gehen. Als sie am Wohnzimmer vorbeikam, zögerte sie. Schließlich trat sie ein und stellte das Glas Wasser neben den tief schlafenden Leo auf den Sofatisch. Er hatte es nötiger, und sie konnte sich ja ein neues nehmen.

Auf Zehenspitzen wollte sie wieder hinausgehen. An der Tür jedoch hörte sie ihn leise sagen: »Amore mio, bleib bei mir.«

Redet er im Schlaf?, fragte sie sich. Sie machte einen weiteren Schritt.

»Geh nicht, bitte.«

Als sie sich umwandte, sah sie, dass er sich halb aufgesetzt hatte. Er entdeckte das Wasser und trank das Glas in langen Zügen aus. Dann stellte er es ab und sagte: »Danke. Bitte komm her, Katharina. Wir müssen reden.«

Sie zögerte. Es gab Gesprächsbedarf, da hatte Leo recht. Aber es war auch gefährlich, ihm am späten Abend so nahe zu kommen, vor allem, wenn sie beide nicht ganz nüchtern waren.

»Ich werde schon nicht über dich herfallen«, versprach er. »Keine Sorge.«

»Na gut.« Sie setzte sich wieder in den Sessel, weit genug von ihm entfernt.

Er sagte nichts dazu, fuhr sich nur durchs Haar und fragte schließlich: »Du bist wirklich fest entschlossen, mit Mila auf dieser Insel zu bleiben?«

»Hattest du daran noch Zweifel? Sie geht hier zur Schule, und ich habe eine neue Anstellung als Lehrerin. Ist das nicht ziemlich eindeutig?«

»Ja, schon. Aber ich musste es wohl mit eigenen Augen sehen, um es wirklich zu begreifen.«

»Für unsere Wohnung in Köln habe ich übrigens einen Nachmieter gefunden, der zum ersten Oktober einzieht.«

Leo nickte und wirkte auf einmal traurig. »Dann fügt sich ja alles gut zusammen. Und nur, dass du es weißt, ich wäre auch ohne einen Termin in Hamburg zu euch gekommen. Es hat sich halt so ergeben, dass ich beides miteinander verbinden konnte.«

Ein Teil von ihr wollte ihm glauben. »Okay, aber hättest du nicht ein bisschen mehr Zeit einplanen können? Wärst du schon am Freitag gekommen, hättest du gestern den Tag mit deiner Tochter verbringen können.«

»Das war auch der Plan«, gab Leo zurück. »Aber dann musste ich noch ein Gemälde fertigstellen, das in der Hamburger Ausstellung zu sehen sein wird. Der Galerist soll wenigstens ein Foto davon sehen.«

Zwanzig Jahre an der Seite eines Künstlers hatten Katharina gelehrt, dass seine Kunst immer vorging.

Leo rückte auf dem Sofa ein Stück in ihre Richtung. »Ich

könnte nach dem Termin zurückkommen und ein paar Tage bleiben. Was hältst du davon?«

Sie dachte über den Vorschlag nach und schüttelte dann den Kopf. »Das wäre mitten in der Woche, da haben wir kaum Zeit. Mila muss in die Schule und bekommt immer viele Hausaufgaben. Außerdem kann sie es jeden Nachmittag kaum abwarten, bis sie endlich zu den Ponys darf. Und ich habe mit dem Korrigieren der Arbeiten und der Vorbereitung des nächsten Unterrichts auch bis zum Abend zu tun.«

»Es gab eine Zeit, da konnte es meine Tochter kaum abwarten, *mich* zu sehen.«

Fast, aber nur fast, tat er ihr leid.

»Du hättest es anders haben können«, sagte sie. »Aber du hast dich für dieses ... Arrangement entschieden.«

»Was du mir anscheinend bis zum Ende meines Lebens vorwerfen wirst.«

Wieder rückte er ein Stück näher. Sie bemerkte es, reagierte aber nicht.

»Das tue ich nicht. Ich sage nur, wie es ist.«

»Amore mio.« Plötzlich hockte er sich auf die Sessellehne und fuhr ihr zärtlich durchs Haar. »Nicht nur Mila fehlt mir.«

Katharina schwieg. Sein Geruch strömte ihr in die Nase. Herbes Aftershave und immer ein Hauch von Farbe und Terpentin. Ein leichter Schwindel erfasste sie, und sie schloss die Augen.

»Ich vermisse dich«, murmelte er mit tiefer Stimme. Seine Hand streichelte jetzt ihre Wange, glitt dann zu ihrem Hals, zum Dekolleté.

Ein Schauer fuhr über ihre Haut, in ihrem Innern regte sich

ein Gefühl, das sie beinahe vergessen hatte. Einzig ein allerletzter Rest Vernunft ließ sie ausrufen: »Nein, Leo!«

Es fehlte noch, dass Annabel oder Riccardo nach unten kamen und sie beim Sex erwischten. Oder schlimmer noch: Mila würde aus irgendeinem Grund ins Haus kommen und ihre Eltern ertappen. Das Kind hatte schon genug mit ihnen durchgemacht.

Seine Finger berührten nun ihren Brustansatz.

Hatte er sie nicht gehört? Auf einmal erinnerte sie sich daran, dass er auch früher gern seinen Willen durchgesetzt hatte. Wenn Katharina mal nicht in der Stimmung gewesen war, hatte er das einfach nicht akzeptiert. Und sie hatte immer nachgegeben.

»Leo! Nein!«

Keine Reaktion.

Sie stieß ihn von sich und sprang auf.

Völlig perplex schaute er zu ihr hoch. »Was ist denn mit dir los?«

»Ich habe Nein gesagt.«

»Willst du mich denn nicht mehr?« Seine Augen sahen traurig aus.

Sie verschränkte die Arme vor der Brust und schaute ihn fest an. »Ich gehe jetzt schlafen. Gute Nacht, Leo.«

In seinem Blick stand Enttäuschung, aber sie glaubte, auch so etwas wie Respekt darin zu entdecken. »Gute Nacht, Amore mio.«

Am nächsten Vormittag konnte Leo mit dem kleinen Flugzeug abreisen. Er versprach seiner Tochter, bald wiederzukommen, und er drückte Katharina fest an sich. Sie ließ es zu. Die Umarmung fühlte sich anders an als früher. Weniger beiläufig.

17. Kapitel

»Dort«, sagte Barne und deutete mit dem ausgestreckten Arm zu einer Sandbank, die sich flach und dunkel aus dem Watt erhob. »Das ist eine Mutter mit ihrem Jungen. Siehst du sie?«

Katharina kniff die Augen zusammen, konnte aber in dem ganzen Braun und Grau der Landschaft nichts erkennen. Erst als Barne ihr sein Fernglas reichte, entdeckte sie die Tiere.

»Oh!«, stieß sie aus. »Sie sind wunderschön.«

»Es sind Seehunde«, erklärte Barne. »Sie sind kleiner als Kegelrobben, haben einen rundlichen Kopf und sehr kleine Ohren. Außerdem haben sie unregelmäßig verteilte schwarze Flecken auf ihrem dunkelgrauen Körper.«

»So viele Unterschiede kann ich nicht ausmachen«, gab Katharina zu und schaute weiter angestrengt durch das Fernglas. »Ich sehe nur, dass das Jungtier anscheinend etwas heller ist und … O mein Gott, da ist noch ein zweites. Vielleicht fünf Meter entfernt. Und es ist ganz allein!«

Barne nahm ihr das Fernglas ab, schaute hindurch und nickte dann. »Stimmt. Der Heuler wartet wahrscheinlich auf seine Mutter. Die ist auf der Jagd weiter draußen im Meer.«

»Und wenn er verlassen worden ist? Vielleicht ist die Mutter ja tot. Wir müssen ihn retten, Barne!«

Doch dieser schüttelte den Kopf. »Nein. Warten wir es ab.«

»Dafür, dass man dich den Robbenflüsterer nennt, bist du aber ganz schön herzlos.«

Er ging nicht darauf ein, sondern blickte weiterhin konzentriert durch das Fernglas.

Sie standen auf der Beobachtungsplattform am Ostende der Insel. Es war ein sonniger, beinahe windstiller Tag. Nach dem schlechten Wetter am Wochenende zuvor schien nun der Sommer noch einmal zurückkehren zu wollen.

Nachdem Katharina und Barne gestern ihre Schüler ins Wochenende entlassen hatten, war er zu ihr ins Klassenzimmer gekommen und hatte gefragt, ob sie den Ausflug zu den Robben am nächsten Tag nachholen wollten. Er verlor kein Wort darüber, dass sie ihn am vergangenen Sonntag einfach hatte sitzen lassen. Aus lauter schlechtem Gewissen und auch, weil ihr ein strammer Spaziergang gewiss guttun würde, hatte sie zugesagt. Am Vormittag hatte sie dann Hausarbeit erledigt. Nach dem Mittagessen war Mila zum Ponyhof geradelt, und Katharina hatte sich auf den Weg zu ihrem Treffpunkt, der Melkhorndüne, gemacht.

Sie war froh, dass sie seine Einladung angenommen hatte. Es war wirklich ein prachtvoller Tag, und sie konnte einmal sämtliche Sorgen abstreifen.

Bloß der arme, mutterlose Heuler tat ihr jetzt schrecklich leid.

»Bitte«, versuchte sie es erneut. »Wir müssen etwas tun. Allein kann er bestimmt nicht überleben.«

Endlich setzte Barne das Fernglas ab und sah sie an. »Nein,

Katharina. Mutterlose Jungtiere dürfen weder berührt noch fortgetragen noch ins Wasser gebracht werden. Selbst, wenn wir zur Sandbank gelangen könnten, was bei der hereinkommenden Flut lebensgefährlich wäre, würden wir mit einer solchen Aktion sein Schicksal besiegeln.«

»Wieso das denn?«

»Bitte vertrau mir. Ich bin sicher, dass er nicht verlassen wurde. Aber die Mutter würde ihn nicht mehr annehmen, wenn er mit Menschen in Kontakt gekommen wäre. Warten wir noch ein wenig ab.«

Beschämt senkte sie den Kopf. »Daran habe ich nicht gedacht. Entschuldigung.«

»Woher solltest du das auch wissen«, meinte er versöhnlich und wandte seine Aufmerksamkeit wieder der Sandbank und den drei Seehunden zu.

Die ersten Priele liefen jetzt voll, die Flut kam unweigerlich näher. Dic Mutter mit ihrem Jungtier verschwand auf einmal im Meer, nur der einsame Heuler blieb zurück.

Während die Minuten quälend langsam verstrichen, hielt Katharina angestrengt nach einem Muttertier Ausschau, das seinen runden Kopf aus dem Wasser strecken würde. Auch Barne schien sich nun Sorgen zu machen, während er angestrengt die Wasseroberfläche absuchte.

»Da!«, sagte er, als Katharina schon alle Hoffnung aufgegeben hatte. »Da kommt sie.«

Die Sandbank war inzwischen auf Handtuchgröße geschrumpft und der arme Heuler bot einen mitleiderregenden Anblick. Doch jetzt tauchte seine Mutter auf, stupste ihn an, und gemeinsam glitten sie geschmeidig ins Wasser.

»Das ist gerade noch gut gegangen«, sagte Katharina.

»Ich hatte keinerlei Zweifel«, entgegnete Barne.

Lügner, dachte sie amüsiert, ließ es jedoch unkommentiert.

»Komm mit«, forderte er sie auf. »Ich kenne einen hübschen Platz am Fuß der Dünen. Dort können wir picknicken.«

Er schnallte sich seinen prall gefüllten Rucksack um und verließ die Plattform. Katharina folgte ihm.

Es gab keine Holzbank zum Sitzen, aber Barne hatte an alles gedacht. Er packte eine Wolldecke aus, legte sie auf den Sand und lud Katharina ein, sich zu setzen.

»Dürfen wir denn hier sein?«, fragte sie besorgt.

»Natürlich, sonst hätte ich diesen Platz nicht ausgewählt. Es gibt einige ausgewiesene Stellen im Naturschutzgebiet, wo man sich aufhalten darf.«

Beruhigt zog sie die Schuhe aus, rollte Ärmel und Hosenbeine hoch und fragte sich, warum sie nicht T-Shirt und Shorts angezogen hatte. Dann wusste sie es wieder. Barne hatte sie angewiesen, festes Schuhwerk und nicht zu leichte Kleidung zu tragen. Das Wetter könne im September noch viel schneller umschlagen als im Sommer.

Nun holte er aus seinem Rucksack Krabbenbrötchen, geräucherten Hering, zwei Flaschen Wasser, Obst und einen halben Kuchen von einer Sorte, die Katharina noch nie gesehen hatte.

»Das ist eine ostfriesische Knüppeltorte«, erklärte Barne grinsend. »Schmeckt besser, als ihr Name vermuten lässt. Sie besteht aus mehreren Lagen Pfannkuchen und wird mit Aprikosenmarmelade oder Sanddorngelee gefüllt. Dazu kommen noch Schlagsahne und Mandelblättchen für den Rand.«

»Sieht lecker aus.«

»Meine Tante hat sie mir noch mitgegeben. Aber erst wird der Fisch gegessen.«

Katharina biss hungrig in ein Krabbenbrötchen, nahm auch von dem Hering und staunte schließlich, als Barne aus seinem Rucksack noch eine Thermoskanne mit Kaffee zur Torte hervorzauberte.

»Das ist ja wie die Reisetasche von Mary Poppins«, stellte sie fest.

Er lächelte. »Viel mehr ist allerdings nicht drin. Nur noch ein paar Servietten.«

Nach dem Essen lehnte sich Katharina zurück. Träge schaute sie auf die sanften Wölbungen der Dünen, genoss die warme Luft auf ihrer Haut und störte sich nicht am Kitzeln des Strandhafers an ihren Fußsohlen.

»Ach«, sagte sie seufzend. »Könnte das Leben doch immer so friedlich und sorglos sein.«

Barne antwortete nicht. Sie sah zu ihm rüber. Er lag mit einem Meter Abstand zwischen ihnen auf dem Rücken und hatte die Augen geschlossen. Schlief er?

Sie betrachtete sein entspanntes Gesicht und fühlte, wie eine Welle der Zärtlichkeit in ihr aufstieg.

Sie hätte ihn gern noch einmal geküsst. Einfach, um herauszufinden, ob sie wirklich Gefühle für ihn verspürte, und ob diese stärker sein konnten als das Herzklopfen, das sie bei Leos plötzlichem Auftauchen überfallen hatte.

Natürlich tat sie es nicht. Katharina mochte in Köln in einer unkonventionellen Beziehung gelebt haben, doch in Wahrheit war sie ein zutiefst altmodischer Mensch. Der Mann musste den ersten Schritt machen, das war eine goldene Regel in ihrem Buch.

Sie lehnte sich zurück und blinzelte in den Himmel. Wattebäuschchen trieben träge dahin und taten so, als könnten sie sich im Leben nicht zu einer schwarzen bedrohlichen Wolkenwand aufbauen. Die laue Brise war genauso unschuldig und hatte mit einem Orkan aus Nordwest nichts zu tun. Sogar die Wellen der Nordsee plätscherten leise und harmlos. Es klang wie ein leiser Gesang, fand Katharina. Die Dünen aber ruhten sich aus. Sie wussten genau, sie konnten den Elementen nicht trauen. Das Dünengras krallte seine Wurzen fest in den Sand, jederzeit bereit, der nächsten Sturmflut die Stirn zu bieten.

Katharina musste eingeschlafen sein, denn als sie wieder zu sich kam, wunderte sie sich über ihren Traum von den Dünen, den Wolken, dem Wind und dem Meer.

Sie setzte sich auf und erzählte Barne davon. Er hatte selbst sein Nickerchen beendet und nickte nun wissend.

»Das bedeutet, dass du eine richtige Insulanerin geworden bist. Wir träumen oft von der Natur.« Er reichte ihr einen Becher Kaffee.

»Schade, dass die meisten Leute das nicht so sehen«, gab sie zurück.

Dankbar nahm sie kleine Schlucke von dem noch immer heißen, süßen Kaffee. »Ich würde mich besser fühlen, wenn die Eltern meiner Schüler mich endlich als eine der Ihren anerkennen würden.«

»Gib ihnen Zeit. Du bist erst seit einem Monat an der Schule. Hier im Norden läuft alles ein wenig langsamer ab.«

»Das habe ich schon bemerkt.« Sie seufzte. »Aber wenn die Eltern mich nicht respektieren, tun es die Schüler auch nicht. Am schlimmsten ist Märta Fischer. Sie wiegelt die anderen gegen mich auf.«

Barne war bei der Erwähnung des Namens unwillkürlich

zusammengezuckt. »Vielleicht sollten wir einmal mit Pauline reden. Die hat doch gewiss Einfluss auf ihre Nichte.«

Katharina drehte ihren Kaffeebecher in den Händen. »Ich weiß nicht, ob das so eine gute Idee ist. Am Ende heißt es, die neue Lehrerin aus der Stadt kann nicht für sich selbst einstehen, sondern braucht die Hilfe einer alten Frau.«

»Damit könntest du recht haben. Aber was sollen wir dann tun?«

Es wärmte ihr Herz, dass er ihr Problem zu ihrem gemeinsamen machte. Sicher, er war darauf angewiesen, dass sie blieb, damit die kleine Inselschule nicht schließen musste, aber sie glaubte auch, dass er aus echter Freundschaft so sprach.

Freundschaft?, fragte sie sich augenblicklich. *Oder ist es doch mehr? Was empfindet Barne bloß für mich?*

Der Blick, mit dem er sie jetzt betrachtete, war voller Wärme und …

Und was? Herrgott! Ich werde noch verrückt mit diesem Mann!

Um sich von ihren verwirrenden Gedanken abzulenken, konzentrierte sie sich auf das Thema Eltern. »Ich zerbreche mir schon seit Wochen den Kopf darüber. Für die Kinder tue ich alles, was ich kann, und im Klassenzimmer ist meine Welt in Ordnung. Aber kaum ist die Schule aus, sehe ich diese misstrauischen Blicke der Mütter, und ich schätze mal, es laufen immer noch Wetten gegen mich.«

»Was für Wetten?«

»Du wusstest nichts davon?«

Barne verneinte, also erzählte sie ihm, was sie wusste.

»Diese Märta ist wirklich eine harte Nuss«, sagte Barne, als sie geendet hatte. »Geht es denn mit Finn ein bisschen besser?«

»Etwas«, erwiderte Katharina. »Aber ich bin mir inzwischen sicher, dass er Legastheniker ist. Und ich kann ihn nicht allein fördern. Er braucht dringend fachliche Unterstützung.«

Barne runzelte die Stirn. »Wenn du Märta damit konfrontierst, bist du bei ihr endgültig unten durch.«

»Ich weiß«, erwiderte sie nachdenklich. »Aber ihr Sohn soll nicht ins Hintertreffen geraten, bloß, weil ich Angst vor ihr habe.«

»Ganz schön mutig von dir.« In Barnes Blick lag echte Bewunderung. »Ich laufe immer bloß weg, wenn sie in meine Nähe kommt. Vor ein paar Tagen ist sie mir fast bis hierher nachgekommen.«

Katharina kicherte. »Und was ist passiert?«

»Annabel kam mit ihrem Ponywagen und einer Ladung älterer Damen aus München vorbei. Ich bin einfach hinten aufgesprungen. Die Damen haben ganz schön merkwürdig geguckt.«

»Das glaube ich gern«, entgegnete Katharina lachend. »Die Armen dachten wahrscheinlich, ein Wegelagerer sucht sie heim.«

»Kommt hin. Aber zurück zum eigentlichen Problem.«

Der fröhliche Moment war vorbei. Katharina nickte. »Ich glaube, ich müsste erst versuchen, die anderen Eltern von mir zu überzeugen. Dann stünde Märta mit ihrer Feindseligkeit allein da.«

»Klingt gut. Aber das sollte doch eigentlich über deine Arbeit geschehen. Sehen die denn nicht, dass du eine ausgezeichnete Lehrerin bist?«

»Anscheinend nicht.«

Etwas pikste sie in den Oberschenkel, und sie setzte sich anders hin. »Ich hätte da übrigens eine Idee, und ich möchte gern deine Meinung dazu hören.«

»Schieß los.«

»Versprich mir, dass du nicht böse wirst.«

Barne hob die Brauen. »Was kannst du schon Schreckliches planen?«

»Bitte, versprich es.«

»Also gut, hoch und heilig.«

Katharina zögerte, dann fasste sie sich ein Herz. »Es geht um die Kisten mit den alten Schulaufsätzen bei mir im Schuppen.«

Wie erwartet verschloss sich seine Miene.

»Du hast es versprochen«, sagte sie leise.

Barne gab sich einen Ruck. »Ja, und es ist albern, dass ich mir Sorgen um die Vergangenheit machte. Also, raus mit der Sprache. Was willst du mit den Aufsätzen anfangen?«

»Ich dachte mir, wir könnten ein kleines Fest in der Schule veranstalten. Unter dem Motto ›Damals auf Langeoog‹. Die Klassenzimmer erinnern ohnehin an die Vergangenheit, mit ein paar zusätzlichen Dekorationen können wir die Zeit vor dem Ersten Weltkrieg wieder aufleben lassen.«

Sie machte eine Pause, um Luft zu holen und sah zu ihrer Erleichterung, dass Barne ihr aufmerksam und kein bisschen abweisend zuhörte.

»Die älteren Kinder können ausgewählte Aufsätze vorlesen, vielleicht finden wir welche, die tatsächlich von ihren Vorfahren geschrieben wurden. Die jüngeren Schüler könnten Bilder malen. Darüber, wie sie sich das Leben vor mehr als hundert Jahren vorstellen.«

»Interessant«, meinte Barne vage. »Aber ich verstehe noch nicht, was du damit erreichen willst.«

Wieder einmal machte ihr seine bedächtige Art zu schaffen. Sah er denn nicht sofort, welche Chance sich ihr da bot?

Anscheinend nicht.

Also erklärte sie: »Mit diesem Fest möchte ich den Eltern zeigen, wie sehr ich mich bereits mit der Insel verbunden fühle. Sie sollen endlich den Verdacht loswerden, dass ich bei erster Gelegenheit wieder verschwinde. Ich werde auch meine Freundinnen bitten, mitzuhelfen. Sophie könnte Rosinenstuten backen, Sara vielleicht ein friesisches Fastenbier nach altem Rezept besorgen. Nella würde ein paar Tonpfeifen töpfern. Solche, wie sie die Seefahrer früher benutzt haben. Und Annabel wäre ...«

Barne unterbrach sie mit einer Handbewegung. »Sachte, Katharina. Ich komme ja kaum noch mit.«

Sie verstummte frustriert und wartete, bis er sich ihre Idee durch den Kopf hatte gehen lassen. Es schien eine Ewigkeit zu dauern.

Endlich sagte er: »Das ist eine ganz wundervolle Idee, und ich werde dich unterstützen. Wann soll das Fest denn stattfinden?«

»Das weiß ich noch nicht. Erst einmal muss ich ja die vielen Aufsätze sichten.«

»Dabei helfe ich dir.«

»Danke«, sagte sie inbrünstig.

Sie hatte sich vor dieser Mammutaufgabe gefürchtet und war froh, dass Barne bereit war, ihr beizustehen.

»Was hältst du von Freitagnachmittag, dem 4. Oktober?«, fragte er.

Sie verstand nicht gleich, dann klatschte sie begeistert in die Hände. »Das ist perfekt. Da fangen die Herbstferien an, und wir haben noch einen Monat Zeit bis dahin. Das sollte reichen.«

Barne nickte. »Ausgezeichnet. Und wir müssen die Hefte auch nicht allein lesen. Es sind bestimmt gut hundert Stück, wenn ich das bei einem Blick in die Kisten richtig überschlagen habe.« Er lächelte und freute sich offensichtlich, weil er auch ein paar Ideen beisteuern konnte. »Wir verteilen sie auf unsere Freunde. Jeder bekommt ein halbes Dutzend und trifft eine Vorauswahl. Am Ende entscheiden wir beide dann, welche Geschichten vorgelesen werden.«

Damit sprang er auf die Füße und reichte ihr die Hand.

»Wir müssen los?« Diesmal war es Katharina, die nicht ganz mitkam. »Warum auf einmal so eilig?«

»Heute ist Samstag und wir treffen doch die anderen alle nachher in der Strandbar. Es ist die beste Gelegenheit, ihnen die Hefte zu geben. Also müssen wir jetzt sofort zurück und sie auspacken.«

»Stimmt!«, rief sie aus und ließ sich hochziehen. Sie bekam zu viel Schwung und landete in seinen Armen.

Das fühlte sich gut an, und sie wäre gern ein Weilchen dortgeblieben. Aber Barne lachte nur, ließ sie los und schüttelte die Decke aus, bevor er sie zurück in den Rucksack stopfte.

Katharina ließ sich ihre Enttäuschung nicht anmerken.

Auf dem Rückweg schritten sie zügig aus, und erst als das Hexenhäuschen in Sicht kam, fragte Barne scheinbar beiläufig: »Wie geht es Milas Vater?«

Er hatte natürlich von Leos Stippvisite auf der Insel gehört.

»Gut. Er ist jetzt wieder in Köln.«

»Und wann kommt er wieder?«

»Das weiß ich nicht, Barne. Wir sind getrennt. Aber ich denke, er wird Mila wieder besuchen kommen. Er hängt sehr an seiner Tochter.«

»Verstehe«, murmelte er.

Katharina hätte am liebsten noch hinzugefügt, dass er sich keine Sorgen machen müsse. Dass er sie gern noch einmal umarmen dürfe, weil sie nichts mehr für Leo empfand. Doch sie wusste nicht, ob das die Wahrheit war, also schwieg sie.

Kurz darauf öffneten sie im Schuppen die beiden Holzkisten und sortierten die Aufsatzhefte zu Stapeln von jeweils sechs Stück.

Barne sagte, bei seiner Tante stehe ein Handkarren, den werde er sich ausleihen und die Hefte am Abend abholen.

»Dann können wir zusammen zur Strandbar gehen.«

»Das wäre schön«, erwiderte Katharina.

Sie sah ihm nach, als er den Vorgarten durchquerte und fragte sich, ob sie bei ihm jemals einen Schritt weiterkommen würde.

18. Kapitel

Nervös schaute Katharina sich im Klassenzimmer um. An den kleinen Pulten saßen ihre Schüler der ersten und zweiten Klasse. Auf Hockern unter der Fensterreihe hatten Kinder aus den höheren Klassen Platz genommen. Hinten an der Wand drängten sich Mütter und Väter. Auch Großeltern entdeckte Katharina. Die extra aufgestellten Stühle reichten nicht für alle, so wurden sie die älteren Leuten überlassen. Die Blicke der Erwachsenen waren teils erwartungsvoll, teils misstrauisch.

Was will uns die Deern aus der Großstadt über unsere eigene Insel erzählen?, schienen Letztere zu fragen. *Ist ja ganz nett, was wir bisher gehört haben, aber was hat die neue Lehrerin eigentlich damit zu tun?*

Panik stieg in ihr auf. Worauf hatte sie sich da nur eingelassen? War das alles bloß eine Schnapsidee gewesen? Würde sie heute endgültig bei den Langeoogern versagen?

Noch vor einem Monat, als sie mit Barne darüber geredet hatte, schien ihr das Projekt mit den alten Schulaufsätzen eine wunderbare Idee zu sein. Ihre Freunde waren der gleichen Meinung gewesen und hatten begeistert mitgemacht.

Wochenlang waren die Hefte gesichtet und die Aufsätze bewertet worden.

Es war Riccardo gewesen, der tatsächlich etwas über einen Urgroßvater von Barne herausgefunden hatte. So einfühlsam wie möglich hatte er ihm an einem der Samstagabende in der Strandbar berichtet, dass jener Jens Wilkens tatsächlich nicht nur Fischer, sondern auch Robbenjäger gewesen war. Riccardo hatte betont, der Mann habe seine Familie ernähren müssen, und er sei niemals mit unnötiger Brutalität vorgegangen. So jedenfalls schildere es Barnes Großvater Folkmar, ein Sohn von Jens.

Trotzdem hatte Barne an jenem Abend eine Ausnahme gemacht und kräftig Paulines Aquavit zugesprochen. Die Freunde hatten ihn schließlich mit vereinten Kräften heimbringen müssen. Selbst lesen wollte er den entsprechenden Aufsatz nie. Er bat Katharina sogar, ihn nicht in die engere Auswahl zu nehmen. Da sie ohnehin glaubte, ein Bericht über Robbenjäger könnte empfindliche Gemüter beunruhigen, willigte sie nur zu gern ein.

Inzwischen schien sich Barne von dem Schock erholt zu haben, denn er sprach nie von diesem Urgroßvater. Aber er arbeitete weiterhin fleißig an dem Projekt mit.

Schließlich hatten sich Katharina und Barne auf drei Geschichten geeinigt. Zwei waren an diesem letzten Tag vor den Herbstferien bereits vorgelesen worden. Ein Mädchen aus der zweiten Klasse hatte von einem gewissen Benno Clausen erzählt, der 1913 die ersten Strandkörbe aufgestellt hatte. Daraufhin hatte Pauline behauptet, er sei ein Vorfahre von ihr gewesen, doch beweisen konnte sie es nicht.

Die alte Frau hatte es sich nicht nehmen lassen, zu dieser

Veranstaltung zu kommen. Sie war längst wieder gut zu Fuß und voller Energie. Zusammen mit ihr hatten sich nur Nella und Sara die Zeit dafür nehmen können. Katharina hätte mehr Unterstützung gebrauchen können, aber an einem Freitagnachmittag mussten die meisten Leute eben arbeiten.

Der nächste Aufsatz handelte von einer Frieda Behrens, die 1912 ihrer Zeit offensichtlich weit voraus gewesen war. Nicht nur hatte sie sechs Kinder großgezogen, sie hatte auch eine kleine Bäckerei betrieben, nachdem ihr Ehemann, ein Bootsmann auf einem Kohleschiff, auf See geblieben war.

Dieser Aufsatz war natürlich von Sophie ausgewählt worden. Hier meldete sich niemand und behauptete, mit der Bäckerin verwandt zu sein. Dennoch entdeckte Katharina bei einigen Zuhörern steigendes Interesse. Besonders die Frauen verzogen mitleidig die Gesichter, als sie daran dachten, was es bedeutet hatte, in der Zeit vor der Erfindung Waschmaschine und Elektroherd sechs Kinder zu versorgen und »nebenbei« auch noch jede Nacht in der Backstube zu stehen.

Trotzdem: Die Wand aus Ablehnung war immer noch hoch, und Märta Fischer sorgte dafür, dass sie nicht bröckelte. Hier ein eingeworfenes »Pah«, dort ein böser Blick, manchmal ein Lachen an falscher Stelle. Sie war wie ein Steinchen im Schuh, das ständig zwickte. Ein ziemlich großes Steinchen. Sie überragte sämtliche Eltern, auch die Männer, und machte sich nur klein, wenn Barne in ihre Nähe kam. Was er tunlichst vermied, doch es war nicht den ganzen Nachmittag über möglich. Wenn er einen seiner Schüler ermahnen musste, oder eine andere Mutter ihn rief, konnte er schlecht an seinem Platz festgewachsen bleiben. Kaum geriet er in ihre Reichweite, klopfte Märta ihm dann auf die Schultern, wobei er fast in die Knie ging, oder sie schenkte ihm eine Art Haifischgrinsen, das wohl ein zärtliches Lächeln sein sollte.

Dortje, die sich meist an seiner Seite hielt, schoss dann kleine Giftpfeile mit den Augen auf Märta, doch die prallten an ihr ab wie an einem Harnisch.

Nicht einmal Pauline konnte ihre Nichte zur Räson bringen.

»Halt endlich mal die Klappe!«, zischte sie gerade.

Katharina drehte sich zur Tafel um und schrieb Stichworte zur Bäckerin Frieda Behrens auf. Im Stillen dankte sie Pauline, wusste aber, es würde nicht viel helfen.

Etwas Kleines traf sie am Hinterkopf. Kurzes Gelächter brauste auf, und Pauline schimpfte: »Wie alt bist du, Märta? Zehn? Dann muss ich dich wohl mal übers Knie legen!«

»Versuch's nur, alte Frau!«, tönte es zurück.

Katharina drehte sich langsam um, hob das Stückchen Kreide auf und legte es aufs Pult. Sie hatte jetzt genug von dieser Frau. Sie hatte auch genug von ihrer Angst vor den Insulanern. Entweder sie würden sie akzeptieren, oder eben nicht. Sie wusste, sie machte ihren Job gut. Und sie hatte einen Großteil ihrer Freizeit geopfert, um diesen besonderen Nachmittag zu organisieren. Wer das nicht anerkennen wollte, hatte Pech gehabt.

Sie drückte die Schultern durch, begegnete Barnes Blick, sah sein aufmunterndes Lächeln und sagte mit fester Stimme: »Wenn kein weiteres Interesse besteht, können wir die Veranstaltung auch beenden. Im Klassenraum nebenan stehen Erfrischungen bereit. Rosinenbrot, Tee und Fastenbier.«

Manch einer leckte sich die Lippen, doch niemand setzte sich in Bewegung. Pauline versprach allen, die noch blieben, später einen Schluck Aquavit zu spendieren. Barne baute sich mit verschränkten Armen an der Tür auf. Märta wollte sich schon ihren Sohn schnappen und verschwinden, aber Finn tat, als würde er sie nicht winken sehen und blieb wie angeklebt auf seiner Bank sitzen.

Eine der Großmütter rief: »Wir wollen auch die dritte Geschichte hören!«

Pauline applaudierte. »Zum ersten Mal in deinem langen Leben sagst du was Vernünftiges, Elsbeth.«

Woraufhin besagte Elsbeth rot vor Ärger wurde und die Strandkorbvermieterin keines Blickes würdigte.

Die Stimmung schlug zu Katharinas Gunsten um, und auf einmal dachte sie, dass sie heute vielleicht doch einen Durchbruch schaffen könnte.

Ein Mädchen aus der vierten Klasse war auserwählt worden, den letzten Aufsatz vorzulesen. Es hieß Stine und war die jüngere Schwester von Milas Freundin Merle. Mila stand mit ihr und Birthe neben einem der Fenster und hatte bisher gebannt zugehört. Nur hin und wieder warf sie einen Blick auf die Wanduhr. Katharina lächelte in sich hinein. Draußen war ein herrlicher sonniger Oktobertag, und die Mädchen konnten es kaum abwarten, zum Ponyhof zu kommen. Heute stand wieder ein Ausritt an. Nachdem das erste große Ereignis buchstäblich ins Wasser gefallen war, hatte Mila schon zwei Ausritte ins Inselwäldchen mitmachen dürfen. Heute sollte es zu einem Strandabschnitt im Westen gehen, und Mila freute sich seit Tagen auf dieses neue Abenteuer. Als nun aber Stine nach vorn trat und sich räusperte, wurde sie still und aufmerksam.

Katharina nickte Stine aufmunternd zu, und das Mädchen begann: »Diesen Aufsatz hat mein Ururgroßvater verfasst. Er hieß Alrich Hillers und beschreibt, wie die Männer früher bei Ebbe mit der Pricke ins Watt gegangen sind, um Fische zu fangen.«

»Was war denn eine Pricke?«, fragte Finn, während Stine schon weiterlas. Katharina gebot ihr, innezuhalten und schaute zu den Erwachsenen.

»Weiß das jemand?«

Einer der Väter meldete sich.

»Musst nicht die Hand heben, Onno«, rief Pauline ihm zu. »Bist ja nur zu Besuch in der Schule.«

Hie und da wurde gekichert, aber Katharina bat um Ruhe und erteilte Onno das Wort.

»Eine Pricke sieht aus wie eine Harke«, erklärte er mit ernster Miene. »Wir haben so ein Ding zu Hause an der Wand hängen. Es ist eine lange hölzerne Stange mit einer kürzeren Querstange daran. An der waren Widerhaken angebracht. Damit wurde einfach bei Ebbe auf die im Sand liegenden Fische eingeschlagen. Dann stach der Fischer ihnen mit einer starken eisernen Nadel durch den Kopf und reihte sie auf einer Schnur auf.«

»Igitt!«,.rief ein Mädchen aus einer von Barnes Klassen. »Wie eklig.«

Katharina bat um Ruhe und ließ Stine weiterlesen. Jener längst verstorbene Alrich Hillers schilderte, wie sein Vater und seine beiden Onkel bis zu den Knien ins Wasser gingen und mit dieser altertümlichen Methode Fische fingen. Und zwar barfuß im Sommer wie im Winter.

»Brrr«, machte jemand.

»Die müssen sich ja sämtliche Zehen abgefroren haben«, meinte ein anderer.

Stine las vor, dass Alrich hoffte, er müsse niemals als Fischer schuften. Er träume davon eines Tages Lehrer zu werden, aber wahrscheinlich müsse er seinem Vater und seinen Onkel zur Hand gehen.

Als Stine geendet hatte, brach eine lebhafte Diskussion los. Eine Mutter sagte, ihre eigenen Vorfahren wären mit kleinen Segelschiffen, den sogenannten Schniggen, auf die See hinausgefahren, um Schellfisch, Kabeljau, Dorsch und Rochen zu fangen. Pauline gab zum Besten, ihre Leute hätten Schaluppen rausgefahren und mit langen Leinen, den Reepen, an denen Haken mit Würmern befestigt waren, die Fische aus dem Wasser geholt. Am Strand warteten die Frauen, um den Fang in Körben zu verstauen. Auch war die Rede von vielen kleinen Angeln an langen Schnüren, die bei Ebbe im Watt zwischen zwei Pfählen ausgespannt wurden. Mit der Rückkehr der Flut blieben die Fische daran hängen. Und der Butt wurde mit Reusen gefangen, die ebenfalls im Watt ausgesetzt wurden.

Bald schwirrte Katharina der Kopf von den vielen Fischfangmethoden, die hier aus den Familienerinnerungen hervorgeholt wurden. Aber sie blickte in begeisterte Gesichter, hörte, wie die Alten den Kindern Geschichten von früher erzählten, sah den Eltern dabei zu, wie sie untereinander um den besten Fischer unter ihren Vorfahren wetteiferten, fing Barnes Blick auf – und hielt inne. Ihr Puls ging auf einmal schneller.

Er kam zu ihr ans Lehrerpult, ausnahmsweise ohne Dortje an seiner Seite.

»Du hast es geschafft.«

»Glaubst du?«, fragte sie zweifelnd.

»Ganz bestimmt. Im Augenblick sind die Leute noch mit dem Austausch ihrer Geschichten beschäftigt, aber wenn sie später zur Ruhe kommen, werden sie daran denken, wem sie diesen besonderen Nachmittag zu verdanken haben. Zwei Mütter haben mir bereits gesagt, dass sie ganz begeistert von dir sind.«

»Ich schätze mal, keine von beiden war Märta.«

Barne stand sehr dicht vor ihr, und zum ersten Mal an diesem Tag entspannte sie sich.

»Das mit Märta wird schon noch. Hab Geduld. Die Zahl ihrer Anhänger, wenn man sie so nennen mag, hat heute auf jeden Fall stark abgenommen.«

»Hoffentlich. Ich weiß nicht, ob ich den Anfeindungen noch länger gewachsen bin. Es ist so zermürbend.«

»Du bist stärker, als du denkst, Katharina.« Sein Blick war tief und zärtlich.

Sie wünschte plötzlich, sie wären allein im Lehrerzimmer. Vielleicht würden sie sich dann endlich wieder küssen. Andererseits: Sie waren in den vergangenen Monaten oft genug nur zu zweit gewesen, und nie hatte Barne auch nur den Versuch unternommen, ihr näherzukommen. Warum sollte es ausgerechnet heute anders laufen?

Vielleicht muss ich ja doch mal die Initiative ergreifen?, überlegte sie. Doch noch bevor sie sich entscheiden konnte, war Dortje bei ihnen und zog Barne am Arm fort. »Komm, du musst mir helfen, Bier auszuschenken.«

»Das macht doch Sara«, sagte Katharina und fing sich einen bösen Blick von der Sportlehrerin ein.

»Die schafft es aber nicht allein. Die vielen Fischgeschichten haben die Leute durstig gemacht.«

Barne lächelte ihr entschuldigend zu und folgte Dortje nach nebenan. Katharina setzte sich hinters Lehrerpult. Erst jetzt merkte sie, wie erschöpft sie war. Die Anspannung der letzten Wochen forderte ihren Tribut. Das Klassenzimmer hatte sich geleert und mit etwas Glück konnte sie sich ein paar Minuten ausruhen, bevor sie sich wieder zu den anderen gesellte. Sie kreuzte die Arme auf dem Pult, legte den Kopf darauf und schloss die Augen.

»Auf ein Wort!«

Katharina schrak hoch.

Märta Fischer ragte vor ihr auf, war aber Gott sei Dank auf der anderen Seite des Pultes geblieben.

»Ja bitte?«, gab Katharina freundlich zurück und erhob sich. Wobei sie immer noch ein ganzes Stück kleiner als Märta war, sich aber wenigstens nicht mehr winzig wie ein Prielwurm fühlte.

»Warum hat mein Finn keinen Aufsatz vorgelesen?«

Katharina holte tief Luft. Da war sie, die Auseinandersetzung, der sie seit Wochen aus dem Weg ging, und auf einmal wusste sie, es musste sein. Jetzt und hier. Sie durfte nicht länger kneifen. Der liebenswerte Finn hatte es verdient, die beste Förderung zu bekommen. Beinahe schämte sich Katharina, dass sie nicht schon früher mit seiner Mutter gesprochen hatte. Sie rechtfertigte sich innerlich damit, dass sie sich ihrer Sache ganz sicher sein wollte.

»Ich warte!«, tönte Märta. Ihr Blick war eisig, doch Katharina glaubte, darin auch einen Hauch von Unsicherheit zu erkennen.

Das gab ihr den nötigen Mut, um zu sagen: »Finn ist noch nicht so weit.«

»Was soll das heißen? Mein Junge ist der klügste kleine Kerl dieser ganzen kleinen Schule!«

Glaubte sie selbst, was sie da sagte? Nein, entschied Katharina. Märta wirkte jetzt sogar ausgesprochen nervös. Sie gab sogar ihre herrische Haltung auf und zappelte herum wie ein Fisch an der Angel.

Katharina musste lächeln. Sie hatte in der vergangenen Stunde definitiv zu viel Geschichten über Fischer gehört.

»Was gibt's da zu grinsen? Machen Sie sich etwa lustig über Finn?«

»Nein, selbstverständlich nicht.« Katharina holte tief Luft. »Und Sie haben recht, er ist tatsächlich ein außergewöhnlich kluger Junge.«

»Dann verstehe ich nicht, warum Sie ihn übergehen.«

Jetzt flackerte Angst in Märtas Blick auf. Angst und Wissen.

Katharina erkannte, dass ihr ganzes herrische Getue nur ihre Furcht überspielen sollte, ihr Kind könnte unterdurchschnittlich sein. Mitgefühl für diese Mutter wallte in ihr auf, und sie vergaß, dass sie zwei Monate lang ihre ärgste Feindin gewesen war.

»Finn hat ein Problem«, sagte sie mit klarer Stimme. »Aber er ist nicht dumm.«

»Das verstehe ich nicht.«

»Weil du hier die Dumme bist, Deern«, erklang von der Tür her eine energische Stimme.

Pauline Fischer kam herein. Mit den Stock, auf den sie sich eigentlich noch stützten sollte, fuchtelte sie wild in der Luft herum.

»Wie lange brauchst du denn noch, um zu kapieren, dass der Junge Hilfe braucht? Was hat es dir geholfen, mit ihm aufs Festland zu flüchten, nachdem die Kindergärtnerin dir erklärt hatte, dass Finn mit den anderen nicht ganz mitkommt? Und dann diese dumme Behauptung, er wäre zu oft krank gewesen, um das erste Schuljahr abzuschließen. Der Junge ist genauso robust wie alle anderen in unserer Familie. Also höre endlich auf, uns allen was vorzumachen und stelle dich der Wahrheit.«

Sie wandte sich an Katharina und fragte: »Also, was hat er? Kann man das behandeln? Hilft vielleicht unsere gute Luft? Oder soll ich ihn mal mit meinem Aquavit einreiben?«

»Untersteh dich!«, drohte Märta.

Pauline lachte nur und ließ sich auf eine Schulbank sinken. »Puh, das war anstrengend. Also? Raus mit der Sprache, Katharina.«

»Dich geht das hier gar nichts an«, wehrte Märta ab.

»Und ob. Ich bin deine Familie. Ich und Keno. Aber der ist mit Touristen draußen im Watt. Also bleibe nur ich.«

Märta ließ die Schultern hängen. Sie wirkte überhaupt nicht mehr angsteinflößend.

Katharina sammelte sich, bevor sie antwortete. »Ich bin natürlich keine Spezialistin, aber ich glaube, Finn ist Legastheniker.«

Bevor Märta etwas erwidern konnte, hakte Pauline nach. »Woran erkennst du das?«

»Nun, zum Beispiel hat er Schwierigkeiten, klangähnliche Buchstaben zu unterscheiden, wie zum Beispiel *b* und *p* oder *d* und *t*. Außerdem schafft er es nicht, die Buchstaben zu Silben zu verschleifen, sondern spricht sie einzeln aus. Hinzu kommt, dass er sehr langsam liest und sein Tempo nicht steigern kann. Beim Schreiben hat er ähnliche Schwierigkeiten. So schreibt er zum Beispiel viele Buchstaben spiegelverkehrt.

Darüber hinaus macht mir sein Verhalten Sorgen. Er wird immer stiller und klagt oft über Bauchschmerzen.«

Sie brach ab, als sie sah, dass Märta leichenblass geworden war. Die sonst so resolute Mutter ließ sich ächzend auf eine Schulbank fallen, wobei sie ihre langen Glieder zusammenfalten musste, um irgendwie hineinzupassen.

»Na, also«, sagte Pauline zufrieden. »Ich habe von Anfang an gewusst, dass unsere neue Lehrerin 'ne ganz plietsche ist. Was machen wir jetzt?«

»Mein Finn ist also doch dumm«, murmelte Märta fast gleichzeitig.

»Nein«, entgegnete Katharina entschieden. »Er braucht nur besondere Förderung, dann kann er es genauso weit bringen wie jeder andere Schüler auch. Bloß kann ich ihn allein nicht ausreichend unterstützen.«

»Und wer soll das dann machen?« Ein winziger Hoffnungsschimmer lag in Märtas Augen.

»Nun, ich habe mich umgehört. Es gibt eine Betreuerin in der Mutter-Kind-Klinik. Sie hießt Johanne und hat mir mal erzählt, dass sie auch ausgebildete Förderlehrerin für Legastheniker ist. Ich könnte sie fragen, ob sie ein paar Stunden in der Woche für Finn erübrigen kann.«

»Bitte!«, stieß Märta aus. »Ich zahle jeden Preis.«

»Pah!«, machte Pauline. »Spiel dich nicht so auf. Du bist Zimmermädchen in der Pension ›Dünenblick‹. Ihr zwei kommt gerade so über die Runden. Ich werde die Kosten übernehmen.«

Einen Augenblick schien es, als wolle Märta die alte Frau umarmen, dann nickte sie ihr nur dankbar zu und wandte sich wieder an Katharina. »Und Sie glauben, das wird helfen?«

»Aber sicher. Und Johanne wird Ihnen auch zeigen, wie sie Ihren Sohn bei den Hausaufgaben unterstützen können.«

Pauline mischte sich wieder ein. »Nachdem das jetzt geklärt ist, verklickerst du mir noch mal, warum du unserem armen Barne nachstellst? Du verliebst dich normalerweise in große breitschultrige Nordmänner. Also, was soll der Mist?«

Märta wurde über und über rot. »Ich ... dachte ...«

»Nun?«

»Ich dachte, er würde mir vielleicht mit Finn helfen. Wenn Frau Corvara wieder abreist, wäre er ja der einzige Lehrer und ...«

»Lass mal diesen Scheiß mit Frau Corvara. Ihr zwei gebt euch jetzt die Hand. Katharina und Märta.« Pauline zauberte einen Flachmann aus der Tasche. »Ihr trinkt jetzt Brüderschaft, in Ordnung?«

»Geht das auch ohne Aquavit?«, fragte Katharina.

»Auf keinen Fall.«

Also nahmen Katharina und Märta beide einen kleinen Schluck aus dem Flachmann, küssten sich rechts und links auf die Wangen und lächelten einander an. Sie würden vielleicht nicht die engsten Freundinnen werden, aber sie würden in Zukunft miteinander auskommen. Da war sich Katharina ganz sicher.

»Und den Barne schlägst du dir jetzt aus dem Kopf«, sagte Pauline noch, nachdem sie selbst den großen Rest des Flachmanns getrunken hatte. »Der ist für Dortje.«

Katharina verspürte einen Stich, und sah Pauline an. »Ich dachte, du wolltest *mich* mit ihm verkuppeln?«

»Schnee von gestern, Deern. Für dich habe ich einen anderen im Sinn.«

19. Kapitel

»Wir hätten doch am Strand feiern können«, sagte Nella mit leisem Bedauern in der Stimme.

Katharina folgte ihrem Blick hinauf in den wolkenlosen, tiefblauen Himmel. Es war der zweite Sonntag im Oktober, und der Norden Deutschlands zeigte sich von seiner schönsten Seite. Der Himmel wölbte sich hoch und hell über dem Meer, dem Land und den Inseln. Verspielte Schäfchenwolken zogen im schwachen Wind dahin, die Nordsee rollte mit kleinen, fröhlichen Wellen an Land.

»Aber Pauline sagt, es wird noch regnen«, hielt Katharina dagegen. »Sie spürt das in ihren alten Knochen. Außerdem ist es nicht normal, dass es schon seit zwei Wochen so trocken ist.«

Nella sah sie zweifelnd an. »Du glaubst Paulines Vorhersage mehr als dem Wetterdienst?«

»Warten wir es ab. Es ist ja erst Nachmittag, und ich finde, die Wölkchen sind schon ein bisschen dichter geworden.«

Nella lachte. »Irgendwann wirst du dich mit Pauline zusammentun, und dann verteilt ihr gemeinsam eure Unkenrufe unters Volk.«

Sie merkte nicht, wie sehr sie Katharina damit traf. Dies war ihr großer Tag, und vor lauter Aufregung vergaß sie wohl, Rücksicht auf die Gefühle anderer zu nehmen. Katharina verzieh ihr.

Und wer weiß, dachte sie bei sich. *Vielleicht behält sie ja recht, und ich werde eines Tages als alleinstehende alte Frau auf Langeoog leben.*

Pauline würde dann nicht mehr unter ihnen sein, aber sie könnte ja ihr Andenken ehren.

Und vor lauter Einsamkeit Aquavit trinken.

Sie schüttelte sich. So sehr sie Pauline mochte, sie wollte nicht so enden wie sie.

»Was hast du?«, fragte Nella.

»Nichts, alles bestens. Komm wieder ins Haus. Nicht, dass dein Bräutigam dich noch sieht.«

Nella trug ein entzückendes Brautkleid aus champagnerfarbenem Satin. Elegant, aber nicht protzig. Katharina fand, es passte genau zu ihrer bescheidenen Persönlichkeit.

»Ach was«, entgegnete die Freundin. »Jack sitzt mit Benedikt und Riccardo unten am Hafen bei Keno auf dem Kutter und kippt ein paar Biere.«

»Ist das nicht ein bisschen spät für den Junggesellenabschied?«, fragte Katharina.

»Sag das mal den Männern. He, Annabel! Wann kommen die Kerle endlich?«

Eben war die Ponyhofbesitzerin aus dem Haus getreten. Sie trug Jeans und ein kariertes Hemd. Ihre rotgoldenen Haare türmten sich zu einer kunstvollen Frisur, ihr hübsches Gesicht war dezent geschminkt. Erste Sommersprossen bahnten sich schon wieder einen Weg durch den Puder.

»Keine Ahnung. Ich würde ihnen aber raten, sich zu beeilen. Sonst gibt es mächtig Ärger. Ich füttere noch schnell die Ponys, dann ziehe ich mich auch um. In der Küche gibt es Sekt.«

Katharina und Nella gingen ins Haus. Das Wohnzimmer war vorübergehend in einen Schönheitssalon umgewandelt worden. Gerade wurde Sara frisiert und geschminkt. »Bloß nicht zu viel Tusche«, verlangte sie. »Das passt nicht zum Dirndl.«

Tatsächlich hatte sie die Freunde damit überrascht, dass sie zu ihrer Hochzeit ein Brautdirndl tragen würde. Damit wollte sie ihre alte Heimat Bayern ehren. Sie war mit ihrem Wunsch zunächst auf einiges Unverständnis gestoßen, aber als sie den Freundinnen das festliche Dirndl aus Brokat und altrosa Spitze präsentiert hatte, waren alle sofort begeistert gewesen. Und ihr Benedikt würde einen typischen Trachtenanzug tragen, zur allgemeinen Erleichterung allerdings ohne kurze Lederhose.

Annabel wiederum hatte sich für ein knielanges Kleid aus knallroter Seide entschieden. Erst war Katharina entsetzt gewesen, dann hatte sie bei der Anprobe zugeben müssen, dass es auf geradezu magische Weise mit ihren Haaren harmonierte.

Die Hochzeit der drei Paare sollte in der großen Scheune des Ponyhofes gefeiert werden. Da Annabel evangelisch, Nella und Jack konfessionslos, Riccardo, Sara und Benedikt hingegen katholisch waren, hatte man sich schnell geeignet, auf eine kirchliche Trauung zu verzichten. Stattdessen sollte die Feier von einem Standesbeamten geleitet werden, und die Scheune bot den meisten Platz für alle Gäste. Während Katharina nun mit Nella in die Küche ging, wo Pauline freigiebig Sekt ausschenkte, rieb sie sich unwillkürlich über die noch immer schmerzenden Handflächen.

Was hatte sie in den letzten Tagen geschuftet! Anstatt die erste Woche der Herbstferien zu genießen, hatte sie gemeinsam mit vielen anderen freiwilligen Helfern die Scheune in eine Festhalle verwandelt.

»Ich bin gleich wieder da«, sagte sie zu Nella und lief noch einmal hinaus zur Scheune. Voller Stolz betrachtete sie das fertige Werk. Sie alle hatten hervorragende Arbeit geleistet, und die Hochzeit ihrer drei Freundinnen würde ein stimmungsvolles Ereignis werden.

Das Sägemehl am Boden war entfernt worden, aber erst, nachdem Francesca allen Beteiligten das heilige Versprechen abgenommen hatte, es später wieder auszustreuen. Die Holzdielen waren so lange gewachst worden, bis sie glänzten. Lange Bänke und Tische hatte man bei verschiedenen Gastronomen ausgeliehen und im hinteren Teil der Scheune für die spätere Feier aufgestellt. Ganz vorn waren Stuhlreihen zum Mittelpunkt des Geschehens ausgerichtet. Ein alter Heuwagen war mit einem hohen Blumenbogen geschmückt worden. Dort sollte der Standesbeamte stehen und die Paare vereinigen. An den Wänden der Scheune standen alte, reich geschmückte Truhen, die als provisorische Bars herhielten. Das Büfett würde von Fisch-Klette geliefert und nach der Zeremonie aufgebaut werden. Stalllaternen spendeten anheimelndes Licht, bunte Girlanden hingen von der hohen Decke und hübsch gebundene Sträuße aus Stroh, Heu und Heidekraut vermittelten einen festlichen und zugleich bodenständigen Eindruck.

So würde ich auch gern heiraten, gestand sich Katharina

ein und zwinkerte eine Träne weg. Sie freute sich für ihre Freundinnen, sehr sogar. Doch sie fühlte sich auch irgendwie zurückgelassen. Vielleicht würde sie ja bald die einzige Singlefrau auf Langeoog sein, die einzige Singlemutter noch dazu.

Ach nein, da war zumindest noch Märta Fischer. Katharina stellte sich vor, wie sie und Märta enge Freundinnen werden würden, weil sie am meisten gemeinsam hatten. Es schüttelte sie leicht. Sie kam mit Finns Mutter schon eine Woche nach dem großen Moment der Wahrheit wesentlich besser aus, aber das mochte auch daran liegen, dass Ferien waren, und sie nur ein paarmal miteinander telefoniert hatten, um Finns Nachhilfe bei Johanne zu besprechen. Eine enge Bindung zu ihr würde sie gewiss niemals aufbauen. Katharina wedelte mit den Armen, als könnte sie so die unangenehmen Gedanken vertreiben.

»Was flatterst du hier rum wie 'ne Wildgans bei Windstärke zehn?«, fragte Pauline hinter ihr. »Haste nichts Besseres zu tun? Warum steckst du noch nicht in deinem schrecklich engen Kleid?«

Sie stellte sich neben Katharina und blickte sich um. »Ist ja nicht gerade das Hamburger ›Vier Jahreszeiten‹, aber wird schon gehen. Also? Was hast du?«

Katharina wusste nicht, ob sie lachen oder weinen sollte. Wie üblich hatte Pauline den Finger zielsicher auf die Wunde gelegt, aber sie war nicht bereit, jetzt darüber zu reden.

»Die Outfits von uns Brautjungfern sind sehr hübsch«, sagte sie nur. Tatsächlich handelte es sich um blassgelbe, elegant geschnittene Etuikleider. Nella hatte Katharina gebeten, ihre Brautjungfer zu sein, Sophie hatte das Amt für Sara übernommen, und für Annabel war nur Pauline übriggeblieben, was Annabel aber kein bisschen störte. Dazu war sie viel zu glücklich. Als Trauzeugen fungierten Keno für Nellas Bräutigam Jack, Barne für Saras Benedikt und Matteo für seinen Bruder Riccardo.

»Pfft«, machte Pauline. »Ich sehe darin aus wie Gelbwurst in Pelle. Seit meinem Sturz habe ich ein klitzekleines bisschen zugenommen. Und neben Annabel wirke ich wie eine riesige Qualle neben einer zarten Krabbe.«

»Du siehst sehr hübsch aus in dem Kleid«, erwiderte Katharina, was eine glatte Lüge war. Sie fand Paulines Vergleiche durchaus zutreffend.

»Du willst nur nett sein, weil du hoffst, dass ich dir auch noch zu einer Hochzeit verhelfe.«

»Als ob du die Macht dazu hättest!«

Pauline lächelte hintergründig. »Ist schon ein lustiges Leben«, sagte sie kryptisch, »wenn man von aller Welt ständig unterschätzt wird.«

Sie langte in ihre Handtasche und zog ein Handy von der Größe einer holländischen Salatgurke hervor.

»Keno!«, schrie sie in den Hörer. Wahrscheinlich war sie auch ohne das vorsintflutliche Gerät bis zum Hafen zu hören. »Schwingt eure Allerwertesten sofort zum Ponyhof, sonst lass ich die Deerns andere Kerle heiraten. Und bring die Landratte mit.«

»Zu Befehl!«, brüllte Keno, und Katharina hätte nicht sagen können, ob die Stimme aus dem Lautsprecher des Handys oder von draußen kam.

»Welche Landratte?«, fragte sie. »Kommen etwa noch mehr Gäste? Du weißt genau, dass es auch so schon eng in der Scheune wird.«

Pauline tat, als hätte sie nichts gehört. »Komm. Wir müssen uns jetzt auch anziehen.«

Katharina hob die Schultern. Ein oder zwei weitere Gäste würden sie schon noch unterbringen.

Auf dem Weg zurück bemerkte sie Mila, die mit Francesca gerade im Stall verschwinden wollte. Sie rief sie herbei, während Pauline bereits ins Haus ging. Beide Mädchen trugen weiße Blusen, weiße Reithosen und auf Hochglanz polierte schwarze Reitstiefel.

»Was habt ihr denn vor?«, fragte Katharina misstrauisch. »Ihr wollt doch wohl jetzt nicht ausreiten?«

Francesca schüttelte den Kopf. »Nee, ist 'ne Überraschung. Wir fahren die Brautpaare nach der Zeremonie eine Runde mit dem Ponywagen durchs Dorf.«

»Das wird genauso elegant wie bei den britischen Royals«, setzte Mila hinzu.

Katharina hatte da so ihre Zweifel, fand die Idee aber nett. Die Mädchen zeigten ihr den mit bunten Bändern und Blumen geschmückten Ponywagen. Ricky und Matty waren gründlich geputzt worden, ihre Mähnen und Schweife hatten Francesca und Mila zusätzlich hübsch geflochten.

»Du darfst aber nichts verraten, Mama«, sagte Mila.

»Versprochen. Dann bis später, ich muss mich auch umziehen.«

Ein Blick in den Spiegel sagte Katharina, dass ihr das Brautjungfernkleid ausgezeichnet stand. Ihre fast schwarzen Augen wirkten geheimnisvoll, ihr in weiche Wellen gelegtes braunes Haar harmonierte wunderbar mit dem gelben Stoff. Ausnahmsweise trug sie hochhackige Schuhe und war ein bisschen unsicher darin, aber sie fand, ihr Auftritt wäre in Ballerinas ruiniert.

Eine halbe Stunde später stand sie vorne auf der einen Seite des alten Heuwagens, zusammen mit Sophie und Pauline, und ignorierte den wachsenden Schmerz in ihren Fußballen. Dafür ächzte und stöhnte Pauline in ihrem Kleid, als würde sie gleich ersticken. Erst als Sophie ihr energisch in den Arm kniff, gab sie Ruhe. Auf der anderen Seite standen die Bräutigame mit ihren Trauzeugen: Keno und Jack, Barne und Benedikt, Riccardo und Matteo.

Die Scheune war bis zum letzten Platz besetzt, viele Gäste mussten stehen, was aber niemandem etwas auszumachen schien. Katharina bemerkte eine ältere Frau, die mit einer großen Schnapsflasche und kleinen Gläsern rumging. Es musste eine Freundin von Pauline sein, die da fleißig Aquavit ausschenkte.

Wenn das bloß gutgeht, dachte Katharina. Die Insulaner waren zwar trinkfeste Leute, aber es waren auch viele Gäste vom Festland gekommen, die so hochprozentige Getränke vielleicht nicht gewohnt waren. Sie hoffte inständig, dass niemand die Hochzeit ihrer drei Freundinnen verderben möge.

Während alle auf die Bräute warteten, ließ Katharina ihren Blick weiter über die vielen Leute schweifen. Mila winkte ihr aus der ersten Reihe zu. Sie saß in ihrem hübschen Reiterdress neben Francesca und drehte immer wieder den Kopf, um den Einzug von Nella, Sara und Annabel nicht zu verpassen.

Katharina stutzte. Die Bräute würden doch durch den Mittelgang kommen, warum schaute dann Mila ständig in die hintere linke Ecke der Scheune?

Sie kniff die Augen ein wenig zusammen, um etwas zu erkennen, allerdings war es dort hinten ziemlich dunkel, und sie konnte gerade mal ein paar Silhouetten ausmachen. Eine war besonders groß und breitschultrig und trat jetzt in das Licht einer Stalllaterne.

Katharinas Herz galoppierte los. »Leo!«, flüsterte sie.

Pauline stieß ihr einen Ellenbogen in die Seite. »Schön ruhig bleiben.«

»Aber wie … wann …«

Dann verstand sie es von selbst. Irgendwie hatte die alte Frau es geschafft, die »Landratte« von Köln herzulocken, um am großen Ereignis teilzunehmen und um sich in ihrem Spinnennetz zu verfangen.

»Ich sag doch, mein Leben ist lustig.«

»Ruhe, alle beide«, zischte Sophie.

Der Hochzeitsmarsch erklang, und Nella, Sara und Annabel kamen herein. Sie hielten einander an den Händen und sahen ganz bezaubernd aus. Mochten ihre Brautkleider, das Dirndl von Nella, das klassische Kleid von Sara und das aufregende rote Dress von Annabel, auch vollkommen unterschiedlich sein, so ergaben sie doch ein harmonisches Bild.

Jack, Benedikt und Riccardo schauten ihnen mit glänzenden Augen entgegen. Katharina hatte noch nie erlebt, dass einer dieser Männer seine Gefühle so offen gezeigt hatte.

Der Standesbeamte, ein großer Mann mit dem stolzen Gesichtsausdruck der Ostfriesen, hieß die Paare einzeln vor sich treten und schloss ihre Ehen mit knappen aber wohlgesetzten Worten.

Als alle sechs Ringe getauscht waren und alle drei Paare sich ausgiebig geküsst hatten, brandete Applaus auf. Das war nicht vorgesehen, und Katharina fragte sich, wer damit angefangen hatte. Sie schaute in eine bestimmte Richtung.

Leo, ganz klar. Dem war die Veranstaltung wohl zu feierlich, zu spießig geworden. Nun musste er Dampf ablassen. Er stand auf einem Stuhl, klatschte wie wild in die Hände und pfiff durch die Zähne. Seinem Beispiel folgend, pfiffen und jubelten auch andere Hochzeitsgäste. Der Aquavit tat sein Übriges, und die Situation drohte, außer Kontrolle zu geraten.

Da erklang plötzlich Peitschenknallen, und schlagartig wurde es ruhig. Annabel war auf den Heuwagen geklettert und schwang nun eine lange Peitsche, mit der sie normalerweise die Kruppen ihrer Ponys antippte. Riccardo stand tapfer neben ihr, wich der Peitsche aus und bat ums Wort.

»Liebe Leute, wir wollen jetzt mit euch feiern, aber wehe, ihr rastet noch mal aus. Meine frischgebackene Ehefrau kann mit dem Ding wirklich gut zielen.«

Hie und da wurde leise gelacht, aber nicht einmal Leo traute sich mehr, einen lauten Ton von sich zu geben.

Einzig Mila sprang auf, und bevor Francesca sie daran hindern konnte, kletterte sie auf den Heuwagen.

Katharina sog scharf die Luft ein. Zum Glück rollte Annabel die Peitsche gerade wieder ein.

»Ihr dürft noch nicht feiern!«, rief Mila aufgeregt. »Erst kommt unsere Überraschung.«

Gutmütig ließen sich die drei Brautpaare daraufhin nach draußen führen, wo ein Helfer den Ponywagen vorgefahren hatte. Mila und Francesca nahmen auf dem Kutschbock Platz, die Paare, Brautjungfern und Trauzeugen passten hinten auf die beiden Bänke.

Pauline Fischer nahm eine Haltung wie die verstorbene Elisabeth II. ein und winkte hoheitsvoll. Ihr eng sitzendes Kleid machte den Eindruck jedoch zunichte, ihr neuerliches Stöhnen tat sein Übriges. Außerdem roch sie eindeutig nach Aquavit, stellte Katharina fest. Wie war sie bloß so schnell an ihren Schnaps gekommen?

Katharina zuckte mit den Schultern, dann suchte sie die Gäste nach Leo ab. Fast alle Leute waren mit nach draußen gekommen, aber einen großen Mann mit hellblondem Schopf konnte sie nirgends entdecken. Enttäuschung wollte sich in ihr breitmachen, aber sie ließ es nicht zu.

Keno und Barne hatten inzwischen einen mit Eiswürfeln und zwei Flaschen Prosecco gefüllten Eimer entdeckt. Auch Gläser fanden sich, und so prostete die kleine Gesellschaft einander fröhlich zu.

Katharina hätte nicht zu sagen vermocht, welche der Bräute und welcher der Bräutigame am meisten strahlte. Sie entschied, dass alle sechs die herrliche Oktobersonne in den Schatten stellten.

Der Ponywagen fuhr einmal kreuz und quer durch den Ort. Hin und wieder wurde die Gesellschaft angehalten und musste den Insulaner flüssigen Wegzoll zahlen. Dafür sorgte Pauline mit einer überdimensionalen Aquavitflasche.

»Is' Tradition«, sagte sie zu Katharina, die genau sah, dass die alte Frau jedes Mal ein Gläschen mittrank.

Keno auch, doch im Gegensatz zu Pauline wirkte er nüchtern. Pauline hatte schließlich zu viel des Guten gehabt, und schlief nach der Rückkehr ihren Rausch auf Annabels Sofa aus, während Brautpaare und Gäste sich zum Feiern wieder in der Scheune trafen.

»Guck mal«, sagte Mila zu Katharina. »Da ist ja Papa.«

Sie kicherte. »Und er muss mit Frau Fischer tanzen. Der Ärmste!«

Kurz war Katharina verwirrt. Frau Fischer? Pauline war doch gar nicht mehr da. Erst dann entdeckte sie Leo in Märtas Armen.

20. Kapitel

Katharina stocherte lustlos in ihrem Krabbencocktail herum. Mila war mit Francesca in den Stall verschwunden. Die Mädchen hatten keine Lust auf die Hochzeitsfeier. Wenigstens hatte Mila vorher ihren Vater begrüßt. Als er ihr versprochen hatte, dass er bis zum nächsten Abend bleiben würde, war sie zufrieden abgezogen, woraufhin er mit Märta auf die improvisierte Tanzfläche zurückgekehrt war. Ob er freiwillig mitgegangen oder von ihr dorthin gezerrt worden war, hätte Katharina nicht zu sagen vermocht. Er hatte ihr bloß einen Blick zugeworfen, der auf sie verzweifelt und amüsiert zugleich gewirkt hatte. Sie war einfach nicht schlau daraus geworden.

Eine Tanzkapelle spielte beliebte Schlager, die Paare traten sich beinahe gegenseitig auf die Füße und amüsierten sich prächtig.

Nella gesellte sich zu ihr. Sie trug die kleine hässliche Hündin Bella auf dem Arm, die fest schlief. »Du hast recht gehabt.«

»Womit?«

Nella deutete mit dem freien Arm durch das große Scheunentor nach draußen. »Mit dem Wetter. Es sieht nach Regen aus.«

Tatsächlich zogen jetzt bleigraue Wolken auf, der blaue Himmel war dahinter verschwunden. »Ich habe nichts damit zu tun«, entgegnete Katharina bescheiden. »Das war Pauline.«

Sie merkte, dass ihre Stimme nicht mehr ganz klar klang. Anscheinend hatte auch sie das eine oder andere Gläschen zu viel gehabt.

»Ich sollte etwas essen«, fügte sie daher hinzu und blickte lustlos auf ihren Krabbencocktail.

Nella sah sie grinsend an. »Die halbe Hochzeitsgesellschaft ist von Paulines Aquavit völlig hinüber. Riccardo und Matteo kochen gerade literweise Kaffee.«

»Ausgezeichnete Idee. Bist du glücklich?« Eine überflüssige Frage, während sie in Nellas strahlendes Gesicht blickte.

»Wie Bolle. Aber sag mal, ist das nicht dein Leo, der da mit Märta schwoft?«

»Erstens ist es nicht mein Leo, zweitens frage ich mich schon die ganze Zeit, wer da eigentlich mit wem tanzt. Findest du nicht auch, dass Märta führt?«

»Doch, definitiv.«

Katharina sah zu dem Paar, das gerade zu einem Song tanzte, der ihr bekannt vorkam. Sie summte mit. Ach ja, »Warum hast Du nicht Nein gesagt« von Roland Kaiser und Maite Kelly.

»Warum sagt er nicht Nein?«, fragte sie Nella.

Ihre Freundin stand auf, lieferte Bella bei ihrer Besitzerin Sara ab, ging dann zum Büfett und kam mit einer Scheibe Schwarzbrot mit Butter wieder. »Iss das.«

Katharina drehte die Scheibe eine Weile in den Händen, entschied dann, dass sie bekömmlicher war als der Krabbencocktail, aß ein paar Bissen und trank dazu ein großes Glas Wasser, das Nella ebenfalls besorgt hatte.

»Geht's besser?«

»Ja, danke. Aber Leo tanzt immer noch mit Märta. Oder sie mit ihm. Warum will sie mir jeden Mann ausspannen, mit dem ich mal was hatte oder mit dem ich vielleicht was haben könnte?«

»Das ist ein dummer Zufall. Sie weiß gar nicht, wer er ist. Bestimmt hat sie sich ihn geschnappt, kaum, dass er die Scheune betreten hat. Er ist nun mal genau ihr Typ.«

»Meiner auch«, sagte Katharina. Sie hielt sich die Hand vor den Mund. Zu spät.

Nella lächelte. »Was wirst du also tun?«

»Ich? Gar nichts. Ein Mann muss selbst wissen, was er will.«

»Du bist ganz schön altmodisch«, stellte Nella fest und schickte einen dramatischen Seufzer hinterher.

So etwas ließ Katharina nicht gern auf sich sitzen. »Was soll das heißen?«

Nella schaute sie nachsichtig an. »Wir haben es dir vielleicht nicht erzählt, aber wir Frauen hier auf Langeoog haben alle um unsere Männer gekämpft. Ein paar von uns auch erst mal um den falschen. Sophie wollte eigentlich Riccardo und hat mal Annabels Ponys entführt, um Matteos Eiswagen wegzubringen.«

Als sie Katharinas ratloses Gesicht sah, fügte sie hinzu: »War nicht so kompliziert, wie es klingt. Matteo war eine Zeit lang ein Konkurrent für ihr Eiscafé. Am Ende hat sie aber erkannt, dass er und nicht Riccardo der richtige Mann für sie war. Und ich habe letztes Jahr Keno gezwungen, mit seinem Kutter rauszufahren, um Jack zu retten. Der war nämlich mit seinem Segelboot auf einer Sandbank trockengefallen und wäre bei der nächsten Flut ertrunken.«

»Gnade«, bat Katharina.

Nella lachte. »Okay. Ich will damit nur sagen, dass man als Frau nicht tatenlos zusehen muss, wenn einem der Mann weggeschnappt wird. Wir leben nicht mehr im 19. Jahrhundert.«

»Aber Leo ist gar nicht mein Mann. Er kann sich ja nicht entscheiden.«

»Das ging Riccardo ganz ähnlich. Der hat ewig gebraucht, bis er kapiert hat, dass Annabel die Richtige für ihn ist.«

»Und mein sizilianisches Erbe verbietet mir, mich einem Mann gegenüber fordernd zu zeigen.«

»Dein sizilianisches Erbe taugt nichts«, sagte Nella unverblümt. »Willst du wirklich, dass Märta heute Nacht mit deinem Leo irgendwo in den Dünen landet?«

»Es regnet schon.«

»Dann eben im Heu.« Nella sah sich um. »Da kommen Riccardo und Matteo mit den Kaffeekannen. Ich werde ihnen mal helfen.«

Katharina sah, wie Jack sich sofort zu Nella gesellte. Anscheinend hatte er irgendwo gewartet, bis sie ihrem Plausch mit Katharina beendet hatte.

Gemeinsam schenkten sie nun Kaffee aus. Die Band machte eine Pause, und als Katharina wieder zur Tanzfläche schaute, waren Märta und Leo verschwunden.

»Verdammt!«, stieß sie aus und ballte die Fäuste. Im nächsten Moment erschrak sie über sich selbst. Sie hatte nicht gewusst, dass sie so viel Wut in sich trug. Offensichtlich konnte ihr sizilianisches Erbe auch ganz anders.

Sie atmete ein paarmal tief ein und aus. Angeblich sollte das die Nerven beruhigen. Half bloß nicht viel, und während sie noch mit Atmen beschäftigt war, tat Märta mit Leo vielleicht schon ganz andere Sachen.

Entschlossen stand Katharina auf und drängte sich durch die Hochzeitsgesellschaft. Sie entdeckte einen blonden Haarschopf, der die anderen Leute überragte und stürmte drauf los. Es war aber bloß Keno, der seiner Erja gerade die nächste Hochzeit versprach.

Na toll, dachte Katharina grimmig. *Das wird dann eine Doppelhochzeit mit Barne und Dortje.*

Die beiden Kollegen standen nämlich neben dem Büfett und schauten einander verträumt an. Ob sie wohl insgeheim das Jawort übten?

Katharina biss die Zähne zusammen und ging weiter. Dabei schalt sie sich eine dumme, neidische Idiotin.

Draußen war sie innerhalb von Sekunden klatschnass. Ihr schönes gelbes Kleid hing wie ein Sack an ihr herunter. Es war ihr egal. Sie musste an Nellas Bemerkung über Leo und Märta im Heu denken, stapfte auf den Stall zu, riss die Tür auf und brüllte: »Leo! Komm sofort da raus!«

Es erschienen aber bloß Mila und Francesca, die sie groß anschauten.

»Was ist passiert?«, fragte Mila. »Ist Papa verschwunden?«

»Mehr oder weniger.«

Francesca sagte lässig: »Hier sind sie nicht. Ich habe ihn mit Märta vor einer Weile über den Parkplatz gehen sehen.«

»Sie sind weggefahren?«

»Nee, Märtas Van steht immer noch da.« Sie deutete nach draußen. »Der große schwarze. Hinten hat sie eine Matratze reingelegt. Sie fährt gern mal mit Finn zum Camping.«

Mila schien die Anspielung ihrer älteren Freundin zum Glück nicht zu verstehen.

»Danke«, sagte Katharina gepresst, machte auf dem Absatz kehrt und lief über den Parkplatz auf den schwarzen Van zu.

Der Regen rann ihr in die Augen, und sie konnte nur verschwommen sehen. Ein Teil ihres Verstandes, der noch einigermaßen vernünftig arbeitete, fragte an, ob sie noch alle Grashalme auf dem Deich hatte. Der andere Teil, der vollkommen vom Temperament einer eifersüchtigen Frau beherrscht wurde, brachte ihn zum Schweigen.

Katharina trommelte mit den Fäusten gegen die erstbeste Scheibe des Vans.

Sogleich ging die Heckklappe auf, und Leo krabbelte heraus. Auch er war augenblicklich pitschnass.

»Was machst du denn hier, meine Schöne?«, fragte er. Katharina hörte auf zu trommeln. Ihr taten sowieso schon die Hände weh.

»Falsche Frage. Was machst *du* hier?«

»Ich bringe mich vor einer liebestollen Wikingerin in Sicherheit.«

»Das habe ich gehört!«, tönte von innen Märtas Stimme. Heraus kam sie nicht. Kluge Frau. Wollte wohl nicht auch noch nass werden.

»Tschüs!«, rief Leo, packte Katharina am Arm und lief mit ihr los.

Märta schickte den Ton eines Nebelhorns hinterher. Schwer zu sagen, ob es Gelächter oder Geschimpfe war.

Außer Atem kamen sie im Stall an.

Francesca betrachtete sie mit der ganzen Verachtung einer mittlerweile Vierzehnjährigen. »Komm, Mila. Wir gehen ins Haus.«

»Ich will bei Mama und Papa bleiben.«

»Willst du nicht. Du bist doch kein Baby mehr.« Womit sie Mila gekonnt bei ihrem Stolz gepackt hatte.

»Aber wenn wir rausgehen, werden wir auch so nass.«

»Macht nichts. Wir veranstalten in meinem Zimmer wieder eine Pyjamaparty. Ich mache uns auch heißen Kakao.«

Da konnte Mila natürlich nicht widerstehen, und als Katharina ihr zunickte, nahm sie die Hand ihrer großen Freundin.

»In der Sattelkammer steht eine Kiste mit ein paar trockenen Klamotten«, sagte Francesca noch, dann lief sie mit Mila los.

Katharina und Leo sahen einander an. Dann lachten sie. Erst danach fingen sie beide gleichzeitig an zu zittern.

»Na los«, sagte Leo. »Ziehen wir uns was anderes an, bevor wir uns noch den Tod holen.«

Besagte Kiste enthielt Kleidungsstücke, die von Reitschülern vergessen worden waren. Dementsprechend bizarr sahen Katharina und Leo anschließend aus. Katharina trug ein Männerhemd über häufig geflickten Reithosen, die ihr drei Nummern zu groß waren. Dazu ein paar Flipflops, denn Stiefel oder Schuhe hatte niemand zurückgelassen. Leo hatte sich in ein paar Jeans gezwängt, die ihm nur bis zur Mitte der Waden reichten. Immerhin bedeckte der schwarze Hoodie, den er trug, die Hälfte seines muskulösen Bauches. Die Füße wickelte er in ein paar Lappen, woraufhin er intensiv nach Lederseife roch.

Katharina musste an den Abend im September denken, als Leo zum ersten Mal auf Langeoog aufgetaucht war. Da hatten sie auch schlecht passende Klamotten angezogen. Wie enttäuscht war sie gewesen, als er gestanden hatte, dass er nur einen Abstecher zu ihnen gemacht hatte, weil er am folgenden Morgen einen Termin in Hamburg hatte.

»Du solltest tragen, was ich anhabe, und umgekehrt«, bemerkte sie. »Dann würden die Sachen ein bisschen besser passen.«

»In Ordnung. Wollen wir gleich hier tauschen?«

»Vergiss es. Du willst mich nur nackt sehen.«

»Als wäre mir der Anblick neu.«

»Außerdem ist mir zu kalt, um mich noch mal auszuziehen«, sagte Katharina.

»Ein Feuerchen wäre schön.«

Sie tippte sich gegen die Stirn. »Klar, damit wir den ganzen Stall abbrennen.«

»Sorry. Diese Märta hat mich ganz schön durcheinandergebracht. Außerdem hat sie mir die Hand zerquetscht. Wieso hat mich niemand vor ihrem Händedruck gewarnt? Ich kann froh sein, wenn ich in Zukunft noch einen Pinsel halten kann.«

Katharina grinste. »Wir schichten am besten Stroh hier in der Sattelkammer auf und machen uns es so warm wie möglich. Da hinten liegen auch noch ein paar Pferdedecken.«

»Die riechen aber nicht so gut.«

»Entscheide dich. Frieren oder stinken.«

»Stinken«, sagte Leo mit einem Seufzer.

Sie machten sich ans Werk. In den Boxen der Ponys war alles ruhig. Die Tiere waren Sturm und Regen gewöhnt.

Als sie sich ein einigermaßen bequemes Lager gebaut hatten, setzte sich Katharina und bedeutete Leo, es ihr nachzutun. Er hockte sich neben sie.

»Selbst in diesen ollen Klamotten siehst du toll aus«, bemerkte er.

Sie ging nicht darauf ein, sondern fragte geradeheraus: »Warum bist du hier?«

»Amore mio, lass mich doch erst mal meine Gedanken sammeln.«

Sie gab ihm zwei Minuten. »Also?«

Er sah sie nicht an, und seine Stimme klang seltsam gedämpft. »Ich wollte meine Familie sehen.«

»So ganz zufällig.«

Leos Jeans gab bedenkliche Geräusche von sich, als er sich bequemer hinsetzte. »Na ja, um ehrlich zu sein, da war auch noch dieser Anruf von der alten Frau.«

»Pauline Fischer?«

»Ich glaube, so heißt sie, ja.«

»Woher hat sie deine Nummer?«

»Nicht von dir?«

Empört verschränkte Katharina die Arme vor der Brust. »Selbstverständlich nicht. Hast du etwa geglaubt, ich würde hintenrum versuchen, dich herzulocken?«

Etwas in seinem Blick sagte ihr, dass er genau das gehofft hatte.

»Leo«, sagte sie klar und deutlich. »Auf so eine Idee wäre ich nie gekommen. Ich habe mir hier ein neues Leben aufgebaut.«

»Und da passe ich nicht rein?«

»Da *willst* du nicht reinpassen«, erklärte sie.

Traurigkeit überwältigte sie, aber sie ließ sich nichts anmerken.

Er überging ihre Bemerkung und sagte nur: »Dann muss die alte Frau meine Nummer von Mila bekommen haben.«

Katharina zerrieb ein paar Strohhalme zwischen den Fingern. Sie musste sich mit irgendwas beschäftigen. Der Gedanke, ihre Tochter könnte zusammen mit Pauline Intrigen spinnen, um ihre Eltern wieder zusammenzubringen, machte ihr schwer zu schaffen.

»Sie hat es noch nicht aufgegeben«, sprach Leo ihre Gedanken aus. »Sie hofft nach wie vor, dass wir eines Tages eine normale Familie sein könnten.«

»Dabei sollte sie dich inzwischen besser kennen.« Das klang bitterer, als beabsichtigt, und Katharina schickte ein schmales Lächeln hinterher. »War nicht böse gemeint.«

Leo fuhr sich durchs noch immer nasse Haar. Sie schaute lieber weg, so leicht würde sie sich nicht mehr erweichen lassen.

»Doch, das war es«, sagte er. »Aber du hast alles Recht der Welt, sauer auf mich zu sein.«

Sie schwiegen einen Moment, bis Leo wieder ansetzte: »Jedenfalls hat Pauline behauptet, ich müsse unbedingt an diesem Wochenende nach Langeoog kommen. Sonst könnte ich bald dabei zusehen, wie ein Insulaner sich meine Familie schnappt. Ich nehme an, das ist dein Lehrerkollege, von dem bei meinem letzten Besuch schon die Rede war.«

Katharina hatte schon den Mund geöffnet, um zu protestieren, schloss ihn aber wieder. Sollte Leo ruhig denken, ein anderer Mann wolle sie haben. Nach der Geschichte mit Märta hatte er nichts Besseres verdient.

»Und das würde dir nicht passen?«

Er gab ihr keine eindeutige Antwort, sondern meinte vage: »Ihr seid meine Familie, Mila und du.«

»Nicht offiziell.«

»Meine Güte, Katharina!« Er sprang auf, was seiner Jeans gar nicht gut bekam. »Zwanzig Jahre warst du mit unserer Art zu leben vollkommen einverstanden. Warum jetzt auf einmal nicht mehr?«

»Setz dich wieder hin, Leo.«

Er schien sie gar nicht zu hören, so aufgebracht war er. »Weil auf dieser Insel das Hochzeitsfieber ausgebrochen ist? Ist es das?«

»Setz dich doch ...«

»Oder hat dir der andere Mann vorgegaukelt, du könntest auch eine spießige Familie haben?«

»Bitte!«

»Mit Häuschen, Vorgarten, Kind und Hund?«

»Hinsetzen! Wenn Märta reinkommt, bist du geliefert!«

Das wirkte. Leo schaute an sich hinunter, bemerkte die aufklaffende Hose, plumpste ins Stroh und legte sich eine Pferdedecke in den Schoß.

Katharina, der zwischenzeitlich ziemlich heiß geworden war, entspannte sich. Dann lachte sie.

Leo schaute sie erst skeptisch an, stimmte aber schließlich in ihr Lachen ein.

So herrlich jung und fröhlich fühlte sich Katharina, dass sie nicht zurückwich, als er sich vorbeugte und sie küsste.

Plötzlich kam es Katharina so vor, als wäre dies der allererste Kuss ihres Lebens. Er war zärtlich und leidenschaftlich zugleich, er beruhigte sie und regte sie auf. Er schmeckte ganz nach Leo, und doch auch nach einem fremden Mann. Und er dauerte an, hörte vielleicht nie wieder auf.

Bis zu dem Moment, in dem dieser fast schon überstimmte vernünftige Teil von ihr energisch das Kommando übernahm und sie zwang, aufzustehen.

Leo war im Sitzen beinahe so groß wie sie im Stehen, also musste er den Kopf nur ganz leicht in den Nacken legen, um sie anzuschauen.

»Amore mio.«

»Halt die Klappe.«

»Du bist die Liebe eines Lebens.«

»Ich glaube dir kein Wort.«

Sie verschränkte wieder die Arme vor der Brust, als könnte sie so ihre eigenen Gefühle abwehren.

»Und du liebst mich«, sagte er ruhig.

»Träum weiter.«

»Vorhin warst du eifersüchtig. Als mich diese Wikingerin in den Klauen hatte, bist du durchgedreht.«

Da war leider etwas Wahres dran, aber Katharina war nicht bereit, es zuzugeben.

»Zwischen Märta und mir hat es einigen Stress gegeben«, sagte sie nur.

»Und du konntest es nicht ertragen, mich mit ihr zusammen zu sehen.«

Sie starrte ihn an, blinzelte nicht mehr, trotzdem lächelte er wissend. »Es ist schön, dass du noch etwas für mich empfindest.«

»Denkst du.«

»Sonst wäre ich nicht hier.«

Wieder schwieg sie. Die Gefahr, etwas Falsches zu sagen,

etwas, das ihm signalisierte, sie wäre bereit, so weiterzumachen wie früher, war verflixt groß.

»Oder empfindest du etwa nichts mehr für mich?«, fragte er. Der Blick aus seinen kobaltblauen Augen ging ihr durch und durch. Gleichzeitig donnerte es draußen gewaltig. Katharina stieß einen kleinen Schrei aus.

»Keine Sorge«, sagte Leo. »Bei mir bist du sicher.«

»Nein«, entgegnete sie, bevor sie sich bremsen konnte. »Bei dir fühle ich mich gar nicht sicher. Ständig habe ich Angst, du könntest mir das Herz brechen.«

Das saß. Sie sah es daran, wie sich seine Augen verdunkelten.

»Bin ich so ein schlechter Mensch?«

»Nicht schlecht. Nur unzuverlässig als Partner.«

»Aber nicht als Vater.«

»Nein«, gab Katharina zu. »Als Vater konnte ich immer auf dich zählen.«

»Aber das reicht dir nicht mehr.«

Eine Antwort erübrigte sich.

»Was kann ich tun?«, fragte er und schien ehrlich an ihrer Meinung interessiert zu sein.

Sie war nicht bereit, ihm auf die Sprünge zu helfen. »Das musst du schon selbst wissen.«

»Diese eine Braut, ich glaube, sie heißt Nella, hat mir vorhin erzählt, dass man als Künstler auf Langeoog Inspiration finden kann.«

»Ach ja?« Katharina zwang sich, ihre Stimme normal klingen zu lassen. »Schon möglich. Damit kenne ich mich nicht aus.«

»Ich könnte mir ja überlegen, öfter herzukommen. Was

hältst du von einmal im Monat, vielleicht jeweils für eine Woche?«

Dann, dachte sie, *wird sich nie etwas ändern. Alles bleibt beim Alten.*

Aber sie war auf einmal zu müde für diese Diskussion. Sie war überhaupt furchtbar erschöpft.

»Lass uns morgen darüber reden«, bat sie, suchte sich eine Ecke im Stroh, die am weitesten von ihm entfernt war, kuschelte sich in eine Pferdedecke und schloss die Augen.

Ein paar Minuten lang fürchtete sie, er könne zu ihr kommen. Vielleicht wäre sie dann nicht in der Lage gewesen, seine Zärtlichkeiten abzuwehren.

Aber dann hörte sie, wie er leise zu schnarchen anfing, und grinste in sich hinein. Für Leo war es auch ein anstrengender Tag gewesen, noch dazu als Auserwählter von Märta Fischer.

21. Kapitel

In Zweierreihen gingen die Kinder die Hafenstraße in Richtung Süden entlang. Katharina lief an der Spitze, Finns Förderlehrerin Johanne bildete den Schluss. Nur weil ein zweiter Erwachsener mitkam, hatte Katharina überhaupt diesen Ausflug für ihrer Schüler der ersten und zweiten Klasse planen können.

Nach zwei Wochen mit beinahe durchgehendem Regen schien endlich wieder die Sonne, und dieser letzte Montag im Oktober versprach geradezu prachtvoll zu werden.

Die Kinder schnatterten aufgeregt, sie lachten und hüpften vor Freude. Katharina warf schmunzelnd einen Blick auf ihre Schützlinge, die ihr inzwischen sehr ans Herz gewachsen waren. Die insgesamt sechzehn Mädchen und Jungen lernten eifrig, sie waren robust und fröhlich, und sie hingen mit inniger Liebe an ihrer Lehrerin.

Sogar Finn, der anfangs ihr Problemkind gewesen war, machte dank Johanne große Fortschritte und legte nach und nach seine Schüchternheit ab. Im Augenblick ging er Hand in Hand mit Lili, dem kleinsten Mädchen in der ersten Klasse. Finn war um einiges größer und breitschultriger, aber es war

Lili, die ihn herumkommandierte und ihm befahl, nicht solche Riesenschritte zu machen. Gutmütig ging er langsamer. Katharina wandte sich wieder nach vorn, und aus ihrem Schmunzeln wurde ein breites Lächeln.

Die Zuneigung, die ihr die Kinder entgegenbrachten, hatte sich inzwischen auch auf die Eltern übertragen. Niemand schloss mehr Wetten darauf ab, wie lange es die neue Lehrerin wohl auf der Insel aushalten würde. Niemand wollte sie loswerden. Ganz im Gegenteil. Man bemerkte, wie gut sie ihren Job machte, und man sah, wie wunderbar sie sich ins Leben auf Langeoog einfügte. Ihre Freundschaft mit Pauline, Sophie, Annabel, Sara und Nella wurde als großer Pluspunkt gewertet, und dass sie auf Barne verzichtet hatte, damit Dortje bei ihm freie Bahn hatte, wurde ihr hoch angerechnet. Katharina hätte die Leute darüber aufklären können, dass es ganz allein Barnes Entscheidung gewesen war, mit wem er zusammen sein wollte. Genauso wie er auch selbst beschlossen hatte, nicht mehr so oft zu den Robben zu gehen. Ihr eigener Anteil daran war eher gering gewesen. Doch sie ließ es bleiben, sie konnte jeden Pluspunkt gebrauchen.

Und sie war auch nicht enttäuscht über den Ausgang dieser Geschichte. Barne und Dortje passten wirklich gut zusammen.

Noch in der Nacht der Hochzeit hatte er ihr offenbar seine Liebe gestanden – irgendwann nachdem Katharina und Leo im Stall eingeschlafen waren. Am nächsten Morgen waren Barne und Dortje ein Paar gewesen, was Katharina aber erst später erfahren hatte. Sie war ohnehin damit beschäftigt gewesen, einen Tag lang die perfekte kleine Familie zu spielen und ihr Herz unter Kontrolle zu halten, wenn Leo ihr zu nahe kam. So war sie geradezu erleichtert gewesen, als er am Abend wieder abgereist war.

Nichts war zwischen ihnen geklärt worden. Alles war beim Alten geblieben.

Mila hatte gefragt, wann er zurückkäme. Er hatte ihr versprochen, noch vor Ende des Monats wieder da zu sein, aber bisher war er weder aufgetaucht noch hatte er seinen Besuch angekündigt. Katharina verspürte darüber eine gewissen Erleichterung und gestand sich nicht ein, dass sie auch traurig war.

Es ist nur wegen Mila, sagte sie sich und schritt weiter aus, als könne sie so vor ihren Gedanken davonlaufen. *Mila war so glücklich, als wir den Tag zu dritt verbracht haben. Es ist nicht richtig, dass sie wegen ihres unschlüssigen Vaters leiden muss.*

Dass sie selbst sich auch nach Leo sehnte, gestand sie sich nicht ein. Sie erinnerte sich daran, dass sie in jener Hochzeitsnacht einmal aufgewacht war. Im Schlaf hatten sie die Nähe zueinander gesucht, Leos Arme hatten sie fest umfangen gehalten. Ein immenses Glücksgefühl hatte sie erfüllt, und erst als sie richtig zu sich gekommen war, hatte sie sich dazu durchringen können, wieder ein Stück von ihm wegzurutschen. Danach war sie nicht mehr zur Ruhe gekommen. Aus lauter Angst, sie könnte sich wieder an ihn kuscheln, war sie lieber wach geblieben und hatte sehnsüchtig auf den Morgen gewartet.

Es wäre so leicht gewesen, ihren Gefühlen nachzugeben! Aber Katharina wusste einfach, dass es keine gute Idee war, weil sie dann wieder eingeknickt wäre. Daraufhin würde Leo doch nur denken, er könne so weitermachen wie zuvor. Er würde sie hin und wieder auf Langeoog besuchen, sie würden Sex haben und ein paar Tage lang heile Familie spielen. Aber das kam für sie nicht mehr infrage. Sie war stärker geworden auf Langeoog, auch dank ihrer neuen Freundinnen. Sie wollte entweder alles – oder eben nichts. Entweder Leo entschiede sich ganz für sie und Mila, oder sie blieb allein.

Katharina biss die Zähne zusammen. Es hörte einfach nicht auf. Ständig musste sie an Leo denken. Mal sah sie Keno aus der Ferne und dachte, er sei Leo. Dann fühlte sie einen Stich in der Brust, der sie zusammenzucken ließ. Mal entdeckte sie ihn in Milas kobaltblauen Augen, und der Schmerz, den sie selbst empfand, mischte sich mit dem Mitgefühl für ihre Tochter, die einen anwesenden Vater verdient hätte.

Manchmal wurde Katharina von Schuldgefühlen geradezu niedergedrückt. Sie fragte sich, ob alles anders gekommen wäre, wenn sie schon früher mehr Rückgrat gezeigt hätte. Aber wenn sie solche Gedanken laut äußerte, im Gespräch mit Nella oder mit Annabel, dann bekam sie zu hören, dass es sinnlos sei, so zu denken. Die Vergangenheit sei nun mal nicht mehr zu ändern.

Sie gab sich ja Mühe, nur noch nach vorn zu schauen. Doch manchmal war es furchtbar schwer. Sie dachte daran, wie sie am Tag nach der Hochzeit manchmal Leos nachdenklichen Blick aufgefangen hatte. Aber er hatte weder die Nacht im Stroh noch irgendwelche Zukunftspläne erwähnt. Nicht einmal am Abend am Hafen, als er sich verabschiedete, um die letzte Fähre zu nehmen. Keinen Ton hatte er gesagt, sondern sie nur unendlich lange angeschaut. So lange, bis sie fürchtete, in Tränen auszubrechen und sich ihm an den Hals zu werfen.

Nie war sie so dankbar für eine Schiffssirene gewesen, die

die Passagiere aufforderte, einzusteigen, wie in jenem Moment.

Pauline, die zufällig oder absichtlich zugegen gewesen war, hatte ein paar deftige Flüche ausgestoßen. »Kann mich nicht entscheiden, wem ich zuerst die Ohren lang ziehen soll. Dir oder dem Holzkopp.«

Damit hatte sie Katharina stehen gelassen und war seitdem auffallend kurz angebunden, wenn sie sich trafen. Anscheinend vertrug sie es gar nicht gut, dass ihr schöner Plan, Katharina und Leo auf Langeoog zusammen zu bringen, gescheitert war.

»So leicht gibt Pauline nicht auf«, behauptete Nella, als Katharina sie einmal darauf ansprach. »Zu mir hat sie erst gestern gesagt, dass der Mann schon noch zur Vernunft kommen wird. Das spüre sie in ihren alten Knochen.«

Katharina hatte lieber nichts darauf erwidert.

Seit zwei Wochen fühlte sie sich geradezu verfolgt von Leos Abschiedsblick. Und sie hörte nicht auf, sich zu fragen, was er zu bedeuten gehabt hatte. Sie konnte nur hoffen, dass diese Tortur mit der Zeit nachlassen würde. Irgendwann würde sie über Leo hinwegkommen und dann konnte ihr Leben auf Langeoog erst richtig beginnen.

»Schaut nach oben, Kinder!«, rief Johanne, und Katharina war ihr unendlich dankbar. Endlich konnte sie sich auf etwas anderes konzentrieren.

Sie blieb stehen und legte wie ihre Schüler den Kopf in den Nacken. Über ihnen zog ein Schwarm großer blaugrauer Vögel in perfekter Keilformation in Richtung Süden. Sie stießen trompetenartige Rufe aus, die Katharina ein bisschen an Märta Fischer erinnerten.

»Kann mir jemand sagen, welche Zugvögel das sind?«, fragte Johanne.

Finns Hand schnellte nach oben.

»Ja?«

»Das sind Kraniche. Sie sind sogar noch größer als Weißstörche. Und sie ziehen nur bis nach Südeuropa. Höchstens nach Nordafrika. Sie sind nämlich Kurzstreckenzieher.«

»Sehr gut, Finn«, lobte Johanne. Katharina nickte ihr dankbar zu. Jede Gelegenheit, sein Selbstbewusstsein zu stärken, war Gold wert.

Die kleine Lili schaute bewundernd zu ihm auf, auch die anderen Schüler staunten über sein Wissen, und Finn streckte den Rücken durch. Er meldete sich wieder und fügte hinzu: »Die Kraniche brüten in Feuchtgebieten und Mooren. Ihre Nester sind immer von Wasser umgeben, und beide Eltern ziehen die Kinder auf.«

»Woher weißt du das alles?«, fragte Katharina staunend.

Finn wandte sich ihr zu. Er war rot geworden, und stotterte ein bisschen herum. Offenbar war es noch immer eine Sache, mit seiner Betreuerin zu reden, eine ganz andere, seiner Lehrerin Rede und Antwort zu stehen.

Aber Lili drückte wohl seine Hand, denn er sagte: »Mama und ich machen manchmal Campingausflüge. Und dann erzählt sie mir viel über die Natur.«

»Wunderbar«, entgegnete Katharina.

Sie dachte an Märtas Van, aus dem Leo geflohen war, und musste sich ein Grinsen verkneifen. In den Tagen nach der Hochzeit war Märta ihr erneut mit einer gewissen Feindseligkeit begegnet, aber das hatte sich zum Glück gelegt. Den größten Verdienst daran hatte wahrscheinlich ein gewisser Sven.

Neu auf der Insel und alleinerziehender Vater. Er war größer als Märta und ließ sich von ihr keine Sekunde einschüchtern. Das imponierte ihr, und die beiden wurden immer öfter zusammen gesehen.

Die Kraniche waren weitergezogen, und auch die Gruppe setzte ihren Weg fort. Ziel des Ausflugs war der kleine Flugplatz von Langeoog. Riccardos Freund hatte versprochen, den Kindern seine zweisitzige Cessna zu zeigen. Wer wollte, durfte sich sogar einmal hinter das Steuerhorn setzen und Pilot spielen. Natürlich nur am Boden.

Seit Tagen sprachen die Kinder von nichts anderem. Finns neue Freundin Lili hatte bereits verkündet, sie wolle Pilotin von großen Verkehrsmaschinen werden. Niemand hatte ihr widersprochen. Diesem energischen kleinen Menschenbündel war alles zuzutrauen. Katharina lächelte. Mila war natürlich fest entschlossen, Pferdepflegerin zu werden. Und Reitlehrerin, und Tierärztin, und Ponyhofbesitzerin. Man würde sehen.

Sie überquerten nun die Hafenstraße und den Bahnübergang und strebten auf den Spielplatz an der Flughafenstraße zu. Eines der Kinder verkündete, es habe Durst, also legten sie eine kurze Trinkpause an.

Sie hörten den Pfiff der Inselbahn und sahen sie im Schritttempo herannahen. An die orangefarbene Lok waren ein hellblauer, ein grüner und ein gelber Waggon angehängt. Katharina sah die Bahn oft, aber heute traf sie der Anblick mitten ins Herz.

Weil ich zu viel an Leo denke, sagte sie sich. *Und weil ich mich daran erinnere, wie ich mich am allerersten Tag auf Langeoog gefühlt habe.*

Gedankenverloren sah sie die Bahn vorüberzuckeln. Die Lok, die Waggons, der Dampf aus dem Schornstein, der sich bereits im blauen Himmel verteilte ...

Moment mal!

Dampf?

Katharina war schlagartig hellwach. *Die Inselbahn hat keine Dampflok. Was da aus dem zweiten Waggon kommt ist kein Dampf. Das ist Rauch!*

Sie überlegte nicht lange, sie handelte.

»Bleib bei den Kindern!«, rief sie Johanne zu und rannte los. Sie sprang vorn auf eine Art Trittbrett der Lok und schlug mit der flachen Hand gegen die Frontscheibe.

Der Lokführer riss die Augen auf, erkannte Katharina und leitete das Bremsmanöver ein.

»Was ist los?«

»Irgendwo im mittleren Waggon brennt es. Wahrscheinlich im Gepäckabteil.«

Der Lokführer nickte angespannt, Katharina wählte inzwischen den Notruf der Freiwilligen Feuerwehr. Sie wusste, die Feuerwehr verfügte über ein motorisiertes Löschfahrzeug und konnte innerhalb weniger Minuten vor Ort sein.

Dreißig Meter weiter kam die Inselbahn zum Stehen. Die ersten Fahrgäste steckten bereits die Köpfe aus den Fenstern und wunderten sich, was los war. Sie waren noch gar nicht im Bahnhof angekommen!

Katharina lief zum zweiten Waggon und bat die Passagiere, ruhig und geordnet auszusteigen. Erst wurde protestiert, dann bemerkten die ersten Leute das Feuer.

»Hilfe!«, rief eine ältere Frau. »Wir verbrennen!«

Andere Passagiere schrien ebenfalls, Panik brach aus. Man

rempelte einander an und versuchte, als Erster nach draußen zu kommen.

Katharina konnte dabei nur hilflos zusehen. Sie bat um Ruhe, aber niemand hörte auf sie.

Im schmalen Korridor würde bestimmt bald jemand eingequetscht werden. Sie konnte durch die Fenster sehen, wie sich eine Traube von Menschen anstaute und die in vorderster Reihe gegen die Fensterscheiben gedrückt wurden.

Plötzlich erklang eine laute und zugleich ruhige Männerstimme: »Still stehen! Alle! Ihr hört jetzt auf mein Kommando!«

Die Stimme kam Katharina bekannt vor, doch sie war zu aufgeregt, um zu begreifen, wer dort im Zug die Führung übernahm.

Zu ihrer großen Erleichterung stellte sie fest, dass der Mann Erfolg hatte. Als hätten sie nur auf jemanden gewartet, der sie beruhigte und ihnen befahl, was sie zu tun hätten, hörten die Leute auf zu drängeln.

»Ihr zwei!«, hörte Katharina den Mann wieder rufen. »Waggontür öffnen und den Leuten beim Aussteigen helfen.«

Zwei Jungs taten, wie ihnen geheißen, stellte sich am Gleis auf und reichten zuerst den Frauen und Kindern, dann den Männern die Hände.

Aus den beiden Waggons vorn und hinten stiegen ebenfalls die Gäste aus. Da es bei ihnen nicht brannte, waren sie allerdings zu keinem Zeitpunkt einer Panik nahe.

Katharina hörte die Feuerwehrsirene, als schließlich der letzte Passagier ausstieg.

Sie rieb sich über die Augen. Dann gleich noch einmal.

Passagiere drängte sich um ihn und bedankte sich bei ihm.

Sie feierten ihn wie einen Helden. Aufgrund seines imposanten Aussehens glaubten sie bestimmt, er sei ein Einheimischer.

Drei Feuerwehrmänner löschten den Brandherd innerhalb von Minuten.

Einer von ihnen kam zu Katharina. Es war Keno. »Da ist ein Kabel durchgeschmort. Hätte schlimm ausgehen können. Hast du das Feuer entdeckt?«

»Nur den Rauch«, entgegnete Katharina, als ob es auf dieses Detail ankäme.

»Und du bist auf die Lok gesprungen.«

»Die fährt ja nur im Schneckentempo. Das könnte jeder.«

»Trotzdem. Das war sehr mutig von dir, Katharina. Hallo, Leo, schön, dass du auch mal wieder da bist.«

Katharinas Welt wurde auf einmal schwarz. Als sie in sich zusammensackte, wurde sie von Keno aufgefangen. Oder von Leo. Wer konnte das schon wissen?

Sie kam im Hexenhäuschen wieder zu sich. Als sie die Augen aufschlug, sah sie Leo auf der Bettkante sitzen.

»Wie bin ich hergekommen?«

»Amore mio. Du hast mir vielleicht einen Schreck eingejagt!«

Als sie nichts daraufhin sagte, erklärte er ihr: »Die Feuerwehr hat uns netterweise hergefahren. Benedikt hat nach dir gesehen und gemeint, es wäre nichts Schlimmes. Nur eine Reaktion auf den Schock. Aber ich hatte furchtbare Angst um dich.«

Das stimmte, sie konnte es in seinen Augen lesen.

»Wo sind die Kinder?«

»Allen geht es gut. Johanne ist bei ihnen geblieben, bis sie von ihren Eltern abgeholt wurden. Ich habe ihr meine Nummer gegeben, und sie hat mir vor zehn Minuten geschrieben.«

»Und ist mit den Passagieren alles in Ordnung?«

Leo nickte. »Sie sind wohlbehalten in ihren Unterkünften angekommen.«

»Deine Stimme«, sagte sie nachdenklich und richtete sich auf. »So habe ich dich noch nie reden gehört.«

Leo reichte ihr einen Becher Tee und antwortete erst, als sie ein paar Schlucke getrunken hatte. »Das ist meine Feuerwehrmannstimme.«

»Deine … was?«

Er grinste. »Wie du weißt, stamme ich aus dem Saarland.«

»Ja, Neunkirchen, richtig?«

»Genau. Dort war ich als Jugendlicher Mitglied der Freiwilligen Feuerwehr.«

»Das hast du mir nie erzählt.«

Er hob die Schultern. »Als ich nach Köln ging, habe ich alles, was mit meinem Kleinstadtleben zusammenhing, hinter mir gelassen.« Seine Fingerspritzen strichen über ihren Arm. »Aber ein paar Dinge habe ich anscheinend ganz gut abgespeichert.«

Katharinas Haut prickelte dort, wo er sie berührte. Sie fand, sie hatten jetzt genug über den Brand geredet.

»Schön, dass du da bist«, sagte sie freundlich. »Mila wird sehr glücklich sein. An einem Montag hätte ich nicht mit dir gerechnet. Wie lange kannst du bleiben?«

»Nur Mila?«, fragte er zurück.

Sie wich seinem intensiven Blick aus, zog auch ihren Arm zurück.

Leo seufzte theatralisch. »Amore mio, du machst es mir ganz schön schwer.«

Katharina ließ sich nicht einwickeln. »Antworte mir einfach. Wie lange bleibst du?«

»Wie wär's mit *für immer*?«

Am liebsten hätte sie ihm eine geknallt. »Musst du dich auch noch lustig über mich machen?«

»Das tue ich nicht.«

Sie starrte ihn an. Auf einmal war er nicht der selbstbewusste Mann, den sie seit zwanzig Jahren liebte. Er wirkte unsicher, beinahe ängstlich.

»Du meinst das ernst?«, hakte sie nach. »Du willst bei uns bleiben? Auf Langeoog leben?«

»Ja«, erwiderte er schlicht. »Wenn du mich noch willst.«

»Ist dir das nicht zu spießig?«

Leo verzog gequält das Gesicht. »Damit habe ich mich jahrelang rausgeredet. In Wahrheit hatte ich wohl einfach Angst vor einer zu festen Bindung. Aber weißt du was?«

»Was?«, fragte sie mit schwacher Stimme.

»Einsamkeit ist etwas Furchtbares.«

»Ach, deshalb willst du zu uns kommen? Weil du dich allein fühlst?«

»Auch. Aber in erster Linie, weil ich dich liebe, Katharina. Dich und Mila.«

Sie musste schlucken. »Das hast du noch nie gesagt.«

»Ein Mann kann dazulernen.«

»Wenn du es dir in ein paar Wochen anders überlegst und unserer Tochter das Herz brichst, kannst du deine Knochen einzeln im Watt auflesen. Huch! Entschuldige, das ist wohl noch der Schock.«

»Oder der Einfluss von Pauline.« Er lachte. »Die Botschaft ist angekommen.«

»Dann ist ja gut.«

Leo beugte sich vor und küsste sie. Eigentlich hatte Katharina noch tausend Fragen an ihn, aber sie beschloss spontan, dass die warten konnte. Eine Frage aber hatte dann noch Leo.

Er ließ sie los und kniete sich vor das Bett, was sie erzittern ließ. »Katharina Corvara, willst du meine Frau werden?«

Sogar einen Ring hatte er dabei, einen hübschen Ring aus Weißgold mit einem Brillanten.

Die Schlafzimmertür wurde aufgerissen. Mila stürmte herein und warf sich ihrem Vater an den Hals, woraufhin sie beide umkippten.

»Seit wann bist du so stark geworden?«, fragte Leo.

»Hast du etwa gelauscht?«, wollte Katharina wissen.

»Wir werden eine Familie!«, rief Mila jubelnd. »Ich bin ja so, so, so glücklich!«

»Freu dich nicht zu früh«, sagte Leo. »Noch hat deine Mutter nicht zugestimmt.«

»Aber wenn du hierbleibst, kriege ich doch bestimmt ein Pony, oder?«, quasselte Mila drauf los.

»Freu dich nicht zu früh«, wiederholte Leo, zwinkerte seiner Tochter jedoch zu.

Für einen Moment verschlug es Katharina die Sprache. Sie blickte auf die beiden Menschen, die sie am meisten liebte, und konnte es nicht fassen.

Langeoog ist magisch, dachte sie, und spürte, wie eine alte Last von ihren Schultern fiel.

»Ja«, sagte sie. »Ich will deine Frau werden.«

»Siehst du, Papa?«, meinte Mila. »Du brauchst gar keine Angst um deine Knochen haben.«

»Da bin ich aber erleichtert«, erwiderte Leo. Über den Kopf ihrer Tochter hinweg schenkte er Katharina einen Blick, in dem alle Zärtlichkeit dieser Welt lag.